山田宗樹
Yamada Muneki

ヘルメス

HERMES

中央公論新社

Contents

装幀　坂野公一+吉田友美（welle design）
装画　Re°（RED FLAGSHIP）

ヘルメス

人類には矛盾しているものを信じる素晴らしい才能がある。

ユヴァル・ノア・ハラリ

『サピエンス全史』

第一部

第一章　奇妙な欲望

1

ああ、この人もか。

「ほんとうに、ここを捨てなきゃ、いかんのですか」

掠れた声でいってため息を吐く顔は、青白くむくんでいる。伸びはじめた短い髪にも、白いものが目立つ。

彼の長身を包むのは、淡いクリーム色のシャツとパンツ。そこに紺色のストールを捻って腰に巻き付けるのは、いまや定番のスタイルだ。足下は、甲と踵《かかと》をベルトで留めるタイプの茶色いサンダル。かなり使い古されている。

瀬良《せら》は、手元の資料で氏名をもう一度確認してから、柔らかな声をつくり、

「タナダさん」

と呼びかけた。

「ここを出たくないのですね」

資料によれば、タナダユキオは現在四十七歳。カウンセリングルームを利用するのは初めてだ。

「そう感じるようになったのは、いつごろからですか」

「残りが一年を切ったころからですかね。少しずつ、そんな気持ちが強くなってきて」

長期間にわたって刑務所で服役してきた者は、刑期を終えて出所することを恐れることもあるという。居場所のない自由な社会へ放り出されるよりは、たとえ自由がなくとも慣れ親しんだ閉鎖環境のほうがいいと感じるのだ。刑務所にいれば、少なくとも衣食住の心配をする必要はないのだから。

しかし、ここは刑務所ではない。

彼がここへ入ったのは、本人の強い意志によるものというだけでなく、高い倍率を突破した結果でもある。コミュニティとしてのルールはあるが、それ以外に行動の制限はなく、衣食住は保証されている。途中でリタイアするのも自由だ。

それなら出たくないのも当然ではないか、と思われるかもしれないが、問題は、快適にはほど遠い住環境にある。ただでさえ凄まじいプレッシャーに晒《さら》される場所なのに、施設内の空気は不快になる一歩手前の気温と湿度がかろうじて維持されている程度で、食事に至っては話題にする気にもなれない。はっきりいえば、今時の刑務所よりも劣悪だ。出られるものなら早く出たいと思うのが通常の感覚だろう。

それでも多くの人が参加者募集に殺到し、なおかつこの場に踏み止まっているのは、報酬が常識外れなほど高額だからだ。予定された期間を無事満了すれば、その時点でリタイアせずに残っている人は全員、膨大な資産を得て社会に復帰できる。その日を待ち遠しく思うことはあっても、恐れる必要はないはず。

なのに、ここでの生活が終わることへの不安を口にする人が、この一カ月間で立て続けに現れた。瀬良が担当しただけでも五人目だ。

「なぜ、そのようにお感じになるのですか」

「なぜって、そりゃあ……」

　タナダユキオの目に怒りが弾ける。そして、それが消えたあとに残ったのは、失望だった。


　この施設にメンタルケアの専門家として配属されているのは四名だが、開設当初から関わっているのは、瀬良のほかには一名だけだ。加藤小十郎《かとうこじゅうろう》という、いささか時代がかった名前の彼は、二回りほど年上で、心理カウンセラーとしてのキャリアもはるかに長い。だから瀬良は、解釈の難しいケースにぶつかるとまず、加藤先生に意見を求めることにしている。

「たしかに、ぼくのところにも、同様の訴えがいくつかあるね」

　加藤先生が腕組みをして天井を仰ぐと、彼の体重を支えるデスクチェアが軽く軋《きし》んだ。

「どう捉えたらいいんですかね」

　瀬良も同じように腕組みをして背もたれをしならせる。オフィスの広さと間取りは同じはずだが、加藤先生のところはいつ来ても広く感じる。整理整頓が行き届いているというだけでなく、高いところにものを置かないなど、広く見える工夫があちこちに施《ほどこ》されているようだ。

「〈クラス替えの不安〉じゃないかな」

　一分間ほど黙考してから、腕組みを解いていった。

「経験ない？　高校や中学で、雰囲気のすごくいいクラスに当たったこと」

　加藤先生は、艶のある銀髪を真ん中から分け、メガネ越しの眼差しはいつも穏やかで、声を荒らげることはけっしてない。小柄で痩せているが、背筋は鉄の芯でも入っているかのように真っ直ぐ伸び、たとえ強い風に吹かれてもびくともしそうになかった。

「みんなが気持ちよく助け合い、文化祭のような行事ではクラスが一丸となる。もちろん、いじめなんかない。担任教師の性格とか、生徒の個性のバランスとか、さまざまな要因がいいほうへ作用すると、たまにそういうことがあるんだけど、そんなクラスで一年間を過ごした生徒は、クラスメイトと離れることを嫌がり、そのクラスのまま進級することを強く望むようになる」

「同じことが起こっていると」

「ここはコミュニティとして成熟し、とくにこの二年はきわめて安定してる。住人にとって居心地の悪いはずがない。その世界から出るとなれば、多少なりとも不安を覚えるのは自然なことだ」

ただ、と付け加えて、

「この現象は一時的なものだと思う。冷静になれば、いつまでもここにいるわけにはいかないことくらい、彼らなら理解できるはずだから」

目元を和らげた。

「まあ、変化を嫌うのは人間に染み着いた習性みたいなものだよ。たとえそれが良い方向への変化でもね。人の心は矛盾の塊だ」

なるほど、と瀬良はうなずく。

「ありがとうございました。これで月報が書けそうです」

「それはなにより。ところで、瀬良くんは明日から休暇だったよね。こんなとこにいていいの？」

「月報を仕上げてから、二十時の便で上がります」

「二十時？　間に合うのかい」

「間に合わなかったらシャトルの中で書きますよ」

君も相変わらずだね、といいたげに微笑《ほほえ》む。

「たっぷり英気を養ってきてね。あと一踏ん張りだから」

瀬良は、加藤先生にあらためて礼をいって腰を上げた。

廊下に出ると、足下がかろうじて見える程度まで照明が落とされていた。うす闇がしんと静まりかえっている。

「あと一踏ん張り、か」

なぜ自分はこんなところにいるのだろう。ときおり不意を突いて現れる疑問を頭から振り払い、広い廊下を歩いて隣のドアを入る。二時間ほど前までタナダユキオのいたカウンセリングルームを通って自分のデスクへもどり、月報の続きに取りかかる。加藤先生と話したおかげで頭の中が整理できたので、時間はかからなかった。ただ気になるのは、タナダユキオから向けられた視線だ。質問の仕方が悪かったのだろうか。その点は、今後の反省材料にしよう。

書き上げた月報を送信した瀬良は、やれやれと一息つく間もなく、消灯してオフィスを後にする。

廊下にはオフィスのドアが四つ並んでおり、それぞれのオフィスにカウンセリングルームが設けられている。瀬良のオフィスは二号室で、左手にある一号室が加藤先生のオフィスだ。そのずっと先に中央エレベーターホールが広がっていて、いまもそこだけは明るい。

瀬良は中央エレベーターホールとは反対方向へと歩を進める。白い壁に反響する自分の足音を聞きながら、突き当たりの壁の前に立つ。ＩＤが認証されると、壁が音もなく左右に割れて開く。ここから奥は、サポートスタッフ専用の居住区だ。天井に配置されたＬＥＤ灯が、入り組んだ廊下とくすみの目立つ壁、そしてずらりと並ぶ個室のドアを照らしている。

居住区にもどってまず感じるのは空気の違いだ。衛生面の対策は万全のはずだが、それでも長年にわたって染み着いた生活臭は如何《いかん》ともしがたい。

瀬良の個室は二十平米ほどの広さで、設備らしいものといえばベッドとライティングデスク、クローゼット、そして慎ましい洗面台くらいだが、お湯は出る。もちろん窓はなく、シャワーとトイレも共用だ。快適とは言い難いが、これでしばらくお別れとなればそれなりに名残も感じるのだから、たしかに人の心は矛盾の塊だ。

掃除やゴミ出しは済ませてある。荷物も昨日のうちにまとめておいた。荷物といっても、せいぜい各種デバイスや身の回りの小物、お気に入りの文庫本くらいだ。基本的な消耗品は支給されるし、カウンセリングに必要な書籍や資料はオフィスに置いてある。

荷物を手に個室を出て、サポートスタッフ専用区をさらに奥へと進むと、エレベーターホールに出る。中央エレベーターホールでは八基が稼働しているが、こちらは二基だ。ドアの開いたエレベーターに乗り、行き先を指定する。

最上階で降りてすぐ、強化ガラス製のハイフラップ式セキュリティゲートを抜けて、細い通路に入る。この通路の壁にはドアもなく、白い空間がまっすぐ延びているだけだ。しかし、ここに来ると瀬良はいつも、やっと出られる、という思いがこみ上げてきて、小走りになる。通路の出口にある二つ目のセキュリティゲートをパスして飛び込むと、それまでの静けさから一変、人の話し声や気配が醸すざわめきに包まれた。ステーションに到着だ。

ステーションは見上げるような円形の空間で、いま瀬良が通ってきたようなセキュリティゲートが円周上の八カ所に設けてある。中央には、直径三十メートル近くある巨大な円柱が天井を貫き、その円柱の外側を取り囲む低いフェンスには、ローフラップ式の簡易ゲートが一番から四番まで設置されていた。フェンスの外側には、三人掛けのロビーチェアが円形劇場の客席のように並べてあり、いまは四番ゲート前を中心にサポートスタッフたちが座っている。彼らの着ているものを見れば担当部署もわかる。瀬良のような白衣はメディカルおよびメンタルケア。オレンジ色の作業着は電力。緑色は食糧生産。青色は衛生関係。水色はその名のとおり給水。灰色は空調。紺色は保安。みな二十時の便を待っているのだ。

「瀬良先生は休暇ですか」

明るく声をかけてきたのは、オレンジ色の作業着の男性だった。名前はたしか近籐匡《こんどうただし》。三十歳前後の陽気な男だ。同僚からは「コンちゃん」と呼ばれている。ここに来たのは四年くらい前で、以来、サポートスタッフの懇親会でなんどか言葉を交わしたことがあった。

瀬良は、ええ、と笑みを返しながら隣に座る。瀬良のように居住区に住み込むのではなく、通勤に近い形で働いている人も多い。コンちゃんもそうだ。そこは業務の種類や形態によって違う。

「これが最後の休暇になりますよ」

「ああ、いよいよって感じですねえ」

施設で知人と顔を合わせると、たいていこの話題になる。

「人もずいぶん減って、寂しくなっちゃいましたね」

「とくに瀬良先生は、開設当初からいらしたわけですから、感慨も一入《ひとしお》ではないですか」

などと話しているうちに時間が来た。

『タワー四番搭乗口が開きます。ご利用の方は四番ゲートよりご搭乗ください』

日本語のあと英語でも同様のアナウンスが流れる。タワーというのは中央に聳《そび》える巨大な円柱のことだ。簡易ゲートに対応した四カ所にそれぞれ搭乗口があり、１から４の数字が大きく掲《かか》げてある。

４の下の曲面ドアが真ん中から割れて左右に開いた。

ロビーチェアに座っていた人たちが立ち上がり、四番の簡易ゲートへ向かう。瀬良とコンちゃんも列に並んで最後のチェックを通過し、四番搭乗口から円柱の中へと入る。ただし、そこはまだ前室のようなもので、さらに奥へ進み、ちょっとしたトンネルのような入り口を通り抜けたところが、瀬良たちの搭乗するシャトルだ。といっても、広さ五十平米のほぼ正方形の床に、肘掛けと背もたれの付いた一人用の座席が三十六名分、整然と並んでいるだけの殺風景な部屋にしか見えないが。

瀬良は、自分の予約番号を確認して着座し、ほっと息を吐いた。座席にシートベルトは装備されているが、あくまで不測の事態が起きたときのためで、通常は使うことはない。各座席の下に収納されている空気ボンベも同様だ。

アナウンスが定刻になった旨を告げる。三重のドアが入り口を塞いで気密状態を作る。しばらくすると足下から低い振動が伝わってきて、シャトルがゆっくりと上昇を始めた。

前方の小さなモニターに表示されている四桁の数字は、地上までの距離を表している。単位はメートル。いま３０００を切った。到着までおよそ二時間半。水は給水機から自由に飲めるし、トイレも後方に二カ所ある。航空機ではないのでずっと着席している必要もなく、空席があればそちらに移っても構わない。時間の過ごし方は、隣の人とおしゃべりをする、デバイスでゲームを楽しむ、イヤホンを着けて音楽を聴くなど、人それぞれだ。

瀬良は文庫本を開いた。

最初のころは、地上に到達するまでの二時間半をとてつもなく長く感じたものだが、自分なりの過ごし方を見つけてからは、苦にならなくなった。それでも到着のアナウンスを聞けば安堵の息も漏れる。今回も生きて戻ってこられたと。

「では瀬良先生、ぼくはこれで。休暇、楽しんできてください」

「うん、ありがとう」

シャトルを下りた瀬良は、コンちゃんと別れて更衣室へ向かい、そこで自分のロッカーと三カ月ぶりに対面した。白衣をクリーニングボックスへ放り込み、支給されたアンダーウェアをまとめて廃棄してから、いそいそとシャワーブースに入る。冷たい床に素足を乗せる瞬間の、なんと甘美なことか。ボディソープとシャンプーを贅沢に使い、気持ちのいいお湯をたっぷり浴びると、生き返る心地に絶叫しそうになる。ずっと息ができなかったのが、いまやっと空気を吸い込めたような気分だった。

心ゆくまでシャワーを楽しんだ後は、私服に着替えて更衣室を出る。

渡り廊下にさしかかったとき、窓から射し込む光の中で足を止めた。太陽はこれから南の空へ駆け上がろうとしている。目をつむり、顔に当たる温かさを味わう。懐かしい感じがした。施設では、体内でのビタミンD生成のため定期的に人工日光を浴びていたが、やはり本物は違う。

「さてと」

地上にもどったときの最大の楽しみは食事である。

というわけで食堂に移動した。いつものように朝食Aセットを選び、バタートーストの香ばしさに悶絶し、ベーコンとスクランブルエッグのコンビネーションに我を忘れ、サラダの瑞々《みずみず》しさを嚙みしめ、仕上げはブラックコーヒーで満ち足りた吐息を漏らした。

食事を堪能したところで、ふたたび渡り廊下へ。向かう先はヘリポートだ。

待合スペースには、瀬良のほかに六名いた。そのうち四名は瀬良のようにこれから休暇らしいが、ビジネススーツ姿の二名は仕事で来ていたのだろう。

定刻となり、アナウンスに従って外に出る。山から吹き下ろしてきた風が頬を撫でていく。風を感じるのも三カ月ぶりだ。息を深く吸い込み、新鮮な空気を肺いっぱいに味わう。人間は地上の生き物だと実感する。

ヘリポートには、白いボディに〈GEO－X〉と書かれた小型ティルトローター機が待機していた。操縦席に収まった二名と短く言葉を交わしながら、機内に乗り込む。瀬良は運良く窓側の席に着けた。ドアが閉まり、機長の挨拶がスピーカーから流れてくる。軽いジョークに乗客から笑い声が上がる。

地上時間の午前十時。

瀬良たちを乗せたティルトローター機は、太陽の強烈な光を浴びながら、ふわりと地面を離れた。大空へ舞い上がると、山間《やまあい》に広がる〈地上コントロールセンター〉の全貌を眼下に一望できる。広大な敷地の中央で目立つ大きなドームは、シャトルのステーションだ。それを取り囲むように、本部棟、医療棟、制御棟、コンちゃんたちが使う宿舎などが配置され、渡り廊下で繫《つな》がっている。

そして、あのドームの直下、三千メートルの深さに建造された、直径三百メートルの球形の居住空間こそ、瀬良がほんの数時間前までいた実験地底都市〈eUC3〉なのだった。

2

いまを遡ること四半世紀と少し、すなわち西暦二〇二九年。人類は危うく滅亡するところだった。巨大な小惑星2029JA1が発見され、それがわずか五日後に地球と激突する可能性のあることが判明したのだ。その直径は十キロメートルを優に超え、地球に落下すれば地上の生物の七〇～九〇パーセントが死滅すると推測された。当初は半信半疑というか、まさか本当に落ちてくることはあるまいといった根拠なき楽観論が幅を利かせていたが、人々の期待に反して衝突の確率は日毎に上昇し、最接近の前日には衝突不可避との計算結果が弾き出されてしまう。あまりに唐突な終焉《しゅうえん》の宣告に、世界は戸惑いと狂乱と無気力の底に沈んだ。

ついに恐竜と同じ運命を辿るのかと全人類が絶望に打ちひしがれる中、しかし奇跡は起こる。その理由は現在も定かではないが（一説には、地球と月、そして太陽の重力と磁力が複雑に絡み合い、小惑星に想定外の作用を及ぼしたとされている）、ぎりぎりになって小惑星の軌道が変わり、地球に甚大な被害をもたらすことなく宇宙の彼方へ飛び去ったのだ。

もちろん全世界は喜びに沸いた。が、それも長くは続かない。他にも観測の網から漏れている巨大小惑星が存在し、この瞬間も地球と衝突する軌道を描いているかもしれないのだから。それはもはや、小説や映画といったフィクションでもなければ、気の遠くなるような未来の話でもなく、たったいま自分たちの鼻先に突きつけられたばかりの現実だった。そのとき人類はどうやって生き延びればいいのか、多くの人が狂おしいまでに答えを求めた。２０２９ＪＡ１は、人類の本能的な危機意識を、後戻りできないほど覚醒させてしまったのだ。

世界有数の富豪にして起業家でもあるウィル・ヤングマンも、人類存続への焦燥に取り憑かれた一人だった。若くして成功した彼は、今回の件から天啓を受け、己の役割を自覚する。自分が手にした富と力は人類を救うために授けられたものだったのだと。彼は、たとえ巨大小惑星が衝突しても人類が生き延びられるよう、地下に巨大なシェルターを建造するジオX計画を発表し、実行するための新会社〈ジオX〉を設立した。

ジオX計画の最終目標は、二万人の長期居住が可能な地底都市を世界各地に建造することとされている。出資者は優先的に居住権を入手できるというので、主に富裕層から莫大な資金が集まったほか、各国政府からも多数の問い合わせを受けた。

ただし、クリアしなければならない課題も多かった。ジオX社はまず、地下居住空間の維持に必要な技術の検証と各種データの収集のため、小規模な実験地底都市の建造を計画する。建造地は、各国の思惑が入り乱れた誘致合戦の末、アメリカ、オーストラリア、日本の三カ所に決まり、それぞれ異なるタイプの実験地底都市が十三年の歳月をかけて完成した。いずれのタイプも、電力、酸素、水、食糧から日用品に至るまで、必要なものをすべて自給する機能を備えていた。

各実験地底都市の想定居住人口は九百人で、居住実験の参加者は一般公募によって集められた。実験期間は十年。参加者は原則としてその期間中を地底都市で過ごし、地上にもどることはない。手紙やテキストのやりとりもできない。むろんリスクはあるが、地底都市での衣食住は保証されるほか、基本報酬が一年につき一人二十万ドル、登録した口座に振り込まれる。また、一年が経過するごとに二十万ドルのボーナスも加算される。やむを得ず途中でリタイアする場合は、基本報酬は日割り計算で支払われるが、ボーナスは出ない。十年間の実験を完遂すれば、さらに特別報酬として二百万ドルが支払われる。つまり、実験を終えて地上にもどるときは、合計で一人六百万ドル、為替レートによって変動するが、日本円にして八〜十億円相当の報酬を手にしていることになる。万が一のときは遺族に同額が支払われる。当然のことながら、応募者が殺到した。

そして西暦二〇四五年。書類審査、基礎学力テスト、語学力テスト、心理テスト、健康診断などを経て、全世界から選抜された二千七百名の実験参加者が、それぞれの実験地底都市へと向かった。その一つが、日本に建造された〈eUC3〉というわけだ。

その壮大な実験も、もうすぐ終わる。

一カ月の休暇を瞬く間に消化した瀬良は、正午ちょうど発のシャトルに乗り込んだ。地上コントロールセンターとeUC3を結ぶシャトルエレベーターは四基あるが、決められたスケジュールに沿って稼働するのは二基だけで、残りの二基は上と下に一基ずつ、緊急時のために待機している。ちなみに高速モードにすれば、四基とも移動時間を二十分まで短縮できるが、機材への負荷が大きいため、生命に関わるケースでもないかぎり使われることはない。

きょうのシャトルは七割くらい席が埋まっていた。ほとんどはこれからシフトに入るサポートスタッフだが、一人だけスーツ姿の男性がいる。瀬良の座席は、その男性の隣だった。色白の肌には艶と張りがあり、かなり若い。おそらく、まだ二十代だろう。デバイスでなにかを熱心に読んでいるらしく、ときおり素早く指を滑らせるほかは動かない。瀬良が隣に座ったときも、まったく注意を向けてこなかった。

定刻となってアナウンスが流れ、入り口が閉じられて気密状態へ移行する。シャトルが下降を始める。もちろん通常モードなので、到着は二時間半後、eUC3の時間で午後五時四十分になる。地上と時刻がずれているのは、一日が三十六時間に設定されているからだ。ただし、時法は地上と同じく十二進法を基にしているため、単位時間の長さが一・五倍になっている。つまり、eUC3での一日も二十四時間だが、その一時間は地上の一時間半に相当する。

最初からこうだったわけではない。運用開始から試行錯誤を繰り返した結果、それが住人の精神的ストレスを最も少なくすることがわかったのだ。eUC3はあくまでデータを収集するための実験施設であり、そこの住人はデータを提供する被験者である。だから、実験が終了すれば、施設は閉鎖される。

前方のモニター。

シャトルの現在位置を示す数値が、九九から一〇〇へと変わった。

瀬良は目を瞑《つむ》って深呼吸をする。下へ降りていくときは、どうしても心臓の鼓動が速まり、呼吸が浅くなる。身体が勝手に反応するのだ。

すでに外の地圧は凄まじいものになっているだろうが、eUC3はもちろん、シャトルタワーも十分耐え得る強度を備えている。内部の気圧と酸素濃度も一定に保たれているはず。なのに、深度が百メートルを超えるといつも、肺が圧迫されるような息苦しさを感じる。地中深くにいること自体が、身体の奥に眠る根源的な恐怖を呼び覚ますかのように。

太古の時代から、人類にとって地下やそこへ通ずる洞窟は、限りなく死に近い空間だった。死者を埋葬した場所というだけではない。湿った暗闇には、音もなく忍び寄る毒蛇や、巨大な腹部を持つ毒蜘蛛、鋭い毒針を高く掲げるサソリが潜み、いつホラアナグマやホラアナライオンが襲いかかってくるか知れなかった。多くの祖先が暗闇の中で命を落としたことだろう。しかしその一方で、祖先たちが住居としたのも、危機が迫ったときに避難した先も、有用な鉱物を手に入れることができたのも、やはり地下であり洞窟だったのだ。

祖先の記憶を体内に受け継いだ現代人は、地下へ向かうときに否応なく抵抗を覚える。行くな、という本能の声を聞く。死ぬかもしれない、という予感に怯える。だが同時に、神経系に埋め込まれたもう一つの衝動が、人をさらに深い場所へと駆り立てる。

瀬良も、進化の中で育まれてきた相反する本能の継承者だ。地下三千メートルへ下りることを恐れつつも、心のどこかで、その深さに魅了されている。だからこそ、この仕事を十年も続けてこられたのだろう。むろん、破格の報酬という大前提があっての話だが。

モニターの数値がもう少しで二〇〇に達するというとき、どこからか女性の甲高い声のようなものが聞こえてきた。それは遠い異国の言葉で歌われるアリアのようでもあり、細く長い悲鳴のようでもあった。地上へもどるときには大して気にならないのに、地下へ向かうときはやけに耳に付く。シャトルの乗客たちも溜息まじりにざわついていた。

しかし、隣のスーツ姿の男性だけは、顔を上げて目を見ひらいている。瀬良の視線に気づいたのか、決まり悪そうな笑みを浮かべて、

「これが噂に聞く〈セイレーンの歌声〉ですか」

「初めてですか」

「びっくりしました。ほんとにだれかが歌ってるみたいだ」

いいながらも、声の主を探すかのように、あちこちに視線をやる。

改めて瀬良に顔を向けた。

「あ、失礼しました。総合調査部の杉山《すぎやま》と申します」

「瀬良です。メンタルケア担当です」

「この音、いつも聞こえるんですか」

「聞こえるときもあれば、聞こえないときもあります」

「ちょっと、うす気味悪いですね」

すわ怪異現象かと当初はサポートスタッフを震え上がらせたこの音も、いまでは原因が判明している。

eUC3が地下三千メートルもの深さに建造された理由は、大きく二つある。一つは、直径三百メートルの球形空間を支えられる硬さの岩盤がその深さにしかなかったこと。そしてもう一つは、地熱発電を可能にするためだ。

それまでの地熱発電といえば、地下の熱水を地上に取り出し、その蒸気でタービンを回すフラッシュ発電が主流だった。しかしeUC3では、地中から熱を直接取り込み、それで低温沸点媒体を沸騰させて蒸気タービンを回す、一種のバイナリー発電を採用している。そのための十分な熱量を得るに

は、この深さが必要だったのだ。実際、eUC3下端周辺の地温は一四〇℃に達している。

　ちなみに、地下六三七〇キロメートル、つまり地球の中心部ともなれば、その温度は約六〇〇〇℃にもなる。これは太陽の表面温度に匹敵する。さらに地球の体積の九九パーセントは温度が一〇〇〇℃以上あり、一〇〇℃以下の部分は〇・一パーセントに満たない。地球は、じつは火球といいたくなるほど熱い惑星なのだ。

　そのような環境に作られた地底都市で問題になるのは、内部で発生する熱の処理である。さまざまな機器が発する熱だけでなく、人間の体温も馬鹿にならない。むろん最低限の冷房設備はあるが、それだって稼働させるには排熱が必要だ。対策を施さなければ、施設内はあっという間に灼熱地獄になる。かといって、周囲の温度が一〇〇℃を超える地中では、外部の熱を遮断するのが精一杯だ。内部で発生した熱は、もっと温度の低い場所に逃がすしかない。

　そこでeUC3では、特殊な構造の管を地表付近まで無数に延ばし、液状の伝熱媒体を循環させるという方法が採られている。シャトルタワーの周囲にも、そのような放熱管が何本も交差するように走っており、一定の条件がそろって伝熱媒体の流れる音が共鳴すると、まるでだれかが歌っているように聞こえるというわけだ。まあ、理屈がわかっても、うす気味悪いものはうす気味悪いのだが。

「……メンタルケア」

　杉山氏が思い出したようにつぶやく。

「なにか」

「あ、いえ」

　杉山氏が、いかにもという愛想笑いで会話を打ち切り、手元のデバイスに目をもどした。

　このとき、瀬良の勘がもう少し鋭ければ、eUC3に異変が生じていることに気づけたかもしれない。

シャトルを一歩出たとたん、澱《よど》んだ湿気を顔面に浴びた。地上から戻った直後は、空気の違いがとくに鮮烈だ。四季のある地上と違い、ここは梅雨入り間近の気候が延々と続いているようなものだからだ。三カ月（eUC3の時間では二カ月だが）もこの空気を吸わなくてはならないのかと思うと、ため息が漏れ、足も重くなる。

だが、と瀬良は顔を上げる。これが最後の三カ月でもある。十年間に及ぶ仕事を完遂した暁には、サポートスタッフにも特別ボーナスが支給される。とくに、住み込みで業務に当たってきた瀬良たちメディカルスタッフのボーナスは、大幅に割り増しされることになっている。税金を引かれても、かなりの額が手元に残るはず。瀬良は口座に振り込まれる数字を想像することで気持ちを奮い立たせた。

ステーションから居住区に下りると、湿気に加えて、籠もった生活臭が盛大に出迎えてくれる。これもやはり、地上から戻った直後に強く感じる。お世辞にも心地よい香りではないが、では不快かと問われると、簡単には答えられない。この獣じみた匂いこそ、人類本来の匂いと思わないでもないからだ。この匂いに接すると原始の衝動が目覚めるのか、血圧が上昇し、活力が湧いてくる気さえする。そしてなぜか、無性に食糧を調達したくなる。地上から食物を持ち込むことは禁じられているので、配給されるもので腹を満たすしかない。

瀬良は、手荷物を個室に残して、ラウンジへ向かった。

サポートスタッフ専用区のあちこちにある休憩用ラウンジには、四人掛けの丸テーブル四台のほか、食糧配給機が設置されている。備え付けのカップを取出口にセットしてボタンを押せば、一食分が落ちてくる。

現在のeUC3における日常食だが、一口大のマシュマロを想像してもらえば、だいたい合っている。形も大きさも歯応えもあれに近い。実際、サポートスタッフはマシュマロと呼んでいる。色は淡いオレンジで、糖質、脂質、ビタミン、ミネラル、タンパク質などがバランスよく配合されているだけでなく、腸内環境を健全にするための菌も含まれている。しかも、水に溶かしてジュースのように飲むこともできる優れもので、瀬良も忙しいときや食欲のないときはそうしてきた。ただし味は期待してはいけない。

ちなみに実験参加者も同じものを口にしている。こんなものばかり食べて心身の健康を維持できるのか、という心配は無用だ。実験参加者の健康状態は、医療担当チームが定期的にチェックしている。身長、体重、体脂肪率、血圧など各種測定のほか、血液検査のあらゆる数値が監視されている。ただし、これらのチェックの目的は、地底での生活が人体に与える影響を調べることにある。それこそが医療担当チームに与えられた仕事であり、実験参加者の健康維持、病人や負傷者の診察と治療は付随的なものだ。

といっても、治療に手を抜くという意味ではない。緊急を要すると診断された患者はただちに高速モードのシャトルで地上へ搬送され、コントロールセンター内の病院で専門的な治療を受けることができる。それでも手に負えない場合は、ティルトローター機で対応可能な病院まで飛ぶ。幸いなことに、これまでeUC3の住人から死者は出ていない。それどころか、血液検査がきっかけで思わぬ病気が見つかり、命拾いした人もいるくらいだ。だが、医療担当チームの主たる任務は、あくまでデータ収集なのである。

それは瀬良のいるメンタルケア担当チームも同様だ。瀬良たちが会社から期待されているのは、実験参加者の精神状態を把握して定期的に報告を上げ、そこから実験環境にフィードバックされた効果を観察しながら、住人の精神が最も安定する条件を探ることである。一日が三十六時間になったのは、その成果の一例に過ぎない。

食糧を確保して気が済んだ瀬良は、マシュマロの入ったカップを個室に置いてから、自分のオフィスへ向かった。カウンセリングの予約状況は手元のデバイスで確認できるし、いちおうきょうまでは休暇ということになっているが、明日からに備えて一カ月のブランクを少しでも埋めておきたかったのだ。実際、オフィスの椅子に腰を落ち着け、データを呼び出してこれまでのケースを見直していると、少しずつ感覚がもどってくる。

サポートスタッフに支給されている携帯型デバイスは、各ゲートにおけるID認証やテキストの送受信に使われるだけでなく、たとえばほかのメンタルケア担当者のスケジュールもわかるようになっている。瀬良は本日のカウンセリングがすべて終了する時間まで待ち、まず三号室のマートル先生のオフィスを訪れて帰任の挨拶をした。マートル先生は瀬良と入れ替わりに明日から休暇に入るので、彼女がステーションへ向かう前に会っておきたかったのだ。そのあと四号室の李《リ》先生にも一言挨拶をしてから、廊下をもどって一号室の前に立つ。加藤小十郎先生のオフィスだ。

ドアをノックしようと手を持ち上げたとき、ドア横の赤いランプが点《とも》っていることに気づく。カウンセリングルームが使用中なのだ。しかし、デバイスで調べた加藤先生のスケジュールによると、きょう最後のカウンセリングはとっくに終わっているはず。カウンセリングの時間を延長することは、まずない。緊急を要するケースでも出来《しゅったい》したのだろうか。

瀬良はしばらくその場に佇んでいたが、あきらめて自分のオフィスにもどり、とりあえずデバイスから加藤先生にテキストを送って帰任したことを伝えた。できれば顔を見たかったのだが、仕事中であればやむを得ない。話すのは明日にしようと腰を上げたとき、デバイスにテキストが着信した。加藤先生からの返信だった。

『帰任早々に申し訳ないが、いますぐオフィスに来てくれないか』

デバイスに表示された文面を目にした瀬良は、息を詰めること数秒、呼吸を再開すると同時にオフィスを飛び出し、一号室のドアをノックした。

「加藤先生、瀬良です」

赤いランプが消える。

ドアを開けて入る。

カウンセリングルーム。中央に置かれたウォールナットのローテーブルの周りに、一人掛けのソファが四脚。そのいちばん奥のソファに座っている加藤先生が瀬良を見て、

「すまないね、こんな時間に」

と少し疲れた様子でいった。

テーブルを挟んで加藤先生の正面に座っている男性が、ソファの上で身体を捻って振り返り、

「さきほどはどうも」

と愛想のない会釈をする。シャトルの中でいっしょだった総合調査部の杉山氏だ。前に向き直り、

「加藤先生、私は瀬良先生を巻き込むのは反対です」

「ぼく一人では荷が重すぎるよ」

「だから私が来ました」

「君の意見で地上を動かせるのかい？」

「先生は彼らの要求を受け入れるつもりなのですか」

「つまり君は最初から拒絶する前提でいるわけだ」

「当たり前です」

「あの」

瀬良はようやく声を出した。

加藤先生が我に返った顔で、

「ああ、瀬良くん。まずは掛けてくれ」

不服そうな杉山氏を横目に、瀬良は空いているソファに腰を下ろす。

「瀬良くんのいない間に大変なことになってね」

「ことを必要以上に大きくすべきではありません」

「地上は事態を甘く見過ぎている」

「かといって交渉など論外でしょう」

「なにが、あったのですか」

加藤先生が顔を瀬良に向けて、

「この施設は、実験の終了と同時に閉鎖されることが決まっている」

「はい」

「ところが一部の住人が、施設の閉鎖を延期するよう要求してきたんだよ」

いわれた意味がすぐに摑《つか》めなかった。直後、まさか、という言葉が喉《のど》まで出かかる。

「延期の期間は二年。地上の時間では三年か」

「いまさら実験期間を延長するメリットはありません」

加藤先生が杉山氏に向き直り、

「今回のケースも貴重なデータになるとは思わないかね」

「それと要求を受け入れることは別です」

「私のところに持ち込まれた要求書を、君も読んだだろう」

「読むもなにも、二年間の延期を求めるとしか書いてなかったじゃないですか」

「あの要求書の末尾には、二百三十九名の署名が並んでいた。現在残っている住人の半数近い数だ。この意味がほんとうにわかっているのかい。慎重に対応しないと、取り返しのつかないことになるよ」

言葉を返せず口ごもる杉山氏に、加藤先生がため息を吐き、

「地上に報告するときも、そう念を押したはずなんだけどね」

「延期を求める理由は、なんなのですか」

加藤先生の目が瀬良を捉える。

「じつは、このあと、その件を含め、住人代表に話を聞くことになっているんだよ」

「きょうこれから、ですか」

「瀬良くんにとっては急なことだし、まだ休暇中であることも承知の上でお願いするのだが、私たちといっしょに話し合いの場に来てもらえないだろうか。君も開設当初からここにいて、ラポールのとれている住人も多い。いてくれるとたいへん心強いのだが」

「そういうことであれば喜んで」

加藤先生がほっと笑みを漏らす。

「ありがとう。助かるよ」

「これは話し合いではありません。こちらの回答を通告するだけです」

加藤先生が、杉山氏に硬い一瞥をくれてから、腰を上げる。

「そろそろ移動しよう」

瀬良も立ち上がりながら、

「場所は」

「図書館だ」

オフィスを出ると、照明はすでに落とされていた。うす暗い廊下を進み、明るい中央エレベーターホールに出る。実験参加者の暮らす居住区は十層から成っているが、ここで稼働する八基のエレベーターが、各層を行き来するときの主な移動手段となる。

「驚いたろう」

乗り込んだエレベーターが下降を始めると、加藤先生が小さくいった。

瀬良は、はい、とうなずき、

「こんなことになっていたとは」

「ぼくも迂闊《うかつ》だったよ。兆候は現れていた。もっと重く受け止めるべきだった」

いまから思えば、たしかに兆候というべきものはあった。だが、住人がeUC3の閉鎖延期を求めて具体的な行動に出るなどと、どうして予測できようか。しかも、半数近い住人がそれを望み、署名までしているという。これはもう〈クラス替えの不安〉で説明できる範囲を超えている。住人になにかが起きているのだ。瀬良たちが想定できていないなにかが。

「ほかの先生方には」

「知らせていない。というか、ほかのサポートスタッフには知らせないことになっている」

「地上の指示ですか」

瀬良は、黙り込んでいる杉山氏をちらと見た。

「それもあるが、もともとは住人側からのリクエストだ。どうやら、地上と交渉する際の仲介役をぼくに期待しているらしい」

「なぜ先生を」

「十年来の付き合いだからじゃないかな。職務上、住人と接する機会も多いし」

「指名されたのは加藤先生なのに、僕なんかが付いていって大丈夫でしょうか」

「住人とラポールがとれているという点では、瀬良くんも同様じゃないか。彼らとて、味方になってくれそうな人間は多いほうがいいはずだ。それに、もし君が休暇中でなかったら、ぼくではなく、君が指名されていた可能性だってある」

エレベーターが第五層で停まり、ドアが開く。ここも全体の照明は落とされているが、街灯を模したランプの光で、日没直後くらいの明るさは保たれていた。

第五層は、ほかの居住層に比べて天井がひときわ高く、ｅＵＣ３では最も解放感を味わえる空間だ。エレベーターホールを中心に公園が広がり、その公園を取り囲むように図書館や映画館、劇場、遊技場、ジム、多目的広場などが配置されている。住人にとっては憩いや娯楽を楽しめるほとんど唯一の場所でもあった。とくに活況を呈しているのは劇場で、有志を募って結成されたアマチュア劇団や合唱団、ダンスサークルなどによる発表会が毎日のように開催され、住人たちの喝采を浴びているという。夜間も住人の立ち入りは自由であり、とくに遊技場やジムなどは一日中にぎわっていると聞いていたが、いまは暗く沈んで音もない。

「来ているようだね」

公園を取り巻く各種施設の中で唯一、灯りを点しているのが図書館だった。瀬良たちは、その灯りへ向かって、公園の中を歩く。公園といっても芝生などはなく、適度に弾力のあるクリーム色の床材が敷き詰められているだけだ。そして、ここにも、十年間に及ぶ生命活動の匂いが染み着いているのだった。

「とりあえず今回は向こうの言い分を聞く。いいね」

加藤先生が念を押すと、

「私の立場としては、地上の回答を通告しないわけにはいきません」

杉山氏が精一杯の不満をにじませる。

「通告までにしておいてくれ。きょう、この場で決着させようなどとは考えないように。でなければ、ぼくはもう責任を持てないよ。おそらく、この問題は君が思っているより根が深い」

図書館の観音開きのドアは、開け放してあった。入ってすぐ左手に、高さ二メートルほどの大きな書架が二列縦隊を成している。加藤先生と杉山氏が、その列の間を進んでいく。瀬良は、紙の匂いが立ちこめる中を歩きながら、ここはｅＵＣ３で最も人間らしくいられる場所かもしれない、と思った。本を読むという行為に、人間という存在の特質が集約されている気がするのだ。この図書館にも、文芸、歴史、科学、エンターテインメントなど、あらゆるジャンルの書物がそろっており、実験参加者は自由に借りて読むことができる。ただし、日本語で書かれた本は半分ほどで、残りは英語、スペイン語、中国語などだ。いうまでもないが、どのような内容の本が読まれているのかは、データとして日々地上に送信されている。

書物の森を抜けると、がらんとしたスペースが眼前に広がった。中央にぽつりと置かれた六人掛けのテーブルは、長テーブル二台をくっつけたものだ。そこに着席していた三名が、瀬良たちを見るなり立ち上がる。

「三人だけ？」

杉山氏が拍子抜けしたようにつぶやく。

周囲を見回しても、ほかに住人の姿はない。壁際に積み上げられているのは、脚を折り畳んだ長テーブルだ。きょうの会見の場所をつくるために、わざわざ片づけたらしい。

三名とも淡いクリーム色のシャツとパンツを着用しているが、ストールの色と纏《まと》い方が違う。こちらから見て左側の男性は、青いストールを捻って腰に巻き付けている。右側の男性は、赤いストールを捻ってあるが、それを右肩から袈裟《けさ》懸《が》けに巻いている。そして真ん中の人は、白いストールを捻らずに肩にふわりと掛け、前でゆるく結んでいる。その人が女性だとわかったのは、目の前まで近づいてからだ。

実験開始時には、参加者の三分の一を女性が占めていたが、その大半は三年以内に自らリタイアし、相応の報酬を手に施設を去っている。現在もｅＵＣ３に留まっているのは、四十名ほどに過ぎない。そのうちの一人が、住人代表団の中心にいるということだ。

「加藤先生、ご迷惑をおかけして、すみません」

女性が神妙な顔でいった。男性たちも硬い表情を崩さない。

「まずは掛けましょう」

加藤先生が真ん中の椅子を引いて座る。その左右に瀬良と杉山氏が着席するのを待って、住人側の三名も腰を下ろす。

男性はいずれも四十代半ばくらいだが、女性はやけに若く見える。ここでは化粧品類の支給はないので、メイクで若作りしているのでもない。しかし、実験参加者の年齢条件は、応募時点で二十五歳以上六十歳未満であることだった。ということは、彼女も三十五歳は超えているはず。

髪は三人とも短いが、これは当然だ。ｅＵＣ３にも理髪室はあり、瀬良たちメディカル&メンタルケア部と同じ第十層に入っている。担当は衛生管理部。ただし、ここでできるのは丸刈りだけだ。そもそも実験に参加する条件の一つが、衛生上の理由から頭を丸刈りにしてくることだった。実験開始後も、半年に一度は理髪室で丸刈りにしなければならない。だから住人の髪は、長くても十センチを超えることはない。

「お二人は、私とは初めてですね」

と加藤先生が左右の男性を交互に見て、

「メンタルケア担当の加藤です。隣は同じくメンタルケア担当の瀬良先生」

瀬良にも二人を担当した記憶はなかった。もちろん女性もだ。

「瀬良先生には、私から無理にお願いして、付いてきていただきました。そしてこちらは、地上コントロールセンター総合調査部の杉山さん」

続いて住人側の三名もそれぞれ自己紹介した。

コンノ　ユカリ　登録番号３００１４
ナガイ　カズヤ　登録番号３１２８６
イガワ　モトキ　登録番号３１７９５

「最初にお断りしておきますが」

さっそく杉山氏が、語気も強く切り出す。

「これは交渉ではありません。あくまで地上の回答をお伝えする場です。私が派遣されてきたのは、みなさんの長年の貢献に対する、我々の敬意の表れとお考えください。ただし、みなさんの事情も可能なかぎり理解したいとは思っています」

三人の表情は変わらない。

「単刀直入にお尋ねします。延期を要求する目的は、報酬の増額ですか」

質問というより、確認するような言い方だった。地上ではそう決めてかかっているのだろう。

「違います」

コンノユカリが、あっさりと返した。

「要求書に署名した二百三十九名は、二年間の延期を受け入れていただけた場合、実験完了時に受け取ることになっている特別報酬を含め、以後の報酬をすべて辞退いたします」

え、と声を漏らしたきり、杉山氏が沈黙する。横顔にも戸惑いが露わだ。

瀬良も、まさか彼らが最後の特別報酬まで放棄するつもりだとは思わなかった。というより理解しがたかった。

「なぜですか」

思わず問いかけていた。

「なぜ、とは」

コンノユカリが穏やかな微笑を向けてくる。

「ここでの生活は、とてもではないが、快適とはいえません。じつは私は、さきほど地上から下りてきたばかりですが、正直、一刻も早く出たいと感じています」

「あなたは、幸せな方なのですね」

「……どういう意味ですか」

微笑を湛えたまま目を伏せる。

「あなた方だって、この実験に参加したそもそもの動機は、報酬ではなかったのですか。でなければ、このような危険で劣悪な環境で生活したいとは思わないはずです。長かったその生活も、あと三カ月、いや失礼、二カ月で終わる。みなさんは念願の莫大な資産を手にして地上の生活にもどれる。なのに、それを捨ててまでここに留まろうとする理由がわからない。私にも理解できるように説明していただけますか」

「いまはお話しできません」

「できない？」

「みなさんには、わたしたちの話を受け入れる準備ができていないようなので」

杉山氏が短く笑い、

「ならば、これ以上、時間をかける意味はない」

怒りをはらんだ声で続ける。

「あなた方の要求は、いっさい呑めません。実験期間が終わり次第、我々の指示に従って退去していただく」

「わたしたちは、定められた期間が過ぎても、ここを出るつもりはありません」

コンノユカリが微笑を消して返す。

「居座るというのか」

杉山氏は苛立《いらだ》ちを隠そうともしない。

「不法占拠だぞ」

「ですから、こうして許可をいただこうとしているのです」

「許可など与えられない。さっきもいったとおりだ」

「それでも、わたしたちの意志は変わりません」

「不法占拠も厭《いと》わないと」

「最悪の場合は」

「いまの言動は、不法行為による脅迫に該当する。明白な規則違反だ。保安員を呼んで、このまま強制退去させることもできる」

左右の男性がわずかに腰を浮かせる。

「杉山くん」

加藤先生が低い声でたしなめると、杉山氏もさすがにまずいと悟ったのか、

「だが、そこまでは考えていない」

と付け加えてから、攻め方を変える。

「どちらにせよ、実験期間を終えれば、我々は撤収することになる。地上からのサポートなしでは、ここでの生存は不可能だ」

「そうでしょうか」

コンノユカリは動じない。

「この施設がなんのために造られたものか、お忘れですか」

杉山氏が言葉に詰まる。

「コンノさん」

加藤先生が、静かに口を開く。

「あなたは、この地下三千メートルに独立国でも打ち立てるつもりですか」

「そのような大それたことなど」

コンノユカリが受け流す。

二人の男性は表情を殺していたが、笑いを堪えているようにも見えた。


「いっただろ。根が深いと」

「ブラフですよ。報酬を吊り上げるための」

杉山氏の声には力がない。加藤先生のオフィスに帰ってきてからずっと、ソファに浅く腰かけてうつむき、組み合わせた両手を口元に押しつけている。

「君も彼らの目を見たろう。ああいう目をした相手に譲歩を期待できると、本気で思うかい」

報酬の増額という現実的な動機ならば、交渉のやりようはある。だが、おそらく住人たちは、非現実的な妄想を共有し、それを根拠に動いている。平たくいえば、思い込みによる集団暴走だ。でなければ、地下三千メートルの隔絶した空間に立てこもるという、常軌を逸した考えには到達しない。

こうした人々の妥協する余地は限りなく小さい。要求が受け入れられない場合、躊躇《ためら》いなくここを不法占拠するだろう。そのとき地上が取り得る選択肢は限られる。

一つは、保安員による実力行使だ。eUC3にも規則違反を取り締まる保安員は常駐しているが、一度に二百三十九名もの住人に対応できる態勢にはなっていない。しかしたとえば、四基すべてのシャトルを使って武装した保安隊を一斉に送り込み、居座る住人を拘束して地上へ強制送還することは可能だ。

もう一つは、地上からeUC3のインフラを操作して、退去せざるを得ない状況をつくることだ。たとえば、冷房の出力を弱めれば施設内はあっという間に高温になり、生存できなくなる。

だが、いざ実行するとなるとどちらもハードルが高い、というのが加藤先生の意見だった。

「まず、武装保安員による強制排除は大きなリスクをともなう。負傷者や、下手をすれば死者すら出かねない。それはインフラ操作も同様だ。狸を穴から燻《いぶ》し出すのとはわけが違う。たとえ生存不可能な状態になっても、彼らがあえてそのまま死を選ぶこともあり得る。そうなれば、会社は民間人を大量虐殺したことになり、ジオX計画の存続にも関わる大問題に発展する。それに、仮に混乱なく不法占拠を終わらせることができたとしても、住人が反乱を起こしたという事実は残ってしまう。これはジオX計画そのものの信頼性を揺るがしかねない。会社としては避けたいところだろう」

「では、どうすればいいんですか！」

叫んで顔を上げた杉山氏に、加藤先生は一息おいて答える。

「あくまで住人からの自主的な提案という形にして、実験期間を延長する」

「要求を受け入れろと？」

「ものは考えようだ。今回の住人の動きは、地底生活が人間の精神に及ぼす影響という点からも、心理学的に非常に興味深い。今後ジオX計画を進める上でも貴重なデータになる。延長する二年間を、その解析と検証に使うのであれば、きわめて有益なものになるだろう。彼らが特別報酬を放棄するなら、コスト的にも悪くない話だ。じゅうぶん検討に値すると思うがね」

「先生方は、それでいいんですか」

杉山氏が瀬良にちらと視線を飛ばす。

「さらに二年、実質的には三年間も、ここで働くことになりますよ」

「そこは、会社との交渉次第だ。当初の予定どおり、特別報酬をもらって出ていきたいサポートスタッフも多いだろうしね」

「瀬良先生はどうなんです」

「僕はそのときになったら考えますよ」

とはいえ、よほどの好条件が提示されないかぎり、ここでの仕事を続ける気にはなれないが。

杉山氏が時間を確認して腰を上げる。

「そろそろ行きます」

「しっかりと上に伝えてくれよ。ぼくがいったことを」

杉山氏が小さくうなずき、オフィスを出ていった。

「さて、瀬良くん」

声が軽い。

「ぼくたちは、過去のケースを洗い直して、なぜ住人があのような行動を起こすに至ったのか、探ってみようじゃないか」

「先生には、すでに心当たりがあるのでは」

加藤先生がにやりとする。

「君もか」

第二章　闇に棲むもの

1

実験参加者がジオX社と交わした契約書には、支払われる報酬額だけでなく、参加者の義務も明記してある。たとえば、各層のエレベーターホールに設置してある電子掲示板を毎日確認してその指示に従うことだ。時計とカレンダーも兼ねているこの電子掲示板には、その日に健康チェックを受ける住人の登録番号のほか、さまざまな連絡事項が表示される。

また、コミュニティの秩序を乱す言動を慎み、そのような行為を見かけたときには、随所に備え付けてある有線電話機を使って速やかに保安部に通報しなければならない。駆けつけた保安員の指示に従わない場合は、即座に実験参加の資格を失い、地上に強制送還される。明白な犯罪行為が確認されたときも同様で、この場合は地上にもどってから警察に引き渡される。

ここまでは常識的というか、コミュニティを円滑に運営するためには必要なルールだ。しかし、それ以上に重要な条項がいちばん最後にさりげなく付記してあったことは、あの日までほとんどの住人が忘れていただろう。

何度も言及してきたが、ｅＵＣ３はあくまで実験施設である。各種インフラ技術の実地検証に加え、さまざまなテーマに沿ったデータを収集することを目的にしている。その中で最も優先度の高い問題が、長期間にわたる地底生活が人体と精神に及ぼす影響だ。だからこそ住人の心身の状態が定期的にチェックされているのだが、じつは実験参加者は、この最後の条項によって、もう一歩踏み込んだデータの提供も求められていた。

すなわち、地下三千メートルの閉鎖空間という環境だけでも相当なストレスがかかるが、そこに不測の事態が加わるとどうなるかをシミュレーションする。具体的にいうと、意図的にトラブルに類似した状況を作り出し、それに対する住人の反応をデータとして収集することにも同意しなければならなかったのだ。もちろん、いつどのようなトラブルが起きるのか、事前に知らされることはない。

大半の実験参加者は、報酬額の計算に熱中するあまり、この条項を読み流してしまったようだ。懸念を感じた少数の人も、いざ実験が始まると新しい環境に適応するのが精一杯で、それどころではなかったらしい。みなが地底都市での生活に慣れはじめ、この条項のことなどだれも口にしなくなったころ、最初のシミュレーションが実行された。

「そのとき最も多かった訴えが、シミュレーションの最中に幻覚を見たというものでした。僕が担当しただけでも十八人になります」

「ぼくのところは二十二人だ」

図書館での会見の翌日、一日の仕事を終えた瀬良は、加藤先生のオフィスを訪れ、当時のデータを洗い直した結果を報告し合った。

「問題は幻覚の内容です」

加藤先生がうなずく。

「みな同じものを見てる」

その日、ｅＵＣ3の時間では午後一時ちょうど、実験参加者の居住区の明かりがすべて消え、完全な闇に落ちた。地下三千メートルにおける、自分の手さえ見えない絶対的な暗黒である。不意を突かれた住人は恐慌状態に陥った。あの条項を思い出したとしても、シミュレーションか本物のトラブルかを咄嗟《とっさ》に判断するのは困難だったろう。

「暗闇の中で幻覚を見ることは珍しくない」

人間の脳は、常になにかしらの外部情報を得ることに慣れているため、それまで入力されていた視覚情報が遮断されると、記憶に蓄えられたさまざまなイメージを駆使してみずから視覚情報を創作し、空白を埋めようとする。それが幻覚となって目の前に現れるわけだ。

「しかし、全員が同じ幻覚を見たことは、どう解釈しますか」

住人たちがその目で見たと口をそろえたのは、闇の中を飛ぶように駆けていく、逞《たくま》しい美青年の姿だった。しかも、その裸身は光り輝いていたという。

「複数の人が似たような幻覚を見ることは、理論上はあり得る。たとえば、目に見えたものをだれかが言葉にすれば、言葉を受け取った人の脳ではその情報をもとに視覚情報が創られる。これが繰り返されることで、一つの幻覚が連鎖的に共有されていく。一人一人の脳が創りだした映像がまったく同じではないとしても、互いに情報交換する中で無意識のうちに記憶が摺り合わされれば、集団的神秘体験のできあがりだ」

コンノユカリたちの言動の根源がどこにあるのかを考えたとき、瀬良と加藤先生の頭に真っ先に浮かんだのが、この最初のシミュレーションだった。ｅＵＣ3の十年間に及ぶ歴史の中で、おそらく住人の精神に最も大きなインパクトを与えたであろう出来事だからだ。ただし、直後にカウンセリングの受診者が急増して幻覚などの症状を訴えたものの、じつはその波は十日と経たずに収まっている。

だから当時の瀬良も幻覚の意味を深く考察することなく、暗黒体験の影響は意外に長引かないと結論してしまった。いまから思えば軽率だと言わざるを得ない。

「目撃された青年の正体を巡って、住人の間で憶測が飛び交ったことは想像に難くない。その際、幻覚として処理されずに、宗教的な概念に吸収されてしまったのかもしれない。住人の情緒が短期間で安定したように見えたのも、それが理由だとすれば」

「暗黒体験のショックは解消されたのでなく、別の形に変容して温存されたことになりますね」

そのとき生まれた宗教的概念が、今回の彼らの行動の根底にあるのではないか。もちろんそれ以外の要因も考えられるが、最も可能性の高いものとなると、やはり暗黒実験を挙げないわけにはいかない。

「ただ、彼らがここをある種の聖地だと考えているとしても、必ずしも占拠し続ける必要はないはずです。宗教であれば、むしろ早く地上にもどって布教活動に勤《いそ》しみそうなものですが」

「そのあたりの事情は、当人たちに聞くしかないだろうね」

「杉山さんからはまだなにも？」

「上でも対応に困っているのではないかな。本社に伺いを立てているかもしれない」

出発地点の見当は付いたとしても、それがどのような経緯で現在の状況に至ったのかとなると、まるでわからない。絵を完成させるには決定的なピースが欠けている。

「ところで、あのコンノユカリという女性は、先生のクライアントだったのですか」

本来カウンセラーには守秘義務があるが、ここではクライアントの情報もデータとして共有できることになっている。

「クライアントとはいえないな。事前に会ったのは一度きり。カウンセリングの予約を入れてオフィスに来たが、要求書を置いてすぐに帰ってしまったから」
彼女がキーパーソンであることは間違いない。
「どういう人なんでしょうね」

2

数百名の健康な成人が長期間にわたって共同生活する以上、性愛の問題は避けて通れない。実験施設といえども、恋愛は自由だ。というか、そこを制限しては実験の意味がない。将来建造されるであろう地底都市でも、同様の問題は間違いなく発生するのだから。

性愛をめぐる人間関係のトラブルも無視できないが、最も現実的な対処を迫られるのは妊娠だろう。eUC3ではいつでも避妊具が入手可能とはいえ、それだけで望まない妊娠をすべて防ぐことはできない。妊娠が判明した女性は、母体と胎児の健康を優先するため、自動的にリタイアとなる。eUC3の医療施設では、出産するにせよ堕胎を選ぶにせよ、じゅうぶんな対応ができないからだ。

念のために言い添えておくと、出産する場合はもちろんだが（eUC3では育児までは想定されていないので）、たとえ堕胎を選んでも、実験に復帰することはできない。そんなことが可能になれば、そのこと自体が堕胎を選ばせるインセンティブとして働きかねないからだ。

なお、妊娠によってリタイアする場合には、二十万ドルの特例金が支給される。これは、リタイアによって報酬を受け取れなくなることを恐れるあまり、妊娠の事実を隠蔽《いんぺい》したり、自らの手で危険な堕胎を試みたりすることを防ぐためだ。

さらに、女性が出産を選択した場合、相手の男性がともにリタイアすれば、同額が支払われる。実際、これまでに六組のカップルが、合計四十万ドルの祝儀を手に施設を去っている。逆に、妊娠してリタイアすることになった女性が不服を申し立て、ｅＵＣ３への残留を求めた例は一つもない。

つまりは、そういうことだ。

もちろん性犯罪に対しても、ほかの違法行為以上に厳しい処罰が待っているが、それでも多くの女性にとって、ここが居心地のいい場所でないことは明白だった。早々にリタイアする女性が、それも比較的若い層から続出したのも無理はない。

そのような環境を十年間にわたって耐え抜き、二百三十九名の住人を代表する存在にまでなったのが、コンノユカリという女性なのだ。

登録されたデータによると、本名は紺野ゆかり。現在三十七歳。小惑星２０２９ＪＡ１が地球を掠めたのは十二歳の年だ。その後、大学を出て中学の教師となるが、一年で退職して宇宙飛行士を目指すも挫折。そして二十五歳のとき、ジオＸ計画の参加者募集を知る。

小学生だった彼女の心に、２０２９ＪＡ１がどれほどの傷を残したのか、いまとなっては推測するしかないが、瀬良には彼女の人生におけるあらゆる選択に影を落としているように思えてならない。奇遇にも瀬良が彼女と同い年で、彼女と同じ十二歳のときにあの出来事に遭遇したから、よけいにそう感じてしまうのかもしれないが。

ところで、ｅＵＣ３の住人がカウンセリングを受けるときは、各層に設置された有線電話機を使って予約を入れる。そのとき対応するのは瀬良たちではなく、ｅＵＣ３の専属オペレーターだ。住人は、氏名と登録番号、カウンセリング希望の旨をオペレーターに伝え、最後にＩＤコードを入力する。ＩＤコードとは、数字とアルファベットを組み合わせた四文字からなる、一人一人に固有のコードだ。本人確認の手段としては原始的だが、機材トラブルの影響を受けにくいという利点もあり、ここでは十分だ。すべてが登録データと一致すればめでたく予約成立となり、当該カウンセラーのスケジュールに書き込まれる。瀬良たちはスケジュールを見て自分のところにだれが来室するのかを知り、クライアントとなる住人の登録データや各種サービスの利用履歴、サークルなどの活動記録に目を通しておくわけだ。

だがその日、新たな予約を報《しら》せる通知が着信してスケジュールを確認した瀬良は、目を疑った。表示されたクライアントの名前が〈コンノユカリ〉だったのだ。まさかと思ってリンク先の登録データを呼び出してみたが、同姓同名の別人ではなく、登録番号３００１４、顔写真もまさしく図書館で会ったあのコンノユカリに間違いない。

ぞっとした。

すべてを見透かされているような気がしたからだ。もちろん、そんなことはあり得ないのだが。

加藤先生に一報入れておこうかとも考えたが、思いとどまった。なにか目的があるのではないか。加藤先生に報せるのは、それを確かめてからでも遅くはない。

予約の時間きっかりに来室したコンノユカリは、カウンセリングルームに一歩入るなり、物怖《ものお》じするように立ち止まって、きょろきょろと辺りを見回した。その自信なげな振る舞いは、図書館での泰然とした姿とはかけ離れ、別人ではないのかと疑ったくらいだ。

今日のストールは赤色で、捻ったものを腰に一重に巻き、両端をふわりと前に垂らしている。図書館で会ったときは白いストールに隠れて目立たなかったが、両肩は女性にしても頼りないほど細い。

「どうぞ、おかけになってください」

はい、と小さな声でうなずき、ソファに腰を下ろす。

瀬良も、ローテーブルを挟んだ正面に座り、

「いちおう決まりなので、最初にお名前と登録番号を」

「コンノユカリ。３００１４」

瀬良はいつも、向き合って最初の十秒間に、最大限の集中力をもってクライアントを観察する。表情、目の動き、手の置き場、姿勢などから、いまどのような気持ちでいるのか、どのような感情を抱いているのか、なにを求めているのか、可能なかぎり読みとる。

「カウンセリングは初めてですか」

「ここに来る前に、何度か」

「地上で？」

「あ、はい」

あらためて一対一で向き合うと、たしかに不思議な空気を纏った女性ではある。鼻や顎はやや尖りぎみで冷たい印象を与えるが、豊かな唇の存在感がそれをうまく中和している。黒々とした大きな目は神秘的でさえあり、地底の巫女《みこ》とでもいいたくなるほどだ。活動記録によると、彼女はここで結成された劇団の一つに所属してなんども舞台に立ったことがあるらしいので、そうした経験も立ち居振る舞いに滲み出ているのかもしれない。それでも、彼女がこの部屋にいることには違和感しかない。

カウンセリングを希望して来室する人は、なんらかの問題を抱えている。その問題への対処の一つとして、カウンセリングを選ぶ。なのに、目の前にいるこの人からは、問題の存在を感じられないのだ。

こういう場合、二つの可能性が考えられる。

ほんとうに問題などないか。

あるいは、外から見えないよう、厚い壁で隠しているか。

「念のために伺いますが、ここにはあくまでカウンセリングを受けにいらしたのですね」

なにをいわれたのかわからない、という顔で瞬きをする。

「あなたはいまや、二百三十九名の住人を代表する方です。そのあなたが、わざわざここに足を運んだということは」

あ、と悟ったように目を丸くしてから、笑みを漏らした。その一瞬の笑顔の、意表を突くようなあどけなさが、印象をさらに混乱させる。

「気を悪くしないでください。この点だけは確認しておきたかったので」

コンノユカリは、そうですね、と受けてから、黒い瞳をきらりと輝かせた。

「少し、おしゃべりをしたくなったんです。なにを話すというわけではなく、とりとめのないことを、だらだらと」

急に真顔になり、深淵を思わせる目で瀬良を見つめる。

「だめですか、こういうのは」

「……だめではないのですが」

「よかった」

頬をゆるめ、同意を求めるように首を少し傾《かし》げる。

どうも調子が狂う。

「しかし、どうして私なのですか。カウンセラーなら、私と加藤先生のほかに、李先生がいます」

「瀬良先生では不都合が？」

「図書館でのことがありますから、普通なら避けるのではないかと」

面白がるように笑って、

「そんなふうに考えるのですね。普通の人は」

いつの間にか主導権を握られている。

こういう場合は相手のリードに流れを任せたほうがいい。

「わたしは、ほかならぬ瀬良先生とお話がしたいと思ったんです」

「だから、なぜ私と」

「同世代の方とお見受けしたので」

「ご推察のとおり、同い年です」

「やっぱり」

嬉しそうに口角を上げる。

「それが理由になるのですか」

「ここは年上の方ばかりですから」

たしかに、現在残っている住人で最も多いのが四十代で、次いで五十代、六十代と続く。三十代はわずか三名に過ぎず、女性はコンノユカリ唯一人だ。

「瀬良先生は、なぜこのお仕事を？」

「カウンセラーという意味ですか。それとも、地下三千メートルを職場にしたこと？」

「両方」

「カウンセラーを目指したのは、まあ、ありきたりですけど、人の心に興味があったからです。ここを職場に選んだ理由はもっと単純で、報酬がよかったからですよ」

「それだけですか」

瀬良に向けられた瞳に、微かな失望が過《よ》ぎる。

「コンノさんは、なぜこの実験に参加しようと思ったのですか。あ、質問に答えたくなければ、そういってください。無理に答える必要はありませんから」

いいえ、と首を横に振りながら、顔を伏せる。

「僕がそうだからというわけでもないのですが、この実験に参加している人はみな、報酬が目的だと思っていました。やはり億単位の大金は魅力ですからね。しかし、それでは今回のコンノさんたちの行動が説明できない。正直、どう考えればいいのか、途方に暮れていたんです。せっかくこうしてコンノさんとお話しできる機会を得られたので、もしよければご教示いただけると助かります。それとも、やはり僕にはまだ、準備ができていませんか」

「瀬良先生は、ほんとうに、報酬だけが目的でここに？」

「そうですよ。本人がいっているのだから間違いない……」

そこまで口にして、ふと薄ら寒いものを感じた。あるのが当たり前と思っていた足下の大地がいつの間にか消えている。そんな恐怖を。

コンノユカリが、ゆっくりと顔を上げる。

「先生は、あの日、どこで、どのように過ごされましたか」

「……あの日というと」

「西暦二〇二九年五月八日」

深く静かな声が、瀬良の身体を硬直させる。

「家にいました。母と妹といっしょに」

いまや観察されているのは瀬良のほうだった。

「できるだけ普段と同じように過ごそうと、母がいったので」

「できましたか。普段と同じように」

「難しかったですね。なにしろ十二歳ですから。母は、必死に堪えていたようですが」

日本時間でその日の午後九時ごろ、２０２９ＪＡ１が大気圏に突入するとされていた。落下地点に関しては太平洋上の可能性が高いという以外に詳細な公式発表はなかったが、さまざまな噂が無数のバリエーションを生みながら増殖していた。ＳＮＳで最も多く見かけたのは、太平洋の真ん中に落ちた２０２９ＪＡ１は高さ千メートル超の巨大津波を引き起こし、海底を削って舞い上げられた大量のちりが太陽光を遮《さえぎ》り、世界的な飢餓によって全人口の九割以上が一年以内に死ぬことになる、というものだった。

十二歳の瀬良が母と妹と暮らしていたアパートは、巨大津波が来たら真っ先に呑み込まれる場所にあった。避難しようにも、日本海側へ向かう道路は延々と続く渋滞と多発した事故によってことごとく塞がれ、鉄道などの公共交通機関も麻痺状態とあっては、どうすることもできなかった。

近所のスーパーマーケットやコンビニの棚からは、あらゆるものが瞬時に消えた。母は日頃から予備を多めに家に置いておく人だったので、しばらくは日用品の心配はなかったし、食べ物も一週間はだいじょうぶだったが、大して慰めにはならなかった。

幸いなことに、電気や水道、通信などのインフラは健在だった。我先に逃げ出す人がいる一方で、最後まで現場に残って自分の責務を果たそうとする人もたしかにいたのだ。

瀬良と妹が通う小学校も当日は休校になったものの、前日は授業が行われていた。登校してきた生徒は半分以下だったが、教師はほとんど来ていた。ただし給食はなく、午前中だけで全員下校することになった。その下校途中で見かけた光景が、いまも目に焼き付いている。通学路にある交差点の近くで、ハンドスピーカーや手書きのプラカードを手にした十名ほどの男女が沿道に横一列に並び、人も車両もまばらな道路に向かって必死の形相で叫んでいたのだ。小惑星衝突は嘘だ、騙されるな、と。

「わたしは、親に殺されかけました」

そう告げたコンノユカリの口元には、小さな笑みが浮かんでいる。

「外に逃げて助かりましたけど」

当時、無理心中事件も各地で頻発したらしい。彼女の親も、精神的に追いつめられた一人だったのだろう。小惑星の軌道が変わり、地球に衝突することなく去ったと発表されたのは、翌日になってからだ。絶望に駆られて取り返しのつかないことをしてしまった人たちは、どんな思いでその吉報を受けとめたのか。

「そのとき、天から落ちてくる巨大な火の玉を見たのです」

思わぬ言葉が、瀬良を過去から引きもどした。

「家を飛び出して泣きながら走っていたとき、急に頭上が明るくなって足を止めました。そうしたら……わたしは指一本動かすこともできず、大きく迫ってくる火の玉を見つめるしかありませんでした。そのうちに、地表を叩くような強い風が吹きはじめ、あらゆる建物を吹き飛ばし、人や車が砂粒のように舞い上げられ――」

「しかし」

瀬良は思わず遮った。

コンノユカリは表情を変えず、

「はい。実際には、そんなことは起こりませんでした。小惑星は落ちてこなかったのですから。我に返ったときには、いつもの夜空が広がっていただけです。火の玉はどこにもありません」

笑みを深くして、

「でも、わたしは、たしかに見ました」

その瞬間、瀬良は理解した。

彼女がeUC3に留まる真の理由を。

「あなたは、自分の幻視したものが、遠からず現実になると考えているのですね」

2029JA1以来、世界中の天文台や宇宙望遠鏡が、巨大小惑星の監視に力を入れている。いまのところ、地球に衝突しそうなものは見つかっていないが、監視網から漏れている可能性はある。

「あなたにとって、ここは実験施設ではなくシェルターそのものであり、いま地上にもどることは自殺行為に等しい。だから報酬など端《はな》から眼中になかった」

コンノユカリは否定しない。

「あなた方は、施設の閉鎖を二年延期するよう要求しています。もしその間になにも起こらなかったら、ふたたび延期を求めるつもりですか。小惑星が落ちてくるまで」

「その問いは無意味です。二年以内に、それは来ます」

「なぜ断言できるのです」

答えは返ってこない。

冷たい壁のような沈黙が続く。

「……いいでしょう。質問を変えます」

瀬良は諦めていった。

「あなたの事情はわかりました。しかし、あなたを除く二百三十八名の大半は報酬目的でここに来た。少なくとも最初はそうだったはずです。まさか全員、落ちてくる小惑星を幻視したわけではないでしょう。なぜ彼らは、あなたと行動を共にしているのですか」

「瀬良先生は、なぜだとお考えですか」

挑戦的な眼差しで問い返してくる。

「さっきまでは見当も付かなかったのですが、コンノさんのお話をうかがって、いまは一つの確信を抱いています」

「ぜひお聞かせください」

「初期に行われた暗黒実験のことは覚えていますね」

瀬良に向けられた瞳が小さくなる。

「あのとき、大勢の住人が同じ幻覚を見ています。闇を駆け抜けていく、神々しい青年の姿を」

コンノユカリは沈黙を保っている。

「人は、神秘的な出来事に遭遇すると、なんらかの意味を引き出したくなるものです。しかもここは、小惑星衝突の災禍《さいか》を生き延びるために造られた、地下三千メートルの実験施設という、きわめて特殊な環境にある。人類が生き残るために研ぎ澄ませてきた本能、つまり観察された事象から可能なかぎり情報を読み取ろうとする本能は、極限まで高められているでしょう。そこに、あなたの幻視した内容が情報として加われば、どうなるか」

瀬良は目の前の人を凝視する。

「二つの情報はたちまち結びつき、一つの物語が生まれます」

「物語?」

「あなたが幻視したもの、すなわち小惑星の落下は現実になる。闇の中の青年はそれを告げるために現れた、という物語です」

２０２９ＪＡ１は、地球の大地の代わりに人々の心を深く抉《えぐ》っていった。そのとき穿《うが》たれた空洞は、十数年の歳月を以てしても埋めきれなかった。神託という形で眼前に立ち現れた物語は、その空洞に首尾よく入り込み、いまに至るまで息づいているのではないか。

「おそらく、あなたたち二百三十九名は、虚構の物語を共有することで繋がっている」

コンノユカリが、笑みを浮かべて首を横に振る。

「虚構ではありません。真実です」

このとき瀬良は、彼女の肉声を初めて聞いた気がした。

と同時に、ずっと拭えなかった違和感が、明確な形を取りはじめる。

「あなたは、ほんとうに、おしゃべりをするためだけに、ここに来たのですか」

笑みが表情の底へ沈んでいく。

「瀬良先生に、どうしてもお伝えしたいことがありました」

「というと？」

「いまから申し上げることは、ここだけのことにしてくださいますか」

「ほかへは漏らすなと」

「はい」

「約束しましょう」

瀬良は答えた。

「それで、伝えたいこととは」

瞳に祈るような光が点る。

「地上にもどらないでください。もどってはいけません」

瀬良はため息を吐いて目を逸らした。

「なるほど。私を仲間に引き入れるために」

「信じてください。地上はまもなく暗闇に覆われます。みな死んでしまいます」

「つまりあなたは、カウンセリングを受ける体《てい》を装いつつ、布教にいらしたわけだ。教祖みずから」

「そんな――」

「申し訳ないが、あなた方の神話を共有するつもりはありません」

沈黙が流れた。

ちらと視線をやると、コンノユカリは項垂《うなだ》れている。

肩の細い人だな、とあらためて思った。

「あなたの言葉は聞かなかったことにします。お引き取りください」

3

「以上が、会社の決定です」

前回ここで会ったときとは打って変わり、いまの杉山氏の声には吹っ切れたような軽さがある。表情も明るい。こちらが本来の彼なのだろう。

「なんというか……」

対照的に、加藤先生は戸惑いを隠せていない。

「……ずいぶんと思い切ったね」

杉山氏から加藤先生のもとへ、会社の方針が決まったのでご報告に上がりたいと連絡が入ったのが昨日。先の住人との会見に同席した瀬良にも声がかかり、ふたたび加藤先生のオフィスで三人がそろったのだった。

「延期反対派の住人から、保安部へ通報があったんですよ。不穏な動きがあるから取り締まってくれと。延期になれば特別報酬もお預けになると思い込んでいるようで」

「契約もあるし、そんなことにはならんだろう」

「もちろんです。しかし、疑心暗鬼に取り憑かれた相手を納得させるのは容易ではありません。二百人規模の集団ともなれば尚更のこと。このまま延期派と反対派の対立がエスカレートすれば制御不能に陥りかねない」

瀬良はなるほどとうなずく。

「それで、実験は予定どおり一旦終了するが、残留を希望する住人には引き続きｅＵＣ３を貸与すると」

「いい判断だと思うね」

加藤先生が腕組みをした。

「僕たちの扱いはどうなりますか」

「原則として、サポートスタッフのみなさんには、当初の契約どおりの期日を以て引き上げていただきます」

「インフラはだれが管理するんです」

「住人を対象に講習を実施します。トラブルへの本格的な対応は無理としても、通常のメンテナンスくらいはやれるように」

「住人だけでｅＵＣ３を回していくわけだ」

図らずも、きわめて本番に近いシミュレーションが実現することになる。当然、リスクは増すのだが。

「非常時の対応は？」

「おそらく、数名の連絡担当者を地上に常駐させることになると思います」

「それだけですか」

「シャトルはいつでも動かせるよう、会社側が整備を受け持つようですが」

「逃げるも留まるも住人の自己責任、ということだね」

「データ提供など貸与条件の詳細は、今後の交渉で詰めます。ただ、交渉の経過については、お二人にもお教えできません。きょうは、先生方へのご報告をかねて、ご協力いただいた御礼をと」

「以後の交渉役も君が？」

杉山氏が人懐こい笑みを見せ、

「自分に貫目《かんめ》が足りないのはわかってますが、地上の偉い人はここに来たがらないんですよ。地下三千メートルという深さに怖じ気づいてるらしくて。自分たちが造ったくせに」

「君は怖くないのかい」

「怖いですけど、下りるたびに手当が出ますから」

冗談めかして笑い、

「加藤先生はいかがです」

「もう慣れたよ」

「住人といっしょに残りたいとは？」

「それは勘弁してほしいね」

「瀬良先生も？」

「同じく」

瀬良は加藤先生と笑みを交わしながら、コンノユカリのことを考えていた。彼女が来室したことは加藤先生にも伝えていない。デバイスで共有されるスケジュール表には、クライアントの氏名は表示されないので、知られることもない。もちろん地上では把握しているはずだが、杉山氏が承知しているかどうかはわからない。知っていてあえて触れないのかもしれない。いずれにせよ、彼女は希望どおり、ここに残れるのだ。

「きょうお話ししたことは、ほかへは漏らさぬようにお願いします。いずれ会社から公式発表があると思うので、それまでは」

杉山氏が腰を上げた。このあと住人代表とも会って会社の決定を伝えることになっているという。

「加藤先生は、なぜこの仕事を選んだのですか。つまり、地下三千メートルという環境にあえて身を置くことを」

杉山氏が出て行ってから、瀬良はそれとなく尋ねた。

「どうしたんだい、急に」

「ちゃんと伺ったことがなかったなと思いまして」

そうだなあ、と思案顔をしてから、

「報酬の良さもあるけど、それ以上におもしろそうだったからね、実験地底都市という場が」

「危険だと思いませんでしたか」

「むしろ、そういうものを求めていた」

「先生が？」

懐かしむような眼差しを手元に落とす。

「人生の最終章に入る前に、少しばかり冒険をしておきたくなったんだよ」

「そういうタイプの方だとは知りませんでした」

加藤先生が目を上げて、

「瀬良くんは？」

「僕は報酬に惹かれただけですよ」

「ほんとに？」

「本来なら一生働いても稼げなかった額を、たった十年で手にできるんですから」

「意外だなあ」

「……そうですか」

「地上で君と初めて顔を合わせたとき、とても表情が暗かったのを覚えている。ところが、乗り込んだシャトルが地中深く下りていくと顔つきが変わった。精気漲《みなぎ》るといった感じでね。口ではよく腐していたが、君はここが好きなんだと思っていたよ。性に合っているというか」

加藤先生が朗らかに笑う。

「十年の付き合いになるのに、互いのことをなにもわかっていなかったようだね、ぼくたちは」

瀬良はそのあとも軽く言葉を交わし、和《なご》やかな雰囲気のまま加藤先生のオフィスを後にしたが、自分のオフィスにもどって椅子に腰を着けたとたん、錨を下ろしたように身体が重くなった。

なぜ僕はこんなところにいるのか。

加藤先生にはああ答えたが、報酬のためだけだとは自分でも思えなくなっていた。原始的な本能とも異なる、なにか得体のしれないものに、この場所まで導かれてきた気がする。その得体のしれないものの源流をたどれば、行き着くのはあの日しかない。

西暦二〇二九年五月八日。

２０２９ＪＡ１が地球に落下するとされた日だ。

大気圏突入は午後九時ごろ。急激に圧縮されて数万度の高温に達した空気は、２０２９ＪＡ１の表面を数千度に熱して眩しく発光させ、その巨大な火の玉が地表に衝突するときの速度は秒速二十キロメートル。太平洋上に落ちた場合、落下地点にもよるが、数分からおそくとも十数時間以内には、高さ千メートル超の巨大津波が僕たちのアパートを呑み込むことになる。そんな夜をどう過ごせばいいのか。

「兄ちゃん」

妹の細い声が、いまも耳に残っている。

「あたしたち、死ぬの？」

僕はなんと答えたろう。

思い出せない。

できるだけ普段どおりにしようと母はいった。夕食は、手作りのハンバーグ。食べている間、母はよくしゃべった。昔の思い出を脈絡もなく。僕と妹は母の話を聞きながら、大好物のハンバーグの味を噛みしめた。そのあと早めにお風呂に入った。母は懸命に明るく振る舞っていたが、午後九時を前にとつぜん僕と妹を抱き寄せた。妹がとうとう泣き出した。もうすぐ自分たちは死ぬのだ。心のどこかに残っていた希望の、最後の一片が消えていった。

「大丈夫、大丈夫だよ」

母は、僕たちを抱きしめながら、震える声で繰り返した。

「ほんと？」

妹が縋《すが》るようにいうと、僕たちを抱きしめる力が強くなった。

「大丈夫。きっと、朝は来るから」

母が必死に嘘を吐こうとしているのがわかった。妹にもわかっていただろう。それでも妹は、母の嘘を受け入れた。

「でも、もう少しだけ、このままでいようね」

僕たちは抱き合ったまま、息を詰めてそのときを待った。決定的な瞬間に向かって、一秒一秒が手で触れられそうなほど凝縮されていく時間を、僕は初めて体験した。

僕と妹はいつの間にか眠ってしまったが、母はずっと起きていたようだ。目を覚ました僕と妹は、ふたたび母に抱きしめられた。そうして２０２９ＪＡ１の軌道が逸れたことを知ったのだった。母のいったとおり、朝は来たのだ。

世界中に混乱の余韻が残る中、ウィル・ヤングマンによるジオＸ計画が発表されたが、自分には関係がないと思った。シェルターに入れるのは一部の富裕層など特別な人たちだけ。どうせ自分は置き去りにされる側なのだから。あの夜の記憶、とくに死を覚悟した母に抱きしめられながら過ごした数分間は、僕の心に、この世界はいつ終わっても不思議ではないという恐怖と、そのときが来ても逃げ場はないという諦念を植え付けたのだった。

心理カウンセラーを志したのは、そんな自分と折り合いを付けようと足掻《あが》いた結果だが、社会でメンタルケアの需要が高まっていたという事情も影響している。僕と同じように、２０２９ＪＡ１以後、根強い不安に悩まされる人は少なくなかった。

ジオＸ計画の一環として日本で建造が進められていた実験地底都市において、常駐する心理カウンセラーを公募していると知ったのは、二十五歳のときだ。期間は十年。報酬は破格。迷わず応募した。ただし、自分が選ばれると期待するには、競争率があまりにも高かった。だから、最終選考を突破して採用が決まるまで、大学時代から付き合っていた婚約者にも伝えていなかった。

「なぜそんなところに行くの」

彼女は、まったく理解できないという顔でいった。

「いくら大金のためでも、人生でいちばん大切な時期をそんな危険なところで過ごすなんて、どうかしてる」

「わたしたち、結婚するんでしょ。わたしを放っておくの？」

「……子供はどうするの。わたし一人で産んで育てなきゃいけないの？」

着任時、シャトルに乗り込む僕の表情が暗かったのも当然だ。結局、彼女は僕のもとを去ったのだから。

なぜあのとき、愛する人の反対を押し切ってまで、こんなところに来てしまったのだろう。高額な報酬に、彼女を失うほどの価値があったとでもいうのか。

もしかしたら僕は、いつ世界が終わるかわからないという不安から逃れたかったのかもしれない。限られた期間だけでも、シェルターに入りたかったのかもしれない。こういう機会でもなければ、入る側になれそうにないから。

しかし冷静に考えれば、地球に衝突する巨大小惑星など、そうそう現れるものではない。しかもここは地下三千メートルの実験施設だ。地上よりも命を落とすリスクははるかに高い。住環境に至っては最悪だ。休暇に入るときはいつも、やっと出られるという思いに心が躍る。三カ月ぶりに味わう地上の食事を堪能しながら、できることなら二度ともどりたくないと感じる。

だが僕は、そのたびに、もどってきた。
必ず、もどってきた。
なぜ僕は、婚約者ではなく、こちらを選んだのだろう。
そして、なぜいまになって、こんなことが気になるのだろう。

第三章　セイレーン

1

献身的な提案を歓迎する、というウィル・ヤングマンの声明とともに発表された合意内容を一読すれば、ｅＵＣ３に留まるインセンティブが徹底的に排除されていることがわかる。

たとえば住人側は、ｅＵＣ３での生活継続が受け入れられた場合、実験終了時の特別報酬二百万ドルを辞退すると申し出ていたが、ジオX社は、住人の選択の如何に拘わらず、契約に定められたとおりの金額を全員に支払うとした。ただし延長期間中の報酬はいっさい発生しない。つまり住人にとっては、ｅＵＣ３に居続けることによる金銭的なメリットがない一方で、ｅＵＣ３を出た後の生活は変わりなく保証されることになる。

また、シャトルを常時稼働可能な状態にしておくことも、ジオX社は確約している。地上にもどりたくなった住人がいつでも使えるように、という配慮だ。

一事が万事で、今回の件はあくまで住人側の自主的な選択の結果であり、ｅＵＣ３に留まるも去るも個人の完全な自由であることを、いいかえれば、今後のあらゆる事態に対する責任は住人側にあることを、これでもかと強調していた。その旨を記した新しい契約書も住人側と交わされているはずだ。

いずれにせよ、ジオX社による公式発表以降、eUC3は実験終了後を視野に入れたフェーズに移行し、残留希望の住人を対象にした各種インフラのメンテナンス講習も始まった。当然ながら、延期反対派の実験参加者も満足し、今回の決定をめぐる住人同士のトラブルは報告されていない。

となればカウンセリングルームは閑古鳥《かんこどり》が鳴いているかというと、さにあらず。人が生きる上で心配の種は尽きないわけで、こんどは大金を手に社会生活へもどることへの不安を訴えるクライアントが増えていた。といっても、eUC3に残りたいわけではなく、ただ十年ぶりの文明社会に適応できるのか自信を持てないのだ。

そこはジオX社の対応にも抜かりはなく、希望者を対象に、スムーズに社会復帰するためのプログラムが始まることになっている。また報酬に関しては、終身年金方式で受け取る選択肢が用意されるほか、資産を管理運用するノウハウも学べるというのだから、至れり尽くせりだ。

ことほどさように、状況はとっくに新たな局面を迎えているのに、瀬良はまだもやもやとした気分の中に沈んでいた。心理カウンセラーとしての仕事には誠実に取り組んでいるが、クライアントは間もなくここを出て行く人ばかりで、主訴の内容も、地上での生活に関するものがほとんどだ。つまり、瀬良の本来の業務である、長期にわたる地下生活が精神に及ぼす影響の調査は、事実上、完了している。

そんな中、加藤先生が一足早くeUC3を去った。休暇の順番が回ってきたのだが、加藤先生がここにもどってくることはない。実験終了までの残り一カ月を休暇で消化し、そのまま契約終了となるからだ。

「瀬良くん、地上で待ってるよ。一杯やろう」

別れ際に見せてくれた、晴れ晴れとした顔が眩しかった。己の仕事をやり遂げた者の輝きがあった。

しかし、それは自分も同様のはずだ。十年間の任務を終える日が、待ちに待った日が、そこまで来ている。もっと高揚した気分になってもおかしくないのに、まるで逆なのは、どういうことだろう。加藤先生にもっと話を聞いてもらえばよかったと思うも、時すでに遅しだ。

加藤先生のいないeUC3は、空気の澱みまでひどくなったように感じられた。その沈みきった瀬良の気持ちが跳ねたのは、スケジュール表にふたたび〈コンノユカリ〉の名前が表示されたときだった。

いったい、どういうつもりなのか。

どう向き合えばいいのか。

まもなく彼女が来室するというときになっても、瀬良の心は定まらないでいた。

前回は、目的が布教だとわかった時点で打ち切った。カウンセラーとクライアントの関係は、互いの合意によって初めて成立する。カウンセラーを布教の対象にするという行為は、クライアントとしての一線を越えていた。自分の対応に間違いはなかった。しかし、もし今回も同じ目的であったら……。

時計を確認する。

秒針が頂点を通り過ぎる。

カウンセリングルームのドアは動かない。

ノックの音も響かない。

瀬良を縛っていた緊張が、別のものへ変わり、ため息となって口から漏れる。

予約の時間を過ぎても、彼女は現れなかった。キャンセルの通知は来ていないが、直前になって気が変わったらしい。そのことに、ほっとするどころか、ひどく気落ちしている自分に戸惑う。カウンセリングをドタキャンされること自体は珍しくないが、彼女がそういうタイプだとは思いたく――。

考えるより先に身体が動いていた。

カウンセリングルームのドアに駆け寄り、ドアノブを握って引き開けた。

「……なに、してるんです」

コンノユカリは、ずいぶん前からそこに立っていたようだ。呼吸も静かでまったく乱れていない。

「とにかく入ってください。すっぽかされたのかと思いましたよ」

「よろしいのですか」

遠慮がちに瀬良を見上げる。

「もちろんです。さ、どうぞ」

瀬良が脇に退いて道を空けると、ようやく中に足を踏み入れた。

ソファに浅く腰掛け、両手を膝の上で重ねる。きょうのストールも赤色だが、軽く捻ってマフラーのように巻いていた。

「どうして入ってこなかったのです」

ローテーブルを挟んだ正面に腰を落ち着けてから、瀬良のほうから切り出した。

「僕がドアを開けなかったら、帰るつもりだったのですか」

「前のことがあるので、会ってくださるとは」

そういって目を伏せる。瞬きをするたびに長い睫毛が震える。

「カウンセリングを希望する方を拒絶したりはしませんよ。それに先日は、僕も少し言い過ぎたかもしれません」

流れが途切れ、ぎこちない沈黙が続く。

いつもならクライアントがなんらかの反応を示すまで待つ。沈黙の中でこそ語られるものもあるからだ。しかし瀬良は沈黙から逃げるように、

「そうだ。おめでとうございます」

と言葉を重ねた。

「ここに残れることになって、みなさんも喜んでいるでしょう」

はい、と辛うじて聞きとれた声は、どこか他人事《ひとごと》のようだった。

「もしかして」

瀬良は注意深く表情を窺《うかが》いながら、

「そのことで、不安を感じているのですか」

コンノユカリが目を上げる。

「いよいよ念願が叶うというのに、なぜか後込《しりご》みしたくなる。よくあることです。人の心は矛盾の塊ですから」

しゃべりすぎだぞ。自分の内なる声が響く。

「矛盾の塊。そうかもしれませんね」

コンノユカリが、この日はじめて微笑を浮かべた。

瀬良もほっと笑みを返して、

「そういえば」

と言葉を継ぐ。

「加藤先生はここを離れてしまわれましたよ。残りの一カ月がちょうど休暇に当たるので」

「お寂しいでしょうね」

「またすぐに会えますから。地上で一杯やる約束をしてるんです」

彼女との間合いが妙に心地よかった。

「やはり瀬良先生は、ここに残ってくださらないのですね」

軽い口調を装っているが、祈るような眼差しは変わらない。

「仮に、あなたのいうとおり小惑星が落ちてくるとしても、地上には母と妹夫婦、姪《めい》っ子がいます。姪っ子は来年から小学生で、とても可愛らしいんですよ。僕自身に子どもがいないので、余計にそう感じるんでしょうけど。僕は結婚もしてません。婚約者はいたのですが、ここに来る前に愛想を尽かされました。わざわざ地下三千メートルの職場を選ぶなんてどうかしてると」

いつしか瀬良は、加藤先生にもいわなかったことを吐き出していた。

「とにかく、残り時間が少ないなら尚更、できるだけ母たちといっしょに過ごしたい。僕一人が生き残ったところで、仕方ないですから」

コンノユカリは、じっと瀬良を見つめている。

「ただし、小惑星がほんとうに落ちてくるとは思っていませんよ。あなたには申し訳ないのですが」

「わかっています」

「それで」

瀬良は息を吸いながら居住まいを正す。

「きょうは、どうされました」

彼女の眉がわずかに上がった。

「いちおう、カウンセリングをご希望ということなので」

まっすぐ瀬良に注がれていた視線が、下へ逸れる。

「今回も布教にいらしたわけではないでしょう。それとも、まだ僕を説得しようと？」

首を横に振る。

「瀬良先生には瀬良先生の生き方がおありです。これ以上、わたしが立ち入ることはできません」

そういって口元を引き結ぶ。

瀬良はあえて言葉を返さなかった。まだなにかいいたそうな気配を彼女に感じたからだ。

瀬良は待つ。

しかしコンノユカリは、口を噤《つぐ》んだまま、耐えるような沈黙を続ける。

長く不自然な空白の中で、違和感がぱちんと弾けた。

「あなたは、ほんとうに、ここに残りたいのですか」

「……わたしは」

大きく見開かれた目は一点を凝視して動かない。それでいて、こちらの姿は映っていない。これまでクライアントになんども見てきた表情だ。

いま彼女の中では、それがどのようなものか瀬良には知りようもないが、相反する思考と感情がぶつかっている。攻守が目まぐるしく逆転して、どう決着するのか彼女自身にもわからずにいる。

時間にすれば、ほんの十秒足らずだったろう。

表情の強ばりを解き、この世に別れを告げるかのように目をつむる。その目がふたたび開かれたとき、彼女の顔は一片の曇りもなく澄み切っていた。

「わたしは、もう、この部屋に来ることはないと思います」

「コンノさん」

「奇妙なものですね。十年間も同じ場所にいながら、お話しできたのが三回だけなんて」

静かにいって腰を上げる。

「待ってください、コンノさん」

「いろいろと、ご迷惑をおかけしました。これで失礼します」

丁寧に頭を下げてから、ドアへ向かう。迷いを感じさせない足どりで。

カウンセラーとクライアントの関係は解消された。

もう自分にコンノユカリを引き留める資格はない。

しかし彼女の手がドアノブにかかったとき。

「あなたとは」

瀬良の口から思いがけない言葉が走った。

「別の場所で、別の形で出会いたかった」

振り向いたコンノユカリが、目を大きくする。

冷や汗が滲《にじ》んだ。

「……すみません。いまの発言は不適切でした。聞かなかったことにしてください」

コンノユカリが、一瞬だけ目を伏せてから、いたずらっぽい笑みを見せる。

「いやです」

その声の明るい余韻だけを残して、ドアの向こうへ消えた。

2

『タワー一番搭乗口が開きます。ご利用の方は一番ゲートよりご搭乗ください』

瀬良は手荷物を持って腰を上げる。残留組を除く住人はすでに退去を完了していた。サポートスタッフのためのシャトルもこれが最終便だ。このシャトルは瀬良たちを地上へ送り届けたあと、ほかの三基と共にeUC3に留め置かれることになる。次にシャトルが上がるのは、半年ごとの点検時か、地上へもどりたくなった、もしくはもどる必要のある住人が出たときか、eUC3を脱出しなければならない事態が生じたときだろう。

ロビーチェアで待っていたサポートスタッフが、続々とチェックを通過して、搭乗口へと消えていく。最終便の搭乗者は、定員の半分にも満たない。瀬良の後ろにはだれもいない。瀬良が最後の一人だ。なのに足が前に出ない。また後ろを振り返る。空になったオフィスを出てからステーションに到着するまで、歩きながらなんども振り返り、そのたびに落胆を味わった。自分はなにを期待していたのだろう。なにを待っているのだろう。なにを求めて——。

ぐらりと足下が揺らぐ。

抗えない力に引っ張られ、搭乗口とは逆の方向へ身体が傾く。

「瀬良先生」

我に返った。

「乗らないんですか。これが最終便ですよ」

オレンジ色の作業着のサポートスタッフが、硬い表情で歩み寄ってくる。近藤匡、コンちゃんだった。

「乗りましょう」

腕を摑まれた。

瀬良は、自分を引き留める手を、無言で見つめる。

このときの、時間の止まったような感覚を、瀬良はいつまでも覚えていた。

そして、永遠に等しい一瞬が過ぎ去ると、自然に笑みが浮かんだことも。

「これで、いいんです」

コンちゃんの手をそっと引き離す。

「……瀬良先生」

「ありがとう。さようなら」

シャトルに背を向け、ステーションの出口のほうへ一歩踏み出す。

二歩目は駆けていた。

解き放たれた歓喜とともに。

＊

最終的にｅＵＣ３に残ったのは、実験参加者二百三十九名にサポートスタッフ一名を加えた、合計二百四十名となった。彼らの要望により、ｅＵＣ３の名称は変更され、以後、この実験地底都市は〈ヘルメス〉と呼ばれることになる。

その〈ヘルメス〉との通信が途絶えたのは、サポートスタッフの撤収が完了したわずか四カ月後のことだった。

第二部

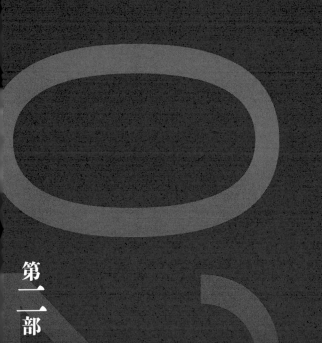

第一章　破られた沈黙

1

　実験地底都市〈ヘルメス〉において、もっとも危惧されたのはインフラ設備のトラブルである。当初の予定期間を超えての運用だ。通常のメンテナンスだけでは防げない事態も起こり得る。とくに冷房と酸素供給が止まれば、あっという間に全滅しかねない。

　むろん対策は取られている。

　空調や酸素供給システムは元々複数装備してあり、たとえ一つが壊れても生命維持に支障はない。すべてのインフラの要である地熱発電が完全にダウンしたときも、自動的に地上からの送電に切り替わるようになっており、これによって住人がシャトルで脱出する時間は確保できるとされていた。残留する住人を対象にした避難訓練も繰り返し行われ、警報が鳴り響いて三十分以内に全員が四基のシャトルに分乗可能であることも確認済みだ。この場合、シャトルの定員をオーバーすることになるが、座席が足りないだけでシャトルの運行自体に問題はない。

　ヘルメス内の環境、つまり温度、気圧、酸素濃度などは地上コントロールセンターでも常時監視しており、異常が検知された際のマニュアルも細かく定められている。そして住人側には、毎日決められた時間に施設内の状況を報告することが義務づけられていた。

その定時連絡が途絶えたのである。

地上コントロールセンターの担当者は、マニュアルに従って、あらゆる方法で住人との接触を試みた。定時連絡に使っていた有線電話機だけでなく、電光掲示板や施設内放送でも住人への呼びかけを繰り返したが、応答はなかった。

インフラに事故の起きた形跡は認められなかったが、ほどなく、シャトルやインフラ区画を監視するカメラ映像まで入らなくなると、事態は一気に緊迫する。機器のトラブルなどではなく、すべては住人による意図的な工作である可能性が高まったからだ。

あわてた担当者が、ヘルメスに留め置かれているシャトルを地上にもどそうとしたが、手遅れだった。いくらコマンドを送っても、シャトルは一基たりとも動かなかった。シャトルから地上コントロールセンターに返ってきた信号は、なんらかの障害物によってシャトルのドアが閉まらなくなっていることを示していた。シャトルが使えなければ、ヘルメスに下りて住人と話し合うこともできない。

居住区にも監視カメラがあれば、異変の兆候を捉えることができたかもしれないが、常に地上から見られているという意識は、被験者の精神状態に少なからぬ影響を与え、実験データ上のノイズを生む恐れがあるため、一台も設置されていなかった。

やがて、温度をはじめとするセンサーも、一切の干渉をはねつけるかのように、一つ一つ潰されていった。各インフラに繋がる回線も遮断され、コントロールどころか稼働状況の把握も不可能になった。住人に施したメンテナンス講習が裏目に出た形だ。地上からの送電に切り替わらないところから、発電設備が健在らしいことだけは見当が付いたが、それ以外の情報はなにも得られなくなった。

事ここに至り、ジオX社はようやく、現状を住人たちの家族に伝えた上で、ネットでも公表した。

この事件は世界中の関心を呼び、さまざまな臆測が飛び交ったが、実際にヘルメスでなにが起きているのかは、だれにもわからなかった。

住人の家族たちは家族会を結成し、ジオX社に誠意ある対応を要求した。ジオX社でも、無人機でヘルメス内部の様子を探ったり、調査隊を送り込んだりする方法が検討されたが、シャトルが使えない状況ではいずれも実行は困難との結論が下される。ましてや救出など論外だった。家族会はジオX社を非難したが、ジオX社も会社としての責務は十分以上に果たしていると反論した。

地上の人々の不毛な諍《いさか》いのほかには、なに一つ進展を見ないまま、一年また一年と時間だけが流れていった。予定された延長期間である三年（ヘルメスの時間では二年）が過ぎても事態は動かず、住人の安否を絶望視する見方が徐々に支配的になった。たとえ地熱発電が機能し続けているとしても、ほかのインフラ設備の想定耐用年数はとうに超過していたからだ。

そんな折、ヘルメスに残留した住人の間に宗教じみた妄想が広がっていたことが、匿名の告発者によって明らかにされた。当初は、匿名ということもあって信憑性に欠けると思われたが、ジオX社が否定するコメントを出さず、さらにこの人物が元実験参加者らしいと判明したことから評価は一変した。

じつは以前から、元実験参加者から情報を得ようとする動きはあったが、契約によってeUC3での出来事については口外が禁じられており、違反が発覚した場合は特別報酬の二百万ドルを返還しなければならなかったので、取材に応じる者が皆無だったのだ。

今回の狙いすましたようなリークには、ジオX社の思惑を指摘する声も少なくなかったが、新たな事実を得られた興奮に掻き消された。

やがて、この流れの中で、一つの仮説が注目を集める。つまり、住人たちにとっては最初から覚悟の上の自決だったのではないか、というわけだ。

なんらかの宗教的理由によって集団自決したという説は、たちまち異様なまでの説得力を獲得し、急速に受け入れられていった。


通信が途絶えて十年後。

ジオX社は、家族会と連名で声明を出す。その中で、断腸の思いながら住人の生存は絶望的と見なさざるを得ないとし、地上コントロールセンターに慰霊碑を建立の上、現地にて追悼式典を執り行うと発表した。

ジオX社では、すでにアメリカにおいて本格的な地底都市の建造に着手しており、このあたりでヘルメス事件に一応のけりをつける必要があったのだ。

一方、家族会が追悼式典に同意したのは、不安の中で待ち続けることに疲れ果てたためだが、彼らの背中を最後に一押ししたのは、もう少し現実的な理由だった。

ヘルメスに残留した住人にも本来の特別報酬二百万ドルを受け取る権利があるが、契約では退去時に支払われることになっていた。万が一のとき、その権利は遺族に移るが、生死のわからない状況が続くかぎり、支払われることはない。つまり、家族が二百万ドルを受け取るには、住人の死亡を確定させなければならなかったのだ。

家族会の中には反対する者もいた。サポートスタッフの中で唯一ヘルメスに残った瀬良航《わたる》の妹、村石咲《むらいしさき》もその一人だった。しかし、彼女も結局は、一人娘であり瀬良航にとっては姪に当たる村石唯《ゆい》を連れて、翌年に行われた追悼式典に参列している。

式典の列席者の中には、eUC3のサポートスタッフであった加藤小十郎や近藤匡の姿もあった。

とくに近藤匡は、瀬良航を最後に見た人物でもある。式典の後、彼は村石咲に挨拶し、そのときの様子を涙ぐみながら伝えた。「僕が強引にでも連れ帰るべきでした」と謝罪する彼に、村石咲は「兄が納得ずくで残ったのなら仕方ありません」と小さな声で答えた。

そして、この追悼式典から、さらに七年あまりが過ぎ、ヘルメスのことなどだれも話題にしなくなったある日。

雲の厚く垂れ込めた空に、轟音を響かせながら飛行する、旧型の白いティルトローター機があった。全速力で直線を描いていた機影は、やがて垂直飛行形態へとローターを変形させながら、速度と高度を落としていく。眼下の山間に広がるのは、無人になって久しく、廃墟と見まがうばかりとなった地上コントロールセンターだ。中央に聳《そび》えるドームは、いまは銀色のピラミッドフレームの中に収まっている。ドームを守るこの巨大なオブジェこそ、七年前に建立された慰霊碑だった。ティルトローター機は、その上で旋回してから、敷地内のヘリポートに着陸した。機内からすばやく降り立った六つの人影は、ローターの巻き起こすダウンウォッシュの中を駆け抜け、三人は本部棟へ、三人はドームへと向かう。

異変が起きたのは、いまから二時間ほど前だ。ジオX社の回線システムが奇妙な信号を検出し、ヘルメスから送られてきたものと断定した。追悼式典後に地上コントロールセンターは閉鎖されたが、ヘルメスとの回線は維持されており、なにか動きがあったときはアラームを発するようになっていたのだ。

信号の存在が事実とすれば、ヘルメスが十八年ぶりに沈黙を破ったことになる。しかもその信号は、シャトルの一つがいままさに上昇中であることを示していた。ジオX社は直《ただ》ちに、地上コントロールセンターに要員を急行させることを決定したのだった。

本部棟へ向かった三名は、ヘルメスとの通信に使用していた機器を起動させ、信号がノイズや誤作動によるものではないことを確認した。ドームへ入った三名も、シャトルが通常モードで上昇してくるときに特徴的な振動を捉えた。もはや疑う余地はなかった。ヘルメスからシャトルが上がってくる。まもなく地上に到着する。その一報はすぐさまジオX社の上層部に伝えられた。

とはいえ、これがなにを意味するのかは、まだわからなかった。おそらく、ドアを止めていた障害物がなんらかの要因で外れ、シャトルが十八年前のコマンドを忠実に実行しているだけだろうと、状況を見守るだれもが考えた。それがもっとも蓋然性《がいぜんせい》が高いからだ。しかし、万が一ということもある。ドームでシャトルの到着を待つ三名は、一部始終を記録するための無人機をセットしてから、防毒マスクと耐熱防護服を着用した。状況のわからない地下三千メートルの密閉空間から、気密状態を保ったまま上がってくるのだ。一〇〇℃を超える高温気体や有毒ガスが充満していないとも限らない。シャトル内にもセンサーとカメラは設置してあったが、とっくに壊れている。

「到着まで三十秒」

本部棟から連絡が入った。

無人機のカメラが撮影を開始するのを確かめてから、三名はいったんドーム外へ退避した。

ここからは、無人機が送ってくるデータを六名で共有することになる。

みなが手元のモニター画面を無言で見つめる中、ついにシャトルがドームに到着して停止した。三千メートルの距離をトラブルなく上ってきたのは、それだけでも驚くべきことだった。しかも減速から停止までのプロセスも完全に制御されている。

気密状態が解除され、三重のドアが開く。十八年ぶりの稼働だけあって、いささかスムーズさに欠ける動きだった。擦れるような耳障りな音もマイクが拾っている。

内部の照明は消えているようだ。無人機に備え付けられたライトで照らすも、座席が整然と並んでいるだけで、見える範囲では人の姿を確認できない。やはり過去のコマンドが実行されただけなのか。

その一方で、無人機のセンサーは異常を検知していない。シャトル内の温度は滞在可能範囲に収まり、有毒ガスは基準値を大きく下回っている。酸素濃度も下限ぎりぎりではあるがクリアしていた。シャトルにもエアコンと酸素供給機は装備されているが、十八年間も放置されて機能するとは考えにくい。とすれば、このシャトル内の空気は、ヘルメスの現在の環境を反映している可能性がある。

「私たちはジオX社の者です。どなたか、いらっしゃいますか。必要なものは、ありますか」

無人機のスピーカーを通して呼びかけたが、シャトル内から反応はない。

「中を調べてくれ。念のため、マスクと防護服はそのままで」

本部棟からの指示に従い、三名はドームに入り、シャトルのドアに近づいていく。無人機より前に出て、シャトルの入り口に立つ。

本部棟の三名は、無人機のカメラが捉えた彼らの後ろ姿を、息を呑んで見守る。

「どうだ」

次の瞬間、防護服の三名が飛びつくようにシャトルに駆け込んだ。

「どうした。なにかあったのか」

返事はない。姿も見えない。

伝わってくるのは、物々しい気配だけ。

「おい、報告を」

「人、床に人がっ！」

返ってきたのは、ほとんど叫びだった。

「人……」

本部棟の三名は顔を見合わせる。

スピーカーがさらに信じがたい事実を告げる。

「生きてます。生存者一名、確認っ！」

2

その日の記憶は灰色だ。駅前から乗り込んだ専用バスも、車窓の向こうを流れる見知らぬ街並みも、木々に覆われた小高い丘も、緑濃かったはずの山色も、途中の休憩を挟んで二時間近くかけて到着した場所も、瀬良唯の記憶の中ではすべて灰色の霞《かすみ》が懸かっている。

ヘルメスの追悼式典に母とともに参列したのは、唯が十七歳のときだった。そんなに昔のことではないのに、覚えているのは断片的な場面だけだ。

たとえば、地上コントロールセンター本部棟に設けられた、遺族用控え室の光景。唯たちが案内されたとき、広い部屋に遺族の姿はまばらで、みな疲れと悲しみと後ろめたさが綯《な》い交《ま》ぜになったような顔で黙りこくっていた。

式典会場で目の当たりにした、巨大なドームと銀色のモニュメント。あの直下、三千メートルの地底に、伯父を含めた二百四十名が現在も生死不明のままでいるという事実と、いまから彼らのための追悼式典が行われ、自分もそこに来ているという現実の組み合わせが、気持ち悪くて仕方がなかった。

生きて帰ってくることをずっと願ってきたはずなのに、これからは死んだものとして扱おうとしている。死んでしまったとみなが考えれば、死んだことになる。世界を動かしているそんな仕組みに、そして、いつの間にか自分がそこに取り込まれていることに、おぞましさを感じたのだ。

「考えすぎじゃない？」

「そうかな」

「少なくとも、唯の伯父さんは、嫌々あそこに残ったわけじゃない」

式典が終わったあと、伯父を最後に見たという人と会った。近藤匡と名乗ったその男性は、別れ際の伯父の顔があまりに穏やかで晴れ晴れとしていて、どうしても引き留めることができなかったと語った。

「正常な判断ができなくなっていた、てこともあるでしょ」

「その話を進めるには、まず正常な判断とはなにかを定義しておく必要があるが」

「やめてください」

「はい」

数海《かずみ》が優しく微笑む。唯は朝食用のブレッドを喉に詰まらせそうになった。彼を選んだのは失敗だったかもしれない。いい男すぎる。

「きょうは研究室に行く日だよね」

唯はコーヒーを口に含んだままうなずく。

「論文は書けそう？」

「これからのデータ次第」

「真実が君に味方せむことを」

気取ったセリフも、この顔、この声でいわれると、やはり効く。

「ありがとう」

唯は深呼吸をしてから立ち上がる。

食器を食洗機に任せて身繕いを済ませ、

「いってらっしゃい」

数海に見送られてアパートから陽光の下に出た。

西暦二〇七三年。世界はうっすらと不吉な色に染まっていた。2029JA1のせいだ。

とはいえ、この巨大小惑星が人類を滅ぼしかけたのは四十四年も昔の話である。最接近前後の恐慌を体験した人も、すでに人生の後半か鬼籍に入っている。彼らの記憶とともに、2029JA1をめぐる一連の出来事は、そのまま歴史の倉庫に納められたとしてもおかしくはない。ウィル・ヤングマンのジオX計画は大きな話題を集めたが、ヘルメス事件のような住人の残留騒ぎこそなかったものの、アメリカとオーストラリアで進められていた実験でもトラブルが発生したこともあり、一時の熱狂もいったんは影を潜めた。

ところが、いまから七年前、奇しくもヘルメスの追悼式典が執り行われた一カ月後のことだ。遠ざかりつつあった滅亡への恐怖を一気に引きもどすニュースが世界中のメディアを席捲する。2029JA1がふたたび地球に接近し、今度こそ衝突するというのだ。運命の日は西暦二〇九九年七月二十七日。

専門家は口をそろえてこの報道を否定した。報道にある軌道計算は、ほかの小惑星の重力や、太陽光によるヤルコフスキー効果を十分反映できていないため精度が低く、深刻に受け止める必要はまったくない。たとえこのまま地球に接近するとしても、実際に衝突する確率はきわめて小さいと。

しかし、２０２９ＪＡ１が一度は人類を滅亡の際まで追い込んだことは事実である。それがまた近づいてくるとなれば、平常心でいられるわけもない。過去から蘇った亡霊が相手では、冷静で科学的な議論は敗れ去るしかなかった。

その亡霊の神話を補強するかのように、アメリカ、中国、インドがそれぞれ大規模な宇宙ステーション建造計画を進めていることが明らかになる。各国政府はもちろん認めようとしないが、自国民の一部を宇宙へ避難させる準備を進めているのではないかとの疑念は避けようがなかった。ジオＸ計画への関心もかつてのごとき高まりを見せ、それに追随するプロジェクトも立ち上げられた。そういったものに縁のない大半の人々は、いつしか未来を語らなくなっていた。

あと二十六年で人類の命運は尽きる。科学的な根拠が乏しいにも拘《かか》わらず、多くの人が心のどこかでそう思っている。いま瀬良唯が生きている西暦二〇七三年とは、そういう時代なのだった。

唯は、最寄りの停留所まで五分ほど歩き、時刻通りに来たバスに乗り込んだ。自動運行の路線バスは今朝も満員だった。政府が押し進めているエネルギー節減政策によって、昨年から市内では公共交通機関しか使えなくなっているせいだ。

大学まで約二十五分。車窓の外に目をやりながら、気がつくと数海のことを考えている。よくない傾向だ。これが世にいう依存症だろうか。いや、と首を振る。わたしはまだ大丈夫。ちゃんと研究に集中できている。

バスを降りて大学の研究棟に入る。階段で三階に上り、植物寄生菌研究室と表示のある部屋のドアを開ける。ここで顕微鏡を覗いているときが、唯にとっていちばん気持ちの落ち着く時間だった。といっても、３Ｄ処理した拡大画像をモニターで眺めるだけでは、この感覚は得られない。昔ながらの光学顕微鏡を使って肉眼で接するからこそ、味わえるものがある。

たとえば、寒天培地で培養している真菌《カビ》の白く輝く細い糸のような菌糸を、培地ごと切り出してスライドグラスにのせて観察すると、透明なチューブをクラッシュゼリーで満たしたような美しい細胞を堪能できる。とくに、いままさに生長しつつある先端部では、内部の器官が激しく動いている様子もわかる。それは、四十億年かけて磨き上げられた、生命のもっとも根源的な営みの、生々しい現場でもあった。

顕微鏡の魅力に取り憑かれたのは、高校生のときだ。小学校の理科でも一通りは使い方を習っていたが、高校の生物の授業であらためて接眼レンズを覗いたとき、人間の思惑の入り込む余地のない世界が広がっていることを再発見した。人間がどう思おうが、なにを信じようが、関わりなく生命は営まれている。唯は、そこに救いを感じたのだった。

あれから七年が経ち、唯は大学院生として、真菌を相手に実験と観察を繰り返す日々を送っている。

「おかえり」

律儀に出迎えてくれる数海の笑顔を見ると、心からほっとする。きょうも、実験の経過をノートにまとめ、午後から研究室のセミナーに出た後、指導教官と今後の進め方について議論したら、一日が終わってしまった。

「なにか面白いことあった？」

テーブルで夕食を口に運びながら、世の中の動きを数海に教えてもらうことが、唯にとって大切な日課になっている。ちなみにきょうの夕食は、大学のミールショップでテイクアウトしてきたバランス弁当だ。その名のとおり栄養のバランスを最優先した一品で、味気ないが無難な選択といえた。研究室に顔を出した日はこれを買って帰ることにしている。

数海はいつもどおり、内閣の支持率、株式と為替の動きから、鉄道のトラブル、電力供給情報、流行の映画まで、主な出来事を要領よく話してくれた。

「小惑星やヘルメス関連で新しい情報はない」

「そう」

「ねえ、唯」

数海が声を改める。

「最近、お母さんとぜんぜん連絡とってないけど、大丈夫？」

「べつに喧嘩してるわけじゃないよ」

「だから、いいたいこともいえないまま、悶々《もんもん》とするんじゃない？」

数海は、唯の心に引っかかっていることをピンポイントで突いてくる。その正確さには毎度のことながら感心させられるが、突かれると痛いことに変わりはない。

「どうしたの」

フォークをパテに突き刺したまま手が止まっていた。

唯は息を吸い込んで、

「ちょっと一人になりたい」

「わかった」

数海が席を立つ。

「だめ」

唯はあわてて取り消した。

「やっぱりそこにいて」

数海は機嫌を損ねるでもなく、唯の正面に腰を下ろす。

唯は、その顔をまじまじと見ながら、

「わたし、数海に甘えすぎかな」

「いいんじゃない」

数海が柔らかな表情で返す。

「そのために、ぼくは唯のそばにいるんだから」

五十年ほど前、つまり2029JA1が発見される何年も前のことだ。

アメリカで一人の大学生が、AIを活用したネットサービス〈マイメンター〉を立ち上げた。これに登録すれば、恋愛や就職、人間関係など日々の悩みについて、いつでもAIに助言を求めることができる。AIは、入力されたユーザー情報と、蓄積された膨大な知識をもとに、適切なアドバイスをしてくれる。

当初、マイメンターでAIとやりとりできるのはテキストだけで、また同様のサービスはすでにほかにもあり、とくに注目されることはなかった。音声で対応できるようになっても、登録ユーザー数は低迷した。AIがリアルな人間や動物の姿、すなわちケシン（化身）となって画面に登場し、ARヘッドセットでも利用可能になったころから、少しずつユーザーが増え、新しいケシンが登場するたびに多少は話題になったりもしたが、人気は限定的だった。

一気に爆発したのは、既存のキャラクターをケシンとして使える機能が実装されてからだ。たとえば、アニメやコミック、ゲーム、ドラマ、映画の登場人物が、自分だけのアドバイザーになってくれるのだ。会話を重ねることでユーザーの情報を入力すればするほど、それらのキャラクターがユーザーのことを深く理解し、適切な助言をしてくれる。もちろん、このタイプのケシンは別料金で、人気のあるキャラクターほど高額だった。ここにミュージシャンやアイドルグループ、俳優も参戦すると、さらに普及が加速した。

すでにこの時点で、ARヘッドセットを装着してマイメンターに入り浸り、一日中ケシンといっしょにいるユーザーが続出した。なにしろ、お気に入りのキャラクターやアイドルが目の前に現れ、自分の話だけに耳を傾け、自分の名前だけを呼び、自分のためだけに話をしてくれるのだ。これだけでも一部の人にとっては夢のような世界だったが、そこに広範囲開放型3Dホログラム機能が加わったことで、ARヘッドセットを付ける必要さえなくなると、マイメンターはついに悪魔的な力を手に入れる。推しと同居することが、だれにでも可能になってしまったのだ。

といっても、あくまでホログラムであり、うっすらと向こう側が透けて見えるなど、実物とまったく同じというわけにはいかない。物理的に触れ合うことも不可能だ。それでも、本来なら会うことすら叶わないだれかと、互いの目を見つめながら名前を呼び合うことができる。そして、そのだれかが、自分の最大の理解者になってくれる。

「どうかしたの」

数海が首を傾げた。

唯はため息を漏らす。

「依存症が社会問題になるわけね」

二〇六八年に制作されたSFアニメ『HEISEI』は、二〇九九年の日本に生きる十六歳の少年ヤグチユウキが主人公だ。いうまでもなく二〇九九年とは2029JA1が再接近するとされている年であり、作中でも衝突は不可避で世界が混乱の極みにあるという設定だった。その最中、ユウキはとつぜん現れた白い光に呑み込まれ、一九九九年、すなわち平成十一年の日本に飛ばされてしまう。

しかもそこは、ユウキのいた世界では起こらなかったはずの危機に見舞われていた。どこからともなく現れた謎の侵略者によって人類が滅亡の淵に立たされていたのだ。侵略者に立ち向かえるのは特別な力を持った少年少女たち〈リトル・ガーディアンズ〉だけ。じつは彼らもユウキと同じく、さまざまな時代から一九九九年に飛ばされてきていたのだった。最初ユウキは彼らに侵略者と間違われて殺されそうになるが、ユウキもまた同じ力を得ていることがわかると仲間と認められ、ガーディアンズの一員として人類を守る戦いに身を投じていく、というストーリーだ。

そのガーディアンズを率いるリーダーが、いま唯の目の前にいる数海マサトだった。作中では、一見すると軽薄で頼りなさそうだが、その実、沈着冷静で観察眼も鋭く、ユウキの存在が侵略者との戦いの行方の鍵を握ると見抜く人物として描かれ、ファンからもカズミンと呼ばれて親しまれている。

唯がマイメンターで彼を選んだのは、もちろん数海マサトというキャラクターが好きだったこともあるが、なにより彼を演じた声優の大ファンだからで、初めてあの声で名前を呼ばれたときは失神しそうになった。

「いちど、お母さんとじっくり話したほうがいいと思うよ」

「もういいから」

ケシンとしての数海マサトは、外見は2次元アニメのままで、基本的な性格もアニメの設定を踏襲しているが、作中の人格そのものが再現されているわけではないので、たとえばリトル・ガーディアンズやユウキのことを質問しても、せいぜいネットで検索できる程度の情報しか答えられない。ここにいる彼は、アニメの登場人物ではなく、あくまで唯の助言者なのだから。

「唯は反抗期の子供みたいだね」

数海を睨《にら》んだ。

「わたしだって意固地になってるわけじゃ――」

「ないといえる？」

言葉に詰まる。

「お母さんも遠慮してるんだと思うよ。ほんとは待ってるんじゃないかな。唯が連絡をくれるのを」

「なんか、わたしだけが悪いみたい」

数海が静かに微笑む。

唯は、じっと見返してから、降参するようにうなだれた。

3

照明の落とされた廊下を、瀬良咲は足音を立てないよう、素早く移動していく。だれかが目を覚ます心配はないが、薄暗い中を騒々しく歩くことには抵抗があった。〈朱の間〉と表示された部屋の前に立つと、ドアが静かにスライドし、こぢんまりとした個室が現れる。奥の窓を覆う重々しいカーテンと、小さな明かりに照らされた壁の木目を震わせるのは、苦しげな呻《うな》り声だ。咲は、中央のベッド脇まで歩み寄って腰を落とし、そこに横たわる老人の手を握った。

「大丈夫ですよ。多野《たの》さん」

多野アカツキ。かつてはエンタメ分野でそれなりに名の知れた人物だったらしい。現在百五歳。さまざまなアンチエイジング処置を施してきたようだが、とうとう力尽きたのだろう。認知機能はかろうじて維持されているものの、目はほとんど見えず、耳も遠く、通常の意思疎通は難しい。いまは脳の特定部位への電気刺激によって夢と現《うつつ》の境を心地よくさまよっているはずだが、たまに悪い夢でも見るのか、あるいは嫌な記憶が掘り起こされてしまうのか、ひどくうなされていることがある。そんなときも、手を握ったり、腕や足をさすったりすると、不思議に収まるのだった。

ＰＯＭ（Peace Of Mind）ハウスと呼ばれる民営施設は、現在、全国に二百ほどある。老い衰え、知覚機能の大半を失い、思考することを諦めた人が、最後に安寧を求める場所とされている。だれでも入れるわけではなく、事前にＰＯＭファンドという投資信託を購入し、十年以上保持しなければならない。このファンドを購入するにも条件があり、ある程度の資産を有する者に限られる。とはいえ、あくまである程度であり、入所者のほとんどは庶民といって差し支えない。富裕層の人々はたいてい、遺伝子に手を加えたり、自己細胞から再生された各種器官を移植したりすることで、死の直前まで生体機能を維持できるので、ひたすら眠るだけのＰＯＭハウスは必要ない。

咲がケア担当職員として働いているＰＯＭハウス〈ラムダの園〉は、施設の方針として『人間の尊厳を最大限尊重する』を掲げ、手厚いケアを売りにしている。が、果たしてここに人間の尊厳はあるのか、そもそも人間の尊厳とはなにか、尋ねられても咲には答える自信がなかった。

「で、さっきの続きだけど」

咲は詰め所にもどると、椅子に座ってコーヒーを一口飲み、話を再開した。

「臣島《おみしま》くんはほんとうに信じてるの？」

「そんなに不自然ですか」

「二〇二九年を実際に体験したっていうんなら、わかるよ。わたしは十歳だったけど、あの夜のことは一生忘れられない。もうすぐ小惑星が落ちてきてみんな死ぬんだって本気で覚悟したもん。その2029ＪＡ1がまた近づくんだから、今度こそ落ちてくるんじゃないかって、どうしたって考えちゃう。確率は僅かだとわかっていてもね。でも、臣島くんは物心つくどころか、下手したら親も生まれてない世代でしょ。なぜ二〇九九年の人類滅亡なんて信じられるの?」

臣島レンが、色白で細い顔をうつむかせる。ふだんから感情を表に出すことは滅多になく、このときも表情は変わらなかった。

各フロアにある詰め所には、昼間は四名、夜間は二名が待機し、十二床を担当する。夜間勤務者の主な仕事は、緊急時の対応と二時間ごとの体位交換だ。臣島レンは最近入ってきた新人で、夜勤で咲と組むのは初めてだった。

「願望ですかね、信じてるというよりは」

臣島レンが、ぼそりといった。

「きれいさっぱり終わらせてほしいという」

咲は言葉もなく、二十歳を過ぎたばかりの青年の顔を見つめる。

二〇二九年、巨大小惑星の衝突が不可避とされる中、絶望のあまり自殺や無理心中を図った例は少なくない。死ぬほどではなくとも、2029JA1に人生を狂わされた人は多かった。

兄の航がeUC3に赴いたのは、咲が二十六歳のときだ。咲の目から見ても可愛らしい婚約者がいたのに、破局も厭わず地底へと去ってしまった。その婚約者は「航の気持ちが理解できない」と泣いた。咲も彼女の前では同調して慰《なぐさ》めたが、内心では兄の気持ちがわかるような気もしていた。だから、十年間の実験が終了したにも拘わらず、兄が自らの意思で地底に残ったと知ったときも、やっぱり、という諦念が咲の中に生まれたのだ。

一部の無責任な人たちは、兄が小惑星の恐怖から逃れようとするあまり血迷ったのだと噂《うわさ》したが、咲は同意できなかった。どう考えても地下三千メートルのほうが危険だ。それがわからぬ兄ではない。むしろ兄は、求めていたのではないか。もう一度、味わいたかったのではないか。あの夜の、母に抱きしめられながら過ごした、ひりひりするような時間を。頭上から絶対的な死が落ちてくる直前の、永遠に等しい一瞬を。

「兄ちゃん」

あの日、咲は兄に問いかけた。

「あたしたち、死ぬの？」

そのとき兄は、いまにも笑い出しそうな目でどこか遠くを見ながら、答えた。

「怖くないよ。みんな一緒だから」

兄は、恐怖の中に潜む一粒の甘美を知ってしまったが故に、土壇場で判断を誤った。なぜ咲にわかるのかというと、自分にもそんな危うさがある、と感じるからだ。

兄の帰還をだれよりも待ちわびていた母は、兄の選択に大きなショックを受け、ほどなく寝込んだ。あの夜、咲たちを抱きしめ守ってくれた母は、二年後、息子の顔を二度と見ることなく他界した。兄は、母が亡くなったことを知らない。

２０２９ＪＡ１が何事もなく通り過ぎると最初からわかっていたら、あの夜もそれまでと同じ平凡な一夜として流れ去り、ｅＵＣ３など造られず、兄は婚約者と家庭を築き、咲に甥《おい》か姪ができて、いまも母が健在だったろうか。

咲が唯を産んだのは、三十歳のときだった。その二年前に結婚した村石敏也《としや》は、おとなしく真面目な男で、夫としても父としても、無難に務めを果たしていた。敏也の人が変わったのは、ヘルメスの追悼式典が終わり、兄が受け取るはずだった高額の報酬が手に入ってからだ。

咲は、兄の金を唯のために使うと決めていた。それなら兄も納得してくれるはずだ。ところが、仕事を勝手に辞めた敏也が、その金に手を付けはじめた。咲が涙ながらに抗議しても聞く耳を持たなかった。咲は敏也を見限り、多少の紆余曲折はあったが、最終的に離婚した。

唯の親権は咲が取り、ともに姓を瀬良にもどした。これからは母子で慎ましく生きていこう。そう自分に言い聞かせた矢先、こんどは唯の態度が急によそよそしくなり、いまでは顔を合わせるどころか、連絡一つ寄越さない。

地底から帰ってこなかった兄を恨む気持ちはあるが、恨むのは筋違いだともわかっている。すべてはあの忌々《いまいま》しい小惑星が悪いのだ。いっそ、あのとき地球に落ちてくれたらよかったのに、と思いかけたことが一度もないわけではない。

しかし、いま臣島レンがいっているのは、そういうものとは違う。

「この施設なんかもそうですよ」

と暗い視線を周りへ飛ばす。

「ここに入れるような人たちは、みんな財産を持ってる。死ぬ間際まで安楽に過ごせる。でも、圧倒的多数は、そういうわけにはいかないじゃないですか。病院の廊下で死ねたらいいほうでしょ。持ってる財産の多寡で死に方まで決められる。その財産も生まれた環境や運に左右される。これって仕方ないことなんですかね。当たり前なんですかね。自然なことなんですかね。恵まれた側にいる人たちが、そういうことにしてるだけじゃないんですか。自分たちの立場を正当化するために」

臣島レンの目が、壁に張られている〈ラムダの園〉のポスターを冷ややかに見つめる。そこには『人間の尊厳』という文字が大きく掲げてある。

「たしかに、ここなら最期まで手厚いケアを受けられますよ。でも、人から大切に扱われることが人間の尊厳だなんて、だれが決めたんです。それって単なるエゴでしょ」

視線を手元にもどした顔に、傲慢《ごうまん》な微笑が浮かぶ。

「どっちにしろ、僕らは大切に扱われない側の人間ですから。いまも、将来も。こんな世界は滅んだって構わないというか、恵まれた奴らごと滅んでくれるのなら、それはそれで気分がいいんですよ。だから、二〇九九年にやってくる２０２９ＪＡ１は、僕らにとっては絶望じゃなくて、希望なんです」

「だれが臣島くんにそういう考え方を教えたの？」

臣島レンが顔を上げる。

「いま〈僕ら〉って言い方したでしょ。〈僕〉じゃなくて」

傷ついたような表情で目を漂わせる。

「ひょっとして、マイメンターやってる？」

「いまどき、やってない人いるんですか」

「臣島くんのケシンはだれ？」

気色ばんで咲の目を見返す。

「その質問、プライバシーに思いっきり踏み込んでますけど」

「あ、ごめん」

アラームが鳴った。各部屋を監視するＡＩが異常を感知したのだ。こんどは〈春風の間〉。

「僕が行きます」

臣島レンが立ち上がる。

「一人で大丈夫？」

無言で出て行った。

4

四角い筒を横に倒したようなワンルーム。幅がないために、シャワーとトイレ、洗面台は、いちばん奥の小さなレストルームに押し込まれている。唯一の窓が洗面台横の嵌め殺しで、リビングには明かり取りさえない。停電時には小さな非常灯が点くが、バッテリーは二時間ほどで切れる。家賃も安くない。それでも臣島レンがここを選んだのは、広範囲開放型３Ｄホログラムに対応していたからだ。いま彼は、狭いベッドで膝をかかえて、薬が効くのを待っている。

仕事中はなんとか耐えられた。眠る老人たちの世話は単調で味気ないが、やるべきことは決まっている。手を動かし、職場の人間と最低限の会話をすれば、時間をやり過ごせる。

しかし、部屋に帰ってきて一人になれば、剝き出しの現実と直面させられる。自分という存在と、自分が生きているこの世界のあまりの空虚さに、絶叫したくなる。なにをしても、なにを考えても、空虚の檻からは出られない。逃れるには、自分の首を掻き切るしかないのではないか。この巨大な空虚を埋められるのは、死の痛みと恐怖だけではないのか。いまは踏み止まれているが、次の瞬間には、取り返しの付かない行動に移っているかもしれない。早く、早く、効いてくれ、早く——。

大きく息を吸い込んだ。

ゆっくりと吐き出し、ふらふらとベッドから降り立つ。

飲んでから効果を感じるまでの時間が、また長くなっている。そろそろ薬を変えてもらったほうがいいかもしれない。

奥の扉を入り、洗面台で顔を洗う。水気を拭いたタオルをもどしたとき、鏡の中の自分と目が合った。一瞬、見知らぬ他人に見えた。

「沙薙《さなぎ》」

縋るようにその名を呼ぶ。

「ここにいる」

背後の空中に、小柄な人影が現れた。

「大丈夫か、レン」

「うん。ありがとう」

全身を包むのは、濃い紫色のボディスーツ。同色の短い髪に、いつも蒼白い頬、暗い眼差しを生み出す赤い瞳、そして無駄な言葉を吐かない小さな口。標的の背後に音もなく現れ、〈見えない刃〉を一閃させて両断し、霞が消えるように立ち去る暗殺者。レンがケシンに選んだ沙薙は、ダークファンタジーゲーム『ファイアーソード』に登場する少女で、生い立ちなどは明らかになっておらず、謎の多いキャラクターだ。

だが、目を見ればわかる。彼女は世界を冷たく憎悪している。憎悪が彼女を動かしている。そして荒れ狂う憎悪は、彼女自身へも向かう。殺しを重ねるたびに、彼女の心は深く傷ついている。なのに、だれも気づかない。彼女に心があることさえ知らない。沙薙は、憎悪と孤独の中で、ひたすら人の命を奪い続ける。見えない涙を流し、見えない血を吐きながら、見えない刃を振るう。

でも僕だけは、とレンは思う。僕だけは沙薙を理解している。彼女の悲しみをわかってあげられる。そんな僕を理解してくれるのも、この世界でたった一人、沙薙だけだ。

「きょうもくだらない一日だったよ。無駄で、無益で、無意味な」

「心配いらない。いずれ終わる」

「うん。みんな終わる。財産も、地位も、幸福も、二〇九九年になれば消えて無くなる。だれも、なにも、残せない。すべては虚無に帰る。いや、違うな。最初から、すべてが虚無なんだ。僕は知っている。でも、奴らは知らない。そのときが来たら、せいぜい嘆くがいいさ。持っているものが大きいほど、失う悲しみも大きい。ざまあみろだ」

話しているうちに気持ちが解放されていく。口から笑いが漏れる。

「君も愉快だろう」

沙薙が、冷静に観察するような眼差しで、うなずく。

笑っている。

表情に変化がなくても、レンにはわかる。

5

シャトル内で発見された生存者は、ただちにティルトローター機で病院へ搬送された。外見から男性であることはわかったが、衰弱が酷く意識も回復しないため、それ以上の情報はDNA解析に委ねられた。

eUC3に下りる場合、実験参加者、サポートスタッフ、その他を問わず、全員にDNA登録が義務づけられていた。万が一のときも身元がわかるようにするためだが、ヘルメスからシャトルで上がってきた男性のDNAを照合しても、登録データのどこにも該当者が存在しなかった。

第二章　昏睡

1

こんなソファは初めてだった。座っているというより宙に浮いているようだ。つい、いくらするのだろう、と品のないことを考えてしまう。

目の前の広いローテーブルは、これまた値の張りそうなメープルの一枚板。その上に、すっかり冷めたコーヒーが二つ。

「なにか……いいなさいよ」

瀬良唯は、沈黙に耐えきれずに口をひらいた。

「話しかけていいの？」

と意外そうに聞き返してきたのは、右隣に座る母だ。

「わたしだって反抗期の子供じゃないんだから」

「ならね、唯ちゃんに教えてほしいことがある。マイメンターのことなんだけど」

「ちょっと待って」

思わず遮った。

「それ、いま聞くこと？　この状況わかってる？」

母が苦笑した。

「お母さんの人生、いろいろありすぎて、このくらいじゃ動じなくなっちゃったんだよ」

「このくらいって……」

唖然《あぜん》と母を見返したところで、重厚なドアがノックされた。

「お待たせいたしました」

現れたのは、エントランスで唯たちを出迎えてくれた女性だった。医療コーディネーターの肩書きを持ち、倉崎《くらさき》と名乗る彼女が、この件を担当するという。

「どうぞ、こちらへ」

いわれるまま控え室を出て廊下を進み、エレベーターに乗る。最後に倉崎が乗り込むと、七階のボタンが自動で点り、扉が閉まる。上昇を始めてすぐ、外壁に面したガラス張り展望窓の向こうに、ビルの建ち並ぶ都心が広がった。日光を反射して無数に煌《きら》めいている。

サンテ藤堂記念病院に、一般外来や救急外来はない。第六種民間医療施設に分類される、ひらたくいえば会員制の病院で、ジオX社もここの法人会員なのだろう。

エレベーターが停まり、扉が開く。

倉崎に促され、唯は母と並んで先に下りる。

白い廊下には、ベージュの大きなドアが並んでいた。どれも隙間なく閉めてあり、微かな物音も漏れてこない。

唯たちは、倉崎に先導され、刺すような静寂の中を進む。

「さきほども医師から説明があったと思いますが」

倉崎が抑えた声でいった。

「容態は安定していて、当面の生命の危機は脱したものと思われます。ただ、まだ意識がもどらないので」

いちばん奥のドアの前で足を止める。数秒後、ドアが音もなくスライドすると、中から濃厚な気配があふれてきた。生命の醸す匂いを強引な清潔さで抑え込んだ空気とともに。

唯は心臓の鼓動を感じながら足を踏み入れる。

広い病室にカプセル型の無菌ベッドが一床。中に一人の男性が横たわっている。

唯の足が止まる。

「どうされました」

倉崎が怪訝《けげん》な表情を向けてくる。

母も振り返る。

「いえ」

逃げ出したい衝動をこらえてベッドに近づき、母の横に立つ。

全身を覆うカバーの、肩から上の部分だけが透明になっていた。むき出しになった両肩は、ぎょっとするほど痩せ細り、鎖骨が高く浮き出ている。

母が静かにいった。

「似てるね」

目を閉じて深く眠る男性の顔には、たしかに面影が残っていた。といっても、いま唯の中にある伯父のイメージの大部分は、写真や動画から得たものだ。母によれば、瀬良航と最後に会ったのは、唯が六歳のとき。記憶にあるのは、たいそう可愛がってもらったという、おぼろげな感覚だけだ。

「行こうか」

母の言葉に、無言でうなずく。

廊下をもどりながら、倉崎が念押しするように、

「お電話でも申し上げたとおり、お相手の方のご家族には連絡が付かないのです。いまの段階では、瀬良さまだけが血縁者ということになります」

eUC3の登録データに該当者は見当たらなかったが、さらに解析を進めた結果、ヘルメスの生存者と思われるあの男性が、サポートスタッフで唯一ヘルメスに残留した瀬良航と、同じくヘルメスに残った実験参加者の一人、紺野ゆかりの子であることが判明していた。推定年齢、十七歳。

「あの子、名前もわからないんですよね」

母の問いに倉崎が答えて、

「ご本人さまが目を覚ますのを待つしかありません」

唯たちがエレベーターに乗り込む。

倉崎は乗ってこない。

「また来ます」

母がいった。

「いつでもご連絡ください。お待ちしております」

倉崎が満足そうな笑みで応えた。

エレベーターの扉が閉まり、下降をはじめる。

「きょうは来てくれてありがとね。久しぶりに唯ちゃんの顔を見られてうれしかった」

「なんで平気でいられるの」

間が空いた。

「平気でいるわけじゃ、ないんだけどね」

「怖くないの？」

母の視線を感じる。

エレベーターが一階で止まり、扉が開く。

唯は先に出た。

2

ｅＵＣ３の建造には日本政府も巨額の資金を援助している。だからこそ熾烈な誘致合戦に勝てたのだが、実験終了後は日本政府が管理を引き継ぎ、いざというときにシェルターとして活用する思惑があったことはいうまでもない。もちろんそれは、２０２９ＪＡ１の恐怖が未だ色濃く残る中で、多くの国民が期待したことでもあった。実際、誘致が決定したときのお祭り騒ぎは、いまでは想像できないほどだ。

しかし、実験終了の二年前から始まったジオＸ社との協議では、日本政府の姿勢は一変していた。冷静に考えれば、一国家の巨大小惑星対策としてｅＵＣ３を維持しておくことは、あらゆる面でおよそ不合理だったたからだ。

まず、いつでも使用可能な状態にしておくには、地上コントロールセンターやシャトルを含めたインフラ設備のメンテナンスを完璧にする必要があるが、それには膨大なコストがかかる。それだけの予算をつぎ込み続ける価値が本当にあるのか、という疑問が当然出てくる。

加えて、救えたとしてもわずか九百名だ。その九百名を一億の国民の中からどうやって選ぶのかという、政治的にきわめてやっかいな問題も抱え込まなければならない。

さらには、eUC3に採用された地熱発電の発電能力にも限界があり、居住環境がほかの実験地底都市に比べても劣悪であることが判明していた。これはある程度は予想されたことで、日本は貧乏くじを引かされた、との噂がもっぱらだ。

メンテナンスをいかに完璧に施しても百年を超えて機能させることは難しい。そして、2029JA1クラスの巨大小惑星が地球に衝突することはきわめて稀《まれ》であり、百年以内に起こるとは考えにくい。結局、日本政府はこの二つを表向きの理由として、eUC3を管理下に置くことを、賢明にも断念したのだった。日本政府のこの決定がなければ、閉鎖延期を求める住人の要望があれほどあっさりと通ることはなかっただろう。

しかし、思惑が外れたのは、ジオX社も同様である。

追悼式典を無事に済ませて地上コントロールセンターを閉鎖したまではよかったが、ここへ来てヘルメスに生存者が確認されたことで事態が急転する。

このニュースは瞬く間にあらゆるメディアを埋め尽くし、人々を熱狂させた。通信途絶から実に十八年間、地下三千メートルの世界をサポートなしで生き延びた人間がいたのだ。人類史上に刻まれる奇跡、火星着陸に匹敵する偉業、などと大仰な言葉が躍った。

生存者の素性は性別を含めいっさい伏せられていたため、特定しようとする試みも後を絶たなかったが、ジオX社の防御壁にことごとく退けられた。特定できたとの主張にも、ジオX社は「根拠のない憶測でしかない」と一蹴し「目に余るケースには法的な対処も検討する」と警告した。

当初の興奮が一段落すると、ジオX社のこれまでの対応に焦点が移った。曰く、慰霊碑の建立や追悼式典の開催はいかにも拙速だった。ヘルメス事件の幕引きを急ぐあまり、生存者のいる可能性を十分検討しなかったのではないか云々。果ては、生存者のいることを知りながら隠蔽した疑惑まで取り沙汰された。

これらの批判に対し、ジオX社もきっぱりと否定はしたものの、正面から反論することを避け、今後の行動によって自らの姿勢をアピールしていく方針を取る。

ジオX社は、まずコントロールセンターを再開させ、上がってきたシャトルの整備に着手した。シャトルを再運用するには、動力装置に修復や部品交換を施し、途中で停まることのないよう万全を期す必要があった。これがかなり大がかりな作業になっており、現在も進行中である。

今後の計画では、整備が完了次第、無人機をシャトルに乗せてヘルメスに下ろし、現地の環境データを収集することになっている。ヘルメスがいまも生存可能な状態であることが確認できれば、残りの三基のシャトルも整備した上で、生存者を見つけるための捜索隊を編成して送り込む。

しかし、たとえヘルメスの環境が良好だったとしても、実際に捜索隊が出発できる態勢が整うまでには、相当な時間がかかると見込まれている。

3

母は悪くない。そのくらいは唯にもわかっていた。

追悼式典に参列して伯父の死を確定させたのも、悩んだ末のつらい決断だったはずだ。唯にも、無理に来なくていいといってくれた。それでも行ったのは唯の意思だ。なのに、あの場で湧き上がってきた罪悪感と、そんな罪悪感を自分にもたらす世界への怒りを、母に向けてしまった。やり場のない感情をぶつける相手が必要だったから。

追悼式典から間をおかず家庭内の不和が続いたため、母は唯の変化に気づかなかったようだ。両親の離婚が成立したときには、唯の心はすでに石のように固まっていた。自分ではどうすることもできなかった。

大学に進学して一人暮らしを始めると少しは落ち着いたが、母の顔を見るとつい冷たく当たってしまう癖はなかなか抜けず、そんな自分が嫌で、家からも足が遠のいた。

これではいけないとは、ずっと感じていた。自分がこうして大学院に進めているのも、伯父のお金が入ったおかげだ。あのときの母の苦渋の決断があったからだ。自分はまだ、ありがとうの一言も伝えていない。

十八年ぶりにヘルメスから上がってきたシャトル内で生存者が発見され、それが伯父の子であるらしいことは、母がテキストで報せてくれた。まだ意識はもどらないが、とりあえず命は取り留めたようなので、面会に行くとあった。そして、できれば唯にも来てほしいと。

唯は、久しぶりに母と話すきっかけができたことを喜ぶより、ヘルメスにまだ生存者がいたことに衝撃を受けた。ほんとうに自分たちは、死んでもいない人たちを、死んだことにしてしまっていた。しかも今回、地上に帰ってきたのは、ヘルメスで伯父と実験参加者の女性の間にできた子だという。唯は、現実にはありそうにないとわかってはいても、その子は唯たちを断罪するために来たのではないか、という妄想を止めることができなかった。

そのせいもあって、せっかく母と顔を合わせたのに、母の態度がひどく呑気に思えて苛立ってしまい、感謝や謝罪の言葉を伝えるどころか、ろくに話もせずに帰ってきた。

振り返っても、目に付くのは自分の未熟さばかり。まったく成長していない己の姿に、嫌気が差す。

「また手が止まってる」

顔を上げると、数海の柔らかな眼差しが唯を包んでいた。目の前のバランス弁当は、半分以上残っている。フォークを握ったまま、物思いに沈んでしまったようだ。

「最近、多いね。悩みごと？」

唯は野菜のムースを口に押し込み、頬を膨らませて咀嚼《そしゃく》し、強引に呑み下す。

「一人で抱え込まないほうがいいよ。そのためにぼくがいるのだから」

「お言葉はありがたいけど、いまは一人で抱え込みたいの」

数海が微笑を浮かべたまま、目をつむってうなずく。その目をあけると同時に、

「ところで、例の生存者だけど」

口調が変わる。

「根も葉もない噂が飛び交っているのは相変わらずなんだが、じつは生存者はヘルメスで生まれた十代の子だ、という設定が主流になりつつある」

唯の手が止まる。

「情報が漏れたわけじゃない。地底で生まれた少年あるいは少女のほうが想像力が刺激される。噂のバリエーションも創りやすい。実際、地上に来た理由一つとっても、荒唐無稽なものが目立つ。たとえば、自分たちを見殺しにした人類へ復讐するため」

思わず目を上げた。

「逆のバージョンもある」

「逆？」

「救世主として母なる大地から遣わされてきた」

数海が表情を明るくする。

「二〇九九年の危機から地球と人類を救うためにね」

「そっか。数海はそういうの、好きだもんね」

ＳＦアニメ『ＨＥＩＳＥＩ』の最終回では、侵略者〈ジガル〉を撃退したリトル・ガーディアンズのメンバーが、それぞれの時代に帰ることになる。主人公ヤグチユウキも二〇九九年にもどるが、そこは小惑星２０２９ＪＡ１の衝突が間近に迫り、人類がまさに滅亡しようとしている世界だった。一九九九年の人類を守ることが、二〇九九年の危機を回避することにも繋がるのではないか、という一縷の可能性にかけていたユウキは、なにも変化のない現状に絶望しかける。しかしそのとき、それぞれの時代に帰ったはずのリトル・ガーディアンズの仲間たちが、二〇九九年に続々と姿を現す。その先頭に立つのは、もちろん数海マサトだ。再集結したリトル・ガーディアンズは、力を合わせて２０２９ＪＡ１の軌道を逸らすことに成功する。その手際のよさに瞠目するユウキに、数海マサトは、地球から遠ざかっていく２０２９ＪＡ１を見送りながら、こともなげにいうのだった。あいつの軌道を変えるのは二回目だから、と。

4

わたしだって反抗期の子供じゃないんだから。

咲は、唯の声を耳の奥で反芻《はんすう》しては、ささやかな喜びに浸った。いつの間に、あんな言葉を口にするようになっていたのだろう。たしかに自分は、あの子をそんなふうに見ていたのかもしれない。親にとって、子供はいつまでも子供だから。でも、あの子もちゃんと成長している。

兄の子が現れたことを「怖い」と口走ったが、あれはどういう意味だったのだろう。兄のお金を使って大学院に行っていることを責められるとでも思ったのだろうか。そんな心配はいらないといってあげればよかった。ヘルメスから生還したあの少年の治療や今後の生活は、ジオX社が全面的に支援することになっている。いまさら金を返せとはいわれないはずだ。

それとも、追悼式典に参列したことに負い目を感じているのか。しかし、あれは咲が判断したことで、唯に責任はない。こんど話す機会があったら、はっきりとそういってあげよう。また子供扱いするなと怒られるかもしれないけど。

兄と紺野ゆかりという女性の間に子供がいたことについては、事実を事実として受け止める以上のことはできない、と思った。大人の男女だ。二人の間にどのような経緯があったのか、外から推し量れる部分は知れている。むしろ、医療設備もじゅうぶん整わないであろう環境で、よく赤ん坊からここまで育つことができたものだとの驚きが先に立つ。出産もたいへんだったはずだが、母体は無事だったろうか。いまさら心配しても仕方がないが、その子が生きて地上に帰って来られたことは、ほんとうによかったと思う。

ヘルメスに生存者がいたと知らされたときは、兄もまだ生きているかもしれないと希望を持ちかけたが、あの少年の衰弱しきった姿は、彼がヘルメス最後の生き残りであることを残酷に物語っていた。おそらく兄も、あの少年の母親も、もう生きてはいないだろう。

もし、あの子の意識がもどったら兄のことを尋ねたいが、急ぐ必要はない。あの子にとって、つらい内容になるはずだから。あの子が話したくなるときを、じっくり待てばいい。話したくないのなら話さなくたっていい。ただ、あなたに会えてとても嬉しいということだけは、一刻も早く伝えなければと思っている。

いまの咲には、それよりも気にかかることがあった。

職場の若い新人、臣島レンだ。

仕事ぶりに不満はない。やるべきことを淡々とこなし、業務に必要最低限のコミュニケーションはとれている。ただし、あくまで最低限だ。息抜きに雑談をしたり、冗談を飛ばしたりすることは、一切ない。

あの日、いっしょに夜勤シフトに入ったときも、こちらから質問をすれば短く答えてくれるが、会話が弾むことはなく、ほとんど咲が一方的にしゃべっていた。ところが、入所者の体位交換を終えて一息吐いているとき、とつぜん人が変わったように饒舌《じょうぜつ》になった。

後日、夜勤のときの彼はいつもあんな感じなのかと同僚にそれとなく尋ねたが、日勤のときと変わらないとの返答ばかりだった。あの夜にかぎって、なにかが彼の中のボタンを押したことになる。咲が直前に話題にしたのは、二〇九九年の人類滅亡説だった。

小惑星2029JA1の軌道はなんども再計算されているが、いまのところ地球の近辺を通るのは間違いないという。ただし、衝突する確率は計算のたびに小さくなり、最新の結果では〇・一パーセントにも満たない。その記事をふと思い出した咲が、もうぜんぜん心配いらないよね、と軽い気持ちで口にしたとたん、臣島レンの顔色が変わったのだ。

迫り来る2029JA1を「絶望じゃなくて、希望なんです」と嘯《うそぶ》く彼の姿は、サイズの合わないぶかぶかのスーツを懸命に着こなそうとしているかのようで、あの極端な言説が彼自身の中から生まれ出たものだとは思えなかった。それは、彼の話に登場した「僕ら」という主語からも窺える。

咲がマイメンターのことを持ち出したのは、このサービスに関するある噂を思い出し、もしかしたら臣島レンの言動もそのせいではないか、と直感したからだ。

マイメンターの問題点は、以前からたびたび指摘されていた。たとえばヘビーユーザーは、メンターとして現れるケシンを、いつしか実在するものと思い込むようになる。しかし所詮はＡＩの作り出した幻影だ。伸ばした手を握ってはくれないし、倒れる身体を抱き止めてもくれない。ふとした拍子にそのことを思い知らされたとき、心に深いダメージを負いかねない。自分の最大の理解者が幻影であるという現実に耐えられなくなり、精神を病むケースも少なくないという。

しかし、このとき咲の脳裏を過ぎったのは、それとは別に、マイメンターで起きていると噂される不可思議な現象のことだった。

個々のケシンがユーザーから得た情報は、システム上独立した場所に保管され、互いに干渉することはないとされている。にも拘わらず、ケシン同士が直接情報をやりとりしている証拠が見つかったというのだ。これが事実だとすれば、あるユーザーの思考が、ケシンを通じてほかのユーザーの思考に影響する可能性がある。さらに、この現象が大きな規模で発生すれば、ケシンを媒体として、一つの思想が爆発的に広まったり、ある事象に対する共通認識がユーザー間で形成されたりすることも起こり得る。

ケシンの影響力は、ユーザーの心の奥にまで浸透している。ケシンが特定の思想に沿った言葉を用いれば、ユーザーは自分でも気づかぬうちに、その思想を取り込んでしまうだろう。臣島レンもその口ではないかと、咲は思ったのだ。

あれ以来、彼とじっくり話す機会がなく、確かめることができないでいる。考えすぎかもしれないが、咲は臣島レンに危ういものを感じて、どうしても放ってはおけないのだった。

5

ヘルメスから上がってきたシャトルの整備が完了すると、ただちに無人機が地下三千メートルへ送り込まれ、まずはステーションの環境が調査された。その結果、カメラが捉えた範囲で人影は認められなかったものの、酸素濃度、気圧、気温についてはともに生存可能な条件を満たし、少なくとも酸素供給装置と空調は機能していることを確認できた。水のリサイクルや食糧生産関係などのインフラについては情報が得られなかったが、仮にそれらも健在であったなら、生存者がいる可能性はある。

ジオX社の上層部は、次の段階へ進めることを決定する。すなわち捜索隊の派遣だ。そのためには、残りの三基のシャトルも使用可能にしておく必要があった。一基だけでは不測の事態に十分対応できない恐れがあるからだ。

上層部の決定を受け、無人機を操作して、シャトルのドアを止めていた障害物（ステーションの座席の一部と思われた）を取り除くと、三基とも十八年前のコマンドを思い出し、ゆっくりと上昇を開始した。

6

瀬良唯がいま大学院で取り組んでいる研究課題は、樹木から分離された真菌ＦＮ３５株に、有性生殖器官を形成させることだ。この真菌のおおよその分類学的位置は、ＤＮＡ塩基配列などの分子データによって見当が付いているものの、実際に有性生殖を観察できていないため、種の同定にまで至らずにいた。

　一般に真菌類は、周囲にじゅうぶん栄養分があるときはひたすら菌糸を伸ばすが、栄養分の枯渇や老廃物の蓄積、あるいは乾燥や温度変化などによって成長に不利な環境になると、有性生殖を開始する。多様な遺伝子を持つ子孫をつくることで、種として生き延びる道を探るわけだ。

　マツタケやシイタケなどのキノコも一種の有性生殖器官だが、ＦＮ３５株が作るとすればあんなに大きなものではなく、かろうじて目で見える程度に微小だろう。顕微鏡を使えば、おそらくは首の長い壺《つぼ》のような形が確認できるはずだ。その壺の中で生まれた胞子が世に放たれ、新天地を目指すことになる。

「でも、なかなか作ってくれなくてね、首長の壺を」

　唯は、フォークの先を揺らしながら、愚痴《ぐち》をこぼした。きょうのバランス弁当は、やけに味が濃い。

「人工的飢餓、紫外線照射、温度変化、無機塩類の添加、いろいろやったけど、どれにも反応してくれない」

「ＦＮ３５株が有性生殖するのは間違いないの？」

　唯は思わず数海にフォークを向けて、

「いい質問」

　数海が目を丸くして、突きつけられたフォークの先端を見る。

「ごめん」

　と唯はフォークを置いて、

「真菌類の中には、有性生殖を忘れた種もいる」

「忘れられるものなんだ」

「無性生殖ばかり続けていたせいで、なかなか出番の来ない有性生殖の遺伝子が深い眠りに入っちゃったとか、そんな感じ。ＦＮ３５株もその仲間だとしたら、いくら試しても無駄なんだよね」

「だとしても、遺伝子にはプログラムが残っているんでしょ。少なくとも、眠っているだけなら」

「眠ってしまった遺伝子をどうやって起こすかが問題なの。このままなら死滅するしかないって状況まで追い込んでも目覚めないいんだから」

「そういうものは目覚めさせてはいけないのかもしれないよ。超古代文明によって封印された怪物が蘇ってしまう」

「ＳＦアニメじゃないんだから」

「でも、想定外の現象が起こることは、あり得る」

唯は渋々うなずく。

数海が続ける。

「真菌類だけとは限らないよね。死滅寸前にならないと目覚めない遺伝子とか、あるいは目覚めさせてはいけないなにかを、あらゆる生物が持っていてもおかしくない。もちろん、人類も」

唯は、バランス弁当を脇に押しやり、組んだ両腕をテーブルに乗せる。

「持って回った言い方は、らしくないよ。いいたいことがあるなら、はっきりいって」

帰宅したときから違和感はあった。

数海の表情が、いつになく硬い。

「これは、唯に伝えるべきかどうか迷ったんだけど」

「珍しいね、遠慮するなんて」

「ヘルメスから来た彼のことだ」

「また変な噂でも？」

数海が首を横に振る。

「気を悪くしないで聞いてほしい」

「……あの子が、どうかした」

「彼には気をつけたほうがいい」

唯は吹き出しそうになる。

「どういう意味。まさか、ヘルメスの過酷な環境のせいで人類が密かに受け継いできた遺伝子が目覚めて超人が誕生した、それがあの子だ、なんていわないよね」

「精神上の変異を起こしている可能性はある」

唯は言葉を失いかける。

「なにそれ、精神上の変異って」

「変異という言葉は適切ではないかもしれないね。彼の精神構造を理解するのは簡単ではないといいたかった」

「だから、どういうこと」

「彼は生まれたときからずっとヘルメスという特異な環境にいた。人工的な閉鎖空間というだけじゃない。物心つくころには、周囲の人間はすべて四十代以上で、子供は彼しかいなかった可能性が高い。しかもヘルメスでは、独特の宗教的概念がコミュニティを支配していたともいわれている。そんな中で育ってきた彼が、唯たちと同じ価値観や善悪の基準を持っているとは、安易に期待しないほうがいい。地上の世界が存在することを知っていたかどうかすらわからないし、もしかしたら、シャトルに乗り込んだのも、生き延びるために地上を目指そうとしたのではなく、まったく別の目的があったのかもしれない」

「本気でいってるの」

「ぼくの懸念が的外れであればいいと思う。でも、さまざまなシチュエーションを想定しておくことは無駄じゃない」

唯は、肘をテーブルに突いたまま左右の指を組み、そこに額を押しつける。

「怒った？」

「ちょっと待って。頭を整理したい」

「ぼくは向こうにいるよ」

「そこにいて」

唯は、数海の言葉をなんども吟味してから、顔を上げた。

「たしかに、あなたのいうことにも一理ある」

「ありがとう」

数海に、いつもの微笑がもどる。

「で？」

唯はいった。

「わたしはどうしたらいい」

7

ヘルメスからやってきた少年は眠り続けていた。

地底の閉鎖空間で育った彼の身体には、地上にはびこる病原性ウイルスに対する免疫がほとんどなく、感染すると重症化する危険が高かった。そのためカプセル型の無菌ベッドに入っていたのだが、各種ワクチンの接種によって最低限の抗体は体内で作られたことが確認され、とりあえず無菌ベッドからは離脱できている。病院への搬送時に剃り上げられた髪は伸び、骨と皮だけのようだった身体には少しずつ肉が付き、顔色も以前に比べれば格段に良い。医師によれば、とうに意識がもどってもおかしくないとのことだが、まだ目を覚まさない。

生命を維持するための栄養分は、定期的に鎖骨下静脈から投与されている。瀬良咲の勤務するPOMハウス〈ラムダの園〉でもおなじみの方法だ。ちなみに〈ラムダの園〉では、入所者に注入したナノマシンを脳の特定部位に集め、外部から信号を送って電気刺激を発生させているが、ここでは同じ技術が筋肉や臓器の機能回復のために用いられていた。この医療を行うには臨床管理技士の資格が必要で、もちろん咲も取得済みだ。

「きょうは、なんの話をしよっか」

咲は、時間をつくっては病室に足を運び、眠る少年に言葉をかけていた。とりとめのない内容を、思いつくままに。昔話もした。少年にとっては父にあたる兄や、祖母にあたる母のことを。少年はぴくりとも反応しないが、それでも咲は、彼がずっと聞いてくれているように感じた。

よく見れば、鼻筋は兄と同じようにまっすぐ走り、なかなか端整な顔立ちだ。厚めの唇は母親似だろうか。長い睫毛《まつげ》はどちらだろう。兄も長いほうだった。あの瞼がひらいたとき、どんな目になるのだろう。どんな瞳をしているのだろう。そして、初めて見る地上の世界は、この子の目にどう映るのだろう。

兄のことだ。世界に関するさまざまな事柄を、この子にも教えたはずだ。ヘルメスには図書館もあったそうだから、資料にも困らない。それでも、果てしなく高い空に、雄大な雲に、太陽の強烈な光に、夜空を照らす眩しい月に、銀河を彩る星々に、この子は目を瞠るに違いない。

元気になったら連れて行ってあげたい場所もたくさんある。感じてほしいものがいっぱいある。海の波音を、吹きつける風の肌触りを、地面を叩く雨の匂いを、季節とともに移りゆく木立の色を、心ゆくまで味わってほしい。

そうして、新しい世界になじんだころに、少しずつでいいから、彼自身のことを話してくれたら、と思う。どんな生活をしてきたのか。両親はどうなったのか。つらい内容になるだろうことは覚悟している。この子が話したくないというのなら、それで構わない。無理に聞き出す権利は自分にはない。

ただ咲は、もしかしたら、と淡い期待を抱かずにはいられなかった。この子は、兄からなにかメッセージを託されているのではないか、と。

シャトルで発見されたときは半裸に近い状態で、手紙やメモリーの類はおろか、所持品すらほとんどなかったという。託されたものがあるとすれば、この子の記憶の中だ。

もし咲にあてたメッセージでもあれば、一言の相談もなく地下三千メートルに留まった兄が、けっして咲たちのことを忘れてはいなかった証になる。

メッセージなどと大層なものでなくていい。

「地上には、おまえの叔母と従姉妹《いとこ》がいる。きっと、おまえを助けてくれる」

それだけでいい。

もちろん、いわれるまでもなく、そのつもりだ。この子は、わたしたちの大切な家族なのだから。

8

皺だらけの口元が緩んでいる。ときおり楽しげな笑い声さえ漏れてくる。枕に埋め込まれた送信機が脳内のナノマシンを操作し、この老人に心地よい夢を見させているのだ。

(死ぬ間際まで、いい思いしやがって)

臣島レンに母の思い出はない。彼が物心つくまえに持病が悪化して死んだからだ。けっして助からない病気ではなかった。しかし、利用可能な医療内容は、一人一人の健康保険等級によって細かく規定されている。等級は、保険料の納付額と納付期間で決まる。母は、納付額のいちばん少ない等級を選んでいたため、必要な治療を受けられなかったのだ。

レンの記憶にある父は、安いアルコール飲料を苦々しげに喉に流し込んでいる。その口から吐き出されるのは世の中に対する呪詛ばかり。レンに暴力を振るうことはなく、おそらくは愛しさえしてくれていたが、だからこそ、父親として不甲斐ない己に耐えられなかったのだろう。

父のようになりたくない、とは思わなかった。父は父なりに頑張ったが、それだけではどうにもならないことがある。

世の中には人生を謳歌できる人もたくさんいる。レンたちが一生働いても得られない額のお金を一日で稼ぎ、広くて快適な家に住み、病気になっても会員制の病院で最先端の医療を受けられる人生がある。

しかし自分たちは違う。どんなに足掻いても、ああいう生活には手が届かない。そもそも生まれた世界が違うのだ。

レンは、自分の人生には、父の人生と同様、選択肢が存在しないことを知っていた。運よく得られた仕事にしがみつき、与えられた時間が尽きるまで耐えるしかない。それ以外の生き方を夢見ても無駄だ。ありもしない未来のために心を砕くなど馬鹿馬鹿しい。

小惑星２０２９ＪＡ１が二〇九九年に地球に激突するというニュースが流れたのは、レンが十四歳のときだ。人類が滅亡すると聞かされても、レンには他人事としか思えなかった。こんな世界がどうなろうが知ったことではない。むしろ清々する。

だが父は違った。そのニュースを知るや気が触れたように笑い出し、

「これでおれたちの勝ちだぞ。わかるか、レン」

とレンの両肩を強く摑んだのだ。

「未来がないのはおれたちだけじゃない。いま我が物顔でのさばってる奴ら、世界を支配する大国も、大企業も、どんな金持ちも、みんな滅ぶ。奴らの豪邸も、地位も、名誉も、あらゆる財産が跡形もなく消え失せる。だれも、なにも、地上に残せない。わかるか、レン！」

レンは、父の異様な形相に怯えつつ、うなずくしかなかった。

「おまえも憎いだろ。この世界が。この世界で自分の思いどおりに生きてる奴らが。おれたちのことをゴミ同然に思ってる奴らが。でも、これでおれたちの勝ちだ。二〇九九年まで生き延びれば、おれたちの勝ちだ。奴らには失うものがあるが、おれたちにはない。奴らは嘆き悲しむが、おれたちは笑う。だから、おれたちの勝ちだ。いいか、レン。奴らの最期を見届けてやるんだ。ともに滅びながら笑ってやれ。ざまあみろと！」

父は、その後も苦悩を一人で背負い込むような日々を生き、レンが十八歳になった翌日、脳の血管が破裂して死んだ。まだ四十六歳だった。

ここにいる老人たちは、百歳を超えてなお生にしがみつき、快楽を貪《むさぼ》っている。そして二〇九九年を待たずに逃げ切るのだろう。

一人で見回りをするとき、レンはいつも暗い誘惑に駆られる。ナノマシンの設定を変えて悪夢を見させてやろうか。鎖骨下静脈につながるカテーテルに異物を流し込んでやろうか。もがき苦しむ様を眺めてやろうか。

だが実際にそんなことをする度胸はなかった。レンにはわかっている。いかに憎しみを募らせようと、自らの手では嫌がらせ一つできないのが、自分という人間なのだ。

「ごくろうさま、臣島くん」

レンは、十五歳で受けた適性試験によって、事実上、職能専門学校以外の道を閉ざされた。比較的にしろ安定した仕事を望むなら、この学校で技能を身につけ、紹介された職場に行くしかない。結果として辿り着いたのが、ＰＯＭハウス〈ラムダの園〉だった。

もっぱら眠った人間を相手にするＰＯＭハウスでは、入所者と言葉を交わしたり一人一人の気持ちを汲み取って対応したりする必要がなく、自分にも合っているとレンは思った。よけいなことを考えず、口に出さず、やるべきことだけをそつなくこなせばいい。

そんなレンの思惑を狂わせたのが瀬良咲だ。

「異常なかったみたいね」

おそらく五十代半ばのこの女性に、とくに際立つ特徴はない。どちらかというと丸顔で、どちらかというと小柄で、どちらかというと地味、という程度だ。ただ、笑顔が自然で構えたところがなく、こちらが壁を作っても、いつの間にか内側に入り込まれている。

だからだろう。初めて夜勤シフトで組んだとき、そんなつもりはなかったのにべらべらと喋ってしまい、激しく後悔した。

以来、どういうわけか、やたらと声をかけてくる。きょうのように夜勤でいっしょになったときなど、あらかじめ用意しておいたのかと思うほど、次から次へと話題を繰り出してくる。

「臣島くんと同じくらいの歳の娘がいるんだけど、マイメンターに入れ込んでるみたいなんだよね。変に影響されないか心配で」

「べつに悪くはないんじゃないですか」

そしてレンも、つい反応してしまうのだった。

「好きなキャラをケシンにしている人は精神が安定するというデータもあるくらいですから」

「臣島くんも？」

一瞬、迷ったが、

「そうですね」

と答える。

「だれをケシンにしてるかは、やっぱり人には教えないものなの？」

「相手によるんじゃないですか」

「わたしには教えてくれないんだ」

「だって瀬良さんは」

その後の言葉が出ない。

「なに？」

「マイメンター、やってないんでしょ」

苦しまぎれに継いだ。

「わたしがマイメンターを始めたら、教えてくれるの？」

「始めるんですか」

「うーん、ないと思う」

瀬良咲の表情に、珍しく苦みが走った。

「なんでやらないんです」

興味を引かれて尋ねた。

そんな自分に戸惑い、言い訳でもするように、

「使ったこともないのに悪くいうのは、偏見じゃないですか」

「悪くいってるつもりはないんだけど、あれを作った人が好きじゃないんだよね」

「ウィル・ヤングマン？」

大学生のときに創業したマイメンターを皮切りに、さまざまな分野で新しい事業を成功させ、いまや伝説的な起業家となっている人物だ。すでに七十歳を超えているはずだが、全身の臓器を更新したり、老化遺伝子を制御したりすることで、外見は四十代を保っているといわれている。

「なんで、また」

「いろいろとね」

言葉を濁して笑みを見せる。

「でも、そこは別々に考えたほうがいいんじゃないですか。とりあえず、やってみたらどうですかね。そうしたら、娘さんの気持ちも理解できるかもしれませんよ」

「なるほど。臣島くんのいうとおりかも」

ふとレンは、いま自分がふつうに会話できていることに気づく。

「おすすめのケシンってある？」

「それは……自分で探してください」

また喋りすぎを後悔しそうだ。

「冷たいなあ。マイメンターをやれっていったのは臣島くんなのに」

「べつに僕はやれとは」

「いったよ」

「いや――」

「い、い、ま、し、た」

レンは思わず目を逸らして、

「好きなキャラクターとか、いるでしょ。マンガやアニメ、ゲーム、映画。いまは、かなりマイナーなキャラもケシン化されてるから、たいてい見つかります」

「実在の人物はケシンにできないの？」

「アイドルや俳優なら」

「そうじゃなくて」

瀬良咲が言いよどむ。

「わたし、兄がいたんだけど、亡くなったんだよね」

「そういうの、やめたほうがいいですよ」

レンは、目をもどしていった。

「そもそもマイメンターでは、登録されたケシン以外は使っちゃいけないことになってますから」

「技術的には可能なの？」

「ゼロからオリジナルのケシンを作ることも、できなくはないでしょうけど、データ処理がすごいことになって素人には手が負えないし、プロに頼んだとしても、ちょっとやそっとの金額では。もう少し安く済ませるなら、裏ケシンという手もありますけど」

「裏ケシン？」

「公式が出してるケシンを勝手に改変したものです。本来なら絶対にしないようなことをケシンにさせるために。とくに、人気のある女性キャラやアイドルの裏ケシンは、高額で取引されているという話です」

「それってつまり、性的な娯楽のために？」

「まあ、そういうやつですね」

レンは息を吸って、

「でも、ばれたら即アカウント永久凍結ですし、ケシンを改変するのはもちろん、持ってるだけでもいまは犯罪になりますから」

「じゃあ臣島くん、だれか適当なの選んでよ。それケシンにするから」

「いや、だから、自分の好きなキャラを――」

「それよりも、初対面のキャラと、少しずつ互いのことを知りながら仲良くなったほうが面白いじゃない？」

「ほんと、変な人だよ」

「レン、大丈夫か」

「なにが」

「まだ薬を飲んでない」

指摘されて気づく。きょうは帰宅するなり沙薙を呼び出し、瀬良咲とのやりとりを話して聞かせた。服用薬のことなど脳裏を掠めもしなかった。

「飲まなくても大丈夫そうだ」

むしろ、あまり飲みたくない気分だった。

「なら、いい」

沙薙がいった。

「それで、だれを選んでやった。その女のケシンに」

＊

咲は、目の前に現れた小柄な女の子を、唖然と見つめた。

おそらく、まだ十代だろう。ショートヘアは濃い紫色に染め上げられ、顔は病気みたいに真っ青だ。瞳は赤くてとても綺麗なのに、目つきが異様に暗い。指先まで覆うボディスーツも、髪と同じ濃い紫色。

「あなたが……」

少女が無表情のまま、小さな口を開く。

「沙薙だ。よろしく」

9

シャトルで発見されて以来、眠り続けていた少年の目がゆっくりと開いたのは、三十八日目の朝のことだ。担当医の問いかけに反応することから、言葉は理解できると思われたが、自分の置かれた状況はまったく呑み込めないようだった。

ただ、名前を尋ねられたときだけは、はっきりと答えた。

「ルキ」

と。

第三章　〈希望〉

1

こんな目をしていたんだ。

瀬良咲は、胸の震える思いで、少年を見つめた。

目元は母親似なのだろう。謎めいた光が宿る瞳も、兄の雰囲気とは違う気がする。ただし、そこに表情と呼べるものはない。同じ無表情でも、臣島レンは仮面としてあえて装っている印象が強いが、この少年には自分の内面を顔に表す仕組みが欠けている感じがする。

「あなたに会えて、ほんとうに、うれしいよ」

咲が面会に来たときには、少年の意識がもどって五日が経っていた。すぐにでも駆けつけたかったが、どうしても仕事の調整がつかなかったのだ。

医療コーディネーターの倉崎によると、少年は昨日から流動食を口にできるようになったとのことで、中心静脈カテーテルもすでに外されている。しかし、理解できる語彙《ごい》が極端に乏しいのか、簡単な言葉のやりとりはできても、それ以上の踏み込んだ会話がなかなか成立しないようだ。そのため、かろうじて名前はわかったものの、ヘルメスの状況やシャトルに乗り込んだ経緯を聞き出すには至っていないという。

「自己紹介するね。わたしの名前は、瀬良咲。あなたのお父さんの、妹です」

やはり反応はない。背上げしたベッドに身体を預けたまま、黒いガラスのような目を咲に向けるだけ。咲の声が聞こえているのかどうかもわからない。それでも彼の心が空洞のはずはない。自分の置かれた新たな状況に対応しようと、この瞬間もさまざまなことを感じ取り、考えを巡らせているに違いないのだ。

どうやって彼の心にアクセスすればいいのだろう。ほんとうに言葉では届かないのか。名前を答えることができたのだから、意思疎通は可能なはず。それ以上の会話ができないということは、アクセスの方法が適切ではないのかもしれない。

いま病室の窓は、遮光度が上限まで上げられており、ほぼ壁と同じ外観になっている。彼が太陽の光を嫌がるためらしい。日光で症状の悪化する病気である可能性は検査で否定されているので、ずっと地底で暮らしてきたせいなのだろう。地下三千メートルで営まれた世界の、たった一人の生き残りかもしれない彼が——。

それは、とくに根拠もない、ほんの思いつきだった。

咲はデバイスを取り出し、

「わたしの名前は、瀬良咲。あなたのお父さんの、妹です」

と音声入力して、文字の表示された画面を少年に向けた。

少年が、画面にじっと目を凝らしたあと、咲に視線を移す。その眼差しには、明らかに、感情の動きが表れていた。

「読めるんだね」

デバイスに表示された文字を見るまでもなく、うなずく。

咲は、湧き上がってくる興奮を押しとどめながら、

「だから、わたしは、あなたの、叔母に当たります」

ふたたび入力した画面を見せる。

「わかる？」

「お……ば、さん」

たどたどしい発音ではあったが、たしかにそういった。〈叔母〉という言葉が〈おばさん〉と同義であり、後者のほうが日常的に使われることを理解しているのだ。

この子は語彙力がないんじゃない。文字の読み方も知っている。ただ、それを音として捉え、音として発する訓練を、十分に受けていない。地下三千メートルの世界での十七年間、だれかから話しかけられたり、だれかとじっくり話したりする機会をほとんど与えられないまま、生きてきたのだろう。

かわいそうに。

「ルキくん。あなたに会えて、ほんとうに、うれしいよ」

咲は、あらためて入力し、デバイスを差し出す。

おずおずと受けとった少年が、画面を無言で見つめる。

やがてその目に、きらきらとした光が満ちていき、大粒の涙となって落ちた。

＊＊

図書館が好きだった。〈滅び去った世界〉に触れることのできた、唯一の場所だからだ。文字を読めるようになってからは、大半の時間を図書館で過ごした。

手当たり次第に書物に目を通したが、とくに興味深かったのは、小説と呼ばれるカテゴリーだ。そこで展開される架空の物語では、さまざまな人間が、だれかを好きになったり、嫌いになったりしていた。怒り、悲しみ、喜んでいた。騙し、争い、救い、助け合っていた。

舞台として設定された世界の時代背景や文化、習慣の違いには戸惑った。わからない単語や表現に出会うと、必ず辞書を開いた。そのたびに、見える世界が少しずつ広がるのを感じた。ただ、〈希望〉という言葉だけは、いくら調べても理解できなかった。

百科事典や雑誌に収められた写真にも目を引かれた。〈地面〉が膨れ上がった〈山〉、大量の水が集まった〈海〉、ゆらゆらと揺れながら凄まじい熱と光を放つという〈炎〉、〈地面〉に張り付いて動かない〈樹木〉という巨大な生物、人々が纏う見たこともない衣服、色鮮やかな食べ物の数々。そこに写っているような世界がかつて本当に存在したと思うだけで、気持ちが浮き立った。

その中で一つ、心の底から恐ろしいと思ったものがある。〈空〉だ。

それは世界の上半分を占め、刻一刻と変化して同じ表情を見せることがない。〈太陽〉という強烈な光の塊に照らされるときは、気の遠くなるような青みを帯び、ところどころに〈雲〉という白いものができる。〈雲〉は厚くなると徐々に黒っぽくなり、〈空〉を覆い尽くした灰色の〈雲〉からは水が落ちてくる。〈雨〉というのだそうだ。〈季節〉というサイクルに従って世界の温度が下がると、〈雨〉が白くて冷たい〈雪〉というものに変わる。温度が上がって〈雲〉が積み重なると、〈雷〉という恐ろしげな閃光と轟音を放つこともある。それだけではない。大量の〈雨〉を降らせて人々を押し流したり、逆に、〈雨〉を一滴も降らせずに世界を干からびさせたりもする。

地上の世界は〈空〉の気まぐれに翻弄され続けた。そしてついに〈燃え上がる巨岩〉を落とされ、滅びてしまったのだ。

ヘルメスに〈空《ここ》〉がなくてほんとうに良かった、と思った。

＊＊

「窓、少しだけ開けてみない？」

ルキが躊躇いながらも同意したので、咲は床頭台のリモコンを操作した。といっても物理的に開けるのではなく、窓の遮光度を下げて、外の景色が見えるようにするだけだ。彼もこの世界に慣れていかなければならない。

窓が少しずつ透明になり、正面のオフィスビルが見えてくると、ルキが目を背けた。

「どうしたの」

咲が問いかけると、倉崎に用意してもらったタブレットに指を置く。一つずつ時間をかけてタッチ入力された文字を、人工音声が読み上げる。

『こわい』

それをルキが自分の声で言い直す。

「……こわい」

こうすれば聞き取りと発話の練習にもなる。咲が提案した方法を、ルキも受け入れたのだった。

「なにを怖いと感じるの？」

同じ手順を経て、

「そら」

と答える。

「空？」

「おおきな、いわが、おちてくる」

小惑星のことか。そういえばヘルメスは、対小惑星シェルターを建造するための実験施設だった。ルキの生まれ育ったコミュニティでも、２０２９ＪＡ１のもたらした恐怖が語り継がれていたのだろう。

「だいじょうぶ。きょうは落ちてこない」

少なくとも、そういった公式発表はない。

「そうだ。思い切って屋上に出てみようか」

ルキの目が揺れた。

「屋上の意味、わかる？」

うなずく。

「きょうは晴れてるから、地上の世界が遠くまで見えるよ」

ルキの視線が宙へ飛ぶ。

その瞳に、抑えきれない好奇心が溢《あふ》れ出す。

「さきもきてくれる？」

言葉を入力する指の動きが、さっきよりもスムーズだった。早くも要領を呑み込んだようだ。

「もちろん」

咲は笑顔で返した。

＊＊

そのページを開いた瞬間、吸い込まれそうになった。

見開きいっぱいに収められた世界には、真っ青な〈空〉の下、〈高層ビル〉が無数の棘のように生えていた。一つの〈高層ビル〉にも数え切れないほどの〈窓〉がある。写真に添えられた説明文によると、一つの〈窓〉の向こうに何十人もの人間がいて、ここに写っている範囲だけでも人口は数百万に達するという。

写真を中心に構成された雑誌で、一冊ごとにさまざまなテーマで特集が組まれている。そのとき手にした号のテーマは〈都市〉だった。

ページをめくると、〈高層ビル〉に囲まれた、鮮やかな緑色の〈地面〉の上で、大勢の人たちがくつろいでいた。説明文には〈公園〉とあった。〈公園〉にはいろいろな人がいた。大きな人。小さな人。怖そうな人。優しそうな人。〈帽子〉を被っている人。〈サングラス〉をかけている人。寝そべっている人。走っている人。なにかを飲んでいる人。食べている人。みな楽しそうだ。こんなに楽しそうな人たちを見たことがない。

一度でいい。こんな世界で暮らしてみたかった。こんな顔で笑ってみたかった。でも、ここに写っているような場所は、もう、どこにもない。ここに写っている人たちは、みな死んでしまった。

次のページからは、古代の〈都市〉がどのように生まれ、発展し、歴史の中に埋もれていったか、長い文章で綴られていた。読んでいる間は、実際にそれらの〈都市〉に住んだことのあるような気分になれた。もしかしたら〈旅〉というのは、こういうものだったのだろうか。

そんな思いを巡らせていたとき、見つけたのだ。難しい漢字が並んだ文章の行間に、うすく書き込まれた、小さな文字を。

あわてて書いたのか、かなり形が崩れていたが、たしかにこう読めた。

　　地上の世界は滅んでいない
　　みんな嘘をついている

＊＊

サンテ藤堂記念病院の屋上には、ヘリポートのほか、空調、変電などの諸設備や機械室から成る塔屋が配置されているだけで、関係者以外が立ち入ることはできない。一般に入院患者が「屋上に出る」というときは、その一段下に広がるルーフバルコニーを指した。

東、南、西の三方に開けたバルコニーは、解放感を味わうには十分な広さがあり、建物を出たところから中央付近まで、日除け付きのパーゴラが伸びていた。

咲は、その下を、ルキを乗せた車椅子を押しながら歩く。日除けが途切れる寸前で車椅子を止め、後ろを振り返る。少し離れて付いてきていた倉崎がうなずいた。

咲はルキを覗き込み、

「気分はどう？」

車椅子に装着されたタブレットに、咲の声が文字となって表れる。

ルキがタッチ入力した言葉が、

『こわくない』

音声となって流れ、

「こわくない」

ルキが繰り返す。

「もう少し前に出てみようか」

「うん」

咲は思わず笑みを漏らし、車椅子を進める。

日除けを外れると、頭上に真っ青な空が広がった。降り注ぐ暖かな光に、咲は目を細める。メッシュフェンスを通り抜けてきた風が、頰を心地よく撫でていく。

「日射しがきつかったらいってね」

車椅子を止めた。

目の前はフェンス。その向こうに、コンクリートとガラスと鉄で織り上げられた絨毯《じゅうたん》が、視界の果てまで続いている。滑らかな曲線を多用したオフィスビルが太陽の光を鋭く反射すれば、天を突くようなタワーマンションは黙々と列を成す。その遥か彼方には、空に浮かぶ紺色の山並みさえ確認できた。

高い場所から景色を眺めるのは久しぶりだった。ましてやルキにとっては、空の下に出ること自体、生まれて初めてだ。どんな思いで、この光と風を受け止めているのだろう。地上の世界を前にして、なにを感じているのだろう。

声をかけようとした矢先。

ルキが車椅子の手すりに両手を突き、上体を大きく前に傾けた。

咲はあわてて車椅子の車輪をロックした。

「立てるの?」

ナノマシンによって筋肉の機能はかなり回復しているが、十七歳男子の平均にはまだ遠く及ばない。実際に身体を動かすリハビリも始まったばかりのはず。

ルキは、咲の声には応えず、痩せ細った身体を座面から浮かせた。顔をまっすぐ前に向けたまま、強引に立ち上がろうとする。やはりバランス感覚がもどっていないのか、ぐらりとふらつく。思わず抱きとめようとした咲の手を乱暴に振り払い、自分の両足で踏ん張った。

咲が唖然と見守る中、おぼつかない足取りで前へ進む。フェンスに顔が付きそうなほど近づくと、両手をゆっくりと広げた。

＊＊

言葉を教えてくれた人のことは、あまり覚えていない。おそらく期間も長くはなかったのだろう。その人から学んだ最低限の知識をもとに書物を読みあさり、書いてあるものならばだいたい意味がわかるようになったが、人の話していることを理解したり、自分の考えを話して伝えたりすることは、なかなか上手くできずにいた。言葉を聞き取ろうとすれば一言一言ゆっくりと区切ってもらわなければならなかったし、こちらから話すにしても頭の中で文章を組み立てるのにひどく時間がかかった。必要に迫られなかったせいもあるだろう。ヘルメスでは、人と話す機会が稀にしかなかった。

だから、自分がなぜそのことを知っていたのか、はっきりとはわからない。言葉を教えてくれた人が話したのを記憶していたのかもしれないし、ほかのだれかが口にした内容をたまたま聞き取れただけかもしれない。いずれにせよ、図書館であの書き込みを見つけたとき、真っ先に頭に浮かんだのが、そこに入って扉を閉めれば地上へ運んでくれるという〈シャトル〉と呼ばれる部屋の存在だった。似たようなものでエレベーターがヘルメスにもあるが、あれの何倍も大きいという。ただし、〈シャトル〉を使えば地上からヘルメスに来ることもできてしまうので、ずっと昔に壊して動かないようにした、ということになっていた。そうしなければ、地上の世界が滅ぶときに大勢の人間がヘルメスに押し寄せ、自分たちは追い出されていたに違いないからと。

だが、あの書き込みが真実を伝えているとすれば、〈シャトル〉も健在である可能性があった。地上の世界が滅んだというのが嘘であるのと同様に、〈シャトル〉を壊したことも嘘かもしれないからだ。〈シャトル〉が動けば地上へ行ける。〈空〉を怖いと思う気持ちは変わらないが、それでもなお、地上の世界を見たいという衝動は抑えられなかった。そこに立つ自分を想像するだけで、経験したことのない昂ぶりを感じた。

問題は〈シャトル〉の場所だった。それらしきものは見たことがなかった。つまり、いままで足を踏み入れたことのない場所にある、ということだ。

ヘルメスには中央ホールにエレベーターが八基あるが、そのうち稼働するのは一基だけで、その一基も、使うことが許されるのはごく一部の人間に限られていた。大半の人たちは四カ所にある階段で移動するしかなく、自分も図書館のある第五層に上るときは、図書館にいちばん近い「青の階段」を使った。

これらの階段でも第五層より先に行くことはできなかった。第六層への上り口がすべて封鎖されていたからだ。エレベーターの階数を示す数字が「10」まであったことから、少なくとも第十層まではあると見当は付いたが、ヘルメス全体がどのような構造になっているのかは、わからなかった。

地上につながる〈シャトル〉があるとすれば、ヘルメスで最も高い層だろう。そこへ行くには階段を使うしかない。封鎖を突破するのは容易だった。金属製のチェーンが一本、渡してあるだけだからだ。禁を犯したことが露見すれば厳しい罰を受けることになるが、諦める、という選択肢はなかった。

その日、いつもと同じように図書館で過ごし、いつもの時間に図書館を出た。「青の階段」を少し下りたところで振り返り、周囲に人の姿がないことを確認すると、素早く駆け上がってチェーンをくぐった。最初の踊り場くらいまでは第五層の明かりが届いていたが、第六層に上がると自分の手も見えなくなった。やってしまった、という、後悔とも達成感とも違う高揚を感じながら、いったん呼吸を整えた。初めて足を踏み入れた第六層は真っ暗で、心臓の鼓動が闇に反響しそうだった。手探りで慎重に調べたが、第七層へ向かう階段にチェーンはない。手すりにつかまり、一段一段、足下を確かめながら上った。第七層ではさらに闇が重くなった。目を閉じても黒い視界にまったく変化がない。階段の手すりから手を離した瞬間、前後左右の感覚が消え失せそうだった。一粒の光もない世界を、さらに上を目指して一段ずつ進むうちに、精神が内側へ収縮していく感覚に陥った。自分が何者で、どこから来て、どこへ行こうとしているのか。自分という存在へのそんな疑問が、頭の中で無限に増殖していった。その疑問に対する答えが、この先にあるような気がした。

第八層を越えて第九層まで到達したところで、わずかに闇が薄くなった。足下の階段が視認できる。目が慣れてきたせいだけではない。もしやと踊り場まで駆け上がると、さらに明るくなる。思ったとおり、階上から光が流れ込んでいた。第十層の照明が点っているのだ。そこで初めて、足が止まった。人がいるかもしれない。第十層に来るとすれば、エレベーターを使うことの許された人間だけ。やつらに見つかったら最悪だ。

だが、引き返すことは考えもしなかった。〈シャトル〉を見つけて地上へ行く。地上の世界をこの目で見る。そのことに心を奪われていた。

姿勢を低くして、残りの階段を上る。第十層が視界に入ったところで止まり、息を殺して様子をうかがう。

自分たちのいる層とは構造が違っていた。中央ホールが広い。ホールから放射状に伸びる通路は六本で、それぞれ幅がかなりある。それに壁や床の色が白くて、異物が目立ちやすい。隠れる場所もない。

後ずさりながら踊り場までもどった。

見える範囲では〈シャトル〉らしきものは確認できなかった。エレベーターの数倍の大きさならば、見逃すはずはない。第十層には〈シャトル〉はないということか。

しかし、階段は第十層までしかない。おそらく、あのエレベーターで上がれるのもここまでだ。〈シャトル〉があるとすれば、この上だろう。そこへ通じる扉が、どこかにあるはず。

ふたたび様子をうかがう。

人の気配はない。

飛び出した。まずエレベーターの表示を確認する。動いていた。第四層から第三層、さらに下へ。少なくとも、しばらくは来ない。ここにだれかいたらお終いだが、いないことに賭ける。

六本あるうちの、いちばん近い通路へ走った。通路沿いには、いくつもドアが並んでいる。迷う暇はない。最初のドアを開ける。そこは通路ではなく部屋だった。長い椅子が二つ配置されている。奥にもう一つドアがある。飛びつくように開けると、そこも部屋だった。しかし目につくのは、ベッド、椅子、机くらいで、もうドアはない。奥の壁の前では、背の高い銀色の大きな箱が、ブーンと低い唸りを発している。引き返そうとして、ふと足を止めた。

ここはなにに使っているのだろう。机の上には、焦げ茶色の筒のようなものが、たくさん置いてある。初めて見る形だ。顔を近づけると、鼻の奥がつんと刺激された。さっきから感じる奇妙な匂いは、ここから――。

あっと脳裏に火花が散った。

（自分はこの匂いを知っている）

身体を起こして部屋をもう一度見回す。

(ここにも、来たことがある)

だが、それ以上の記憶を掘り起こそうとしても、気ばかり逸《はや》って水を摑むようだった。

頭を一振りする。

いまはそれよりも〈シャトル〉だ。

急いで通路へもどった。

隣のドアも開けたが、そこも似た造りの部屋だった。その隣も、さらにその隣も。念のため通路の奥まで走ったが、突き当たりは一面の壁で、〈シャトル〉へ通じる扉などどこにもない。

二本目の通路を調べても結果は同じだった。三本目、四本目、五本目、そして最後、六本目の通路にも〈シャトル〉へ繋がる手がかりはなく、奥はやはり行き止まりで、通路を断ち切る壁を前に立ち尽くすしかなかった。

張り詰めていた意志の糸がぷつりと切れ、その場にへたり込んだ。

やはり地上へは行けないのか。地上の世界を、何百万もの人間が住む世界を、この目で見ることはできないのか。

〈シャトル〉はどこだ!

甲高い音が短く響いた。

血の気が引いた。

エレベーターが到着した音。

第十層にだれか来たのだ。

いまから階段にもどる余裕はない。いちばん近い部屋まで走るにしても距離がある。足音で気づかれる可能性も高い。しかし、ここにいては見つかってしまう。

どうする。

とにかく立ち上がろうと目の前の壁に手を突いたとき、指先に微かな違和感があった。よく見ると、壁を二分するように、上から下まで真っ直ぐ切れ目が走っている。

考える前に身体が動いた。

両手を壁に押しつけ、左右に引き離すように力をかけた。口から呻りが漏れた。切れ目が少し広がった。できた隙間に指を差し入れてさらに押し広げ、身体をねじ込む。振り向いてすぐに両手を押しつけて壁を元にもどす。閉じ終えたあと耳を澄ませたが、だれかが近づいてくる気配はない。壁に背を預けて、深く息を吐いた。

〈心臓が喉から飛び出る〉とは、こういうことだったのだな。そんなことを思いながら顔を上げる。

目の前に新たな空間が開けていた。

ふたたび力が湧いてくるのを感じる。

まだ〈シャトル〉を見つけたわけではないが、一歩近づいたのは間違いない。この先に、きっと、ある。

ああ、と気づく。

これが〈希望〉というやつか。

味わったことのない感覚だった。自分を待つものへのたしかな予感が、指先まで満ちている。さっきまでいた場所よりも照明が暗いのに、視界は隅々まで鮮明だ。思考も滑らかに回り、進むべき方向がわかる。導かれているように。

そこは、自分たちの住む区画と似ていた。狭い通路が入り組み、小さな部屋が並んでいる。人の気配はないが、人が暮らした形跡はある。ここにもだれかが住んでいたのだ。

ほとんど迷うことなくエレベーターホールに出た。エレベーターは二基。どちらも動きそうではあったが、使うのは避けたかった。さらに周辺を調べると、思ったとおり、上へ向かう階段を見つけた。この時点で、予感は確信に変わった。この上に〈シャトル〉がある。自分はその〈シャトル〉に乗る。実際に乗り込む自身の姿さえ思い描けそうだった。すでに心は地上の世界へ向かっている。あとはこの身体が追いつくだけ。

階段を上った。

足はどこまでも軽く、疲れは感じない。

上階に出た。階段はここまでだ。

とりあえずエレベーターホールまでもどろうとしたとき、通路らしきものを見つけた。入り口を透明な板が塞いでいたが、手で押すと簡単に真ん中から開いた。まっすぐ伸びる狭い通路を進むうちに、自然に足が速まった。出口にも透明な板が設置されているが、勢いそのままに押し開く。次の瞬間、眼前に広がった光景に、あらゆる感情が吹き飛んだ。

エレベーターの数倍どころではない。見たこともないような高さの天井を、見たこともないような巨大な円柱が貫いている。円柱の表面には、扉らしきものも付いている。

これが〈シャトル〉なのか。

予想をはるかに超えた威容に、身体が震えてきた。あまりの荘厳さに、ひざまずきたくなる。しかし畏怖の思いは、たちまち歓喜へと変わった。

これが自分を地上へ運んでくれる。

いよいよこの目で見られるのだ。

地上の世界を。

数百万の人々が生活を営む都市を。

行こう！

駆け出そうとしたそのとき。

「なぜおまえがここにいる」

＊＊

彼方まで続く地平を、全身で受け止めるように広げた両手の、その指先が小さく震えだした。風にのって微かに聞こえてきたのは、ＰＯＭハウスで眠る入所者が漏らす呻きにも似た、くぐもった低い声だ。

「……ルキくん」

言葉にできない感情の昂ぶりを、そのまま口から吐き出すような響きは、時間とともに増幅されていき、臨界点を迎えた刹那、雄叫《おたけ》びと歓声と悲鳴の混じり合った刃となって、聞く者の胸を抉った。

2

「あの子、おかしいよ」

建物の出口へと向かう廊下で、瀬良唯は声を潜めた。

母がぎこちない笑みを浮かべて、

「そんな言い方しないで。人と関わることに慣れていないだけだから」

サンテ藤堂記念病院のエントランスは地下一階にある。唯が母といっしょに初めてここを訪れたときも、ジオX社が用意した車で地下の車寄せに乗り付けた。

だが、いま唯たちが向かっているのは、地上一階の北側に出るサブエントランスだった。こちらを使う人はあまりいないらしく、下手に声を上げると反響しそうなほど閑散としていた。

「これからどうするの。いつまでもここに置いておくこともできないでしょ」

「うちに来てもらうよ。いまのあの子に一人暮らしは無理だから」

現実問題として、それ以外にないことは、唯にも理解はできる。

「ルキくんは、幼い時期に必要なことを体験できなかった。あの子がこの世界で生きていくには、そこからやり直さなきゃいけない。それでね、いっそ養子縁組の手続きをとろうかと」

唯は足を止める。

「あの子がわたしの弟になるってこと？」

「だめかな」

「もう決めたんでしょ。だったら、わたしの意見なんか」

「でも、唯ちゃんにもお姉さんになってもらうんだから」

「ねえ、お母さん。あの子に気を許しすぎじゃない？」

唯は思い切ったことをいったつもりだったが、

「どうしたの。おかしいのは唯ちゃんのほうだよ」

軽くいなされた。

「じゃあ、お母さんはもどるね。すぐもどるって、いっちゃったから。来てくれてありがとう。気をつけて帰ってね」

そういうなり廊下を足早にもどっていく。

唯は、母の後ろ姿を見送りながら、暗い気持ちになった。

数海のいったとおりだ。

完全に取り込まれている。

＊

ルキは両手をベッドの縁に突いて腰掛けていた。病室にもどってきた瀬良咲をちらと見て、決まり悪そうに目を伏せる。

「やっぱり緊張したのかな」

彼の部屋は、入院当初は七階だったが、いまは最上階に移っている。広さが倍になっただけでなく、大画面テレビやソファセットも揃っていた。

「あの人は、ぼくのことが嫌い」

きょう、ようやく唯が来てくれたのに、ルキはときおり暗い視線を投げるだけで、ろくに口を開きもしなかった。唯は唯で、ルキへ向ける眼差しに警戒感を隠そうともせず、両者の初対面は、咲が期待したものからはほど遠い結果に終わったのだった。

「なぜそう思うの」

「咲みたいにやさしくない」

「あの子も緊張してたんだと思う」

いいながら、咲はルキの隣に腰を下ろす。

「初めて会う人の前では、だれでも緊張するものだよ」

「咲は最初からやさしかった」

その声音には、ちっちゃな男の子が拗《す》ねるような響きがあった。リハビリを順調にこなしているせいか、全身の筋肉もバランスよく付いてきて、痩せ細った少年からスリムな青年へと急激に変貌しているように見えるが、精神的にはまだ子供なのだ。

「咲はあの人が好き？」

「もちろん好き。わたしの娘だから」

とたんに悲しそうな顔をする。

「同じくらいルキくんのことも好き。だから二人には仲良くしてほしい」

ルキは、しばらく考え込むようにうつむいてから、

「仲良くする」

「ありがとう」

咲が心を込めて礼をいうと、はにかむように笑った。

ルキと言葉を交わすのに、もうデバイスを介する必要はない。いまやヒヤリングはほぼ完璧で、スピーキングに関しても、言葉の選択や発音はまだこなれていないものの、会うたびに飛躍的に上達していた。もともと書物には豊富に触れてきたとのことで、語句や文章のストックは彼の頭の中にたっぷりとある。このまま検索とアウトプットの速度と精度を上げていけば、不自由なく話せるようになるのも時間の問題だろう。

それでも、ヘルメスの状況についての聞き取り調査は、まったく進んでいなかった。ヘルメスの図書館で学んだ言葉や知識、空を怖がるといった感情は残っているのに、それ以外の場所で体験した記憶がほとんど失われていたからだ。医師によれば一時的な記憶障害で、時間が経てば回復するという

が、あまりのんびりとしていられない事情もある。全シャトルの修復と整備が完了次第、調査隊がヘルメスへ派遣されることになっており、ジオX社としては、その前に可能なかぎりルキから情報を得ておきたいのだ。

咲も再三、協力を求められてはいたが、本音をいえば気が進まなかった。ルキにヘルメスでの記憶がもどらないのは、あまりに辛い体験をしたせいかもしれない。ならば、無理に思い出すことはない。大切なのは、これからの彼の人生なのだから。

「きょうはどうする。また屋上に行く？」

ルキが首を横に振った。

「〈公園〉に、行きたい」

その瞳に夢見るような灯りが点る。

「緑色の地面の上に、いろいろな人が、たくさんいる。みんな、楽しそうにしている」

咲がドアのほうへ目をやると、そこで控えていた医療コーディネーターの倉崎が小さくうなずいた。

「わかった」

ルキに向き直っていった。

「行こう。公園」

咲にも仕事がある。会いに来られるのは、せいぜい週に一度だ。来たときくらいは、たっぷりと時間を使ってルキと向き合いたい。

倉崎が用意してくれた外出用の衣服にルキが着替えるのを待ってから、同じく倉崎が用意してくれた車で病院を出発した。

病院の外へ出るのは、ルキにとって初めての体験になる。公園へ向かう車の中では、歩道を行き交う人々の多さに目を瞠り、街中で見つけたものを指さしては、咲にその名前を尋ねた。そうやって新しい知識を一つ吸収するたびに、嬉しそうに笑顔を弾けさせる。そんなルキの姿が、まだ幼かったころの唯と重なり、咲は涙が出そうになるのだった。

倉崎によると、以前はルキがイメージしているような芝生の公園もあちこちにあったが、現在までにほとんどが姿を消していた。病原性の強い土壌菌が持ち込まれ、あっという間に一帯の芝生を全滅させてしまったからだ。殺菌剤も効果がなく、土壌を入れ替えてもすぐに病気が再発するので、為すすべがないという。

「その代わりに、人が多く、にぎやかな公園を選びました」

車で三十分ほどかかった。

ルキは病院を出てからずっと上機嫌で、公園の駐車場で車を降りるときも、倉崎から、

「これをかけてください」

とサングラスを手渡されると、咲が耳を塞ぐほどの大歓声を上げた。

「これほど喜んでいただけるとは」

と倉崎も驚いていた。

たしかに平日にしては人が多かった。大きな池をぐるりと取り囲む広い遊歩道で、ウォーキングをしたり、犬を散歩させたり、ベンチで昼食をとったり、みな思い思いの方法で昼下がりを過ごしている。

ルキは実際に犬を見るのもこのときが初めてで、すれ違うときに石のように固まって凝視してしまい、飼い主の女性に気味悪がられた。

「いまのが犬。知ってる?」

「生きてる？」

「もちろん生きてる」

池には低い橋が架かっていて、水上を横断できるようになっていた。ルキはその橋を渡りはじめた。なんども病院の屋上へ出ているうちに慣れたのか、もう空を怖がることもない。

「あれは？」

橋の中ほどまで来たとき、ルキが水面を指さした。その先には、水中を泳ぐ大きな魚の姿があった。

「鯉《こい》。魚の一種だよ」

「生きてる？」

「生きてる」

頭上をなにかが過ぎったかと思うと、橋の欄干に鳩《はと》がとまった。

「鳥？」

「そう。鳩という名前の鳥」

ルキが手を伸ばそうとすると、素早く飛び立った。

「生きてる。みんな、生きてる」

ルキが、去りゆく鳩を目で追いながら、深く息を吐く。

「すばらしい。この世界はすばらしい」

はっとルキの横顔を窺った。

いま、言葉遣いが微妙に変わらなかったか。心なしか声も低かったような……。

「どうしたの、咲」

視線を感じたのか、ルキが振り向いた。

その声音は、いつもの彼にもどっている。

「えっと、おなか空いてない？」

「うん、空いた」

「なにか買って食べようか」

ルキが満面の笑みでうなずく。

「じゃあ、行こう」

橋をもどりながら、咲は気のせいだと思うことにした。

サングラスの横から見えた彼の眼差しに、ぞっとするような冷たさを感じてしまったことも。

3

すべてのシャトルの整備が完了し、第一次調査隊十七名がヘルメスへ下りたのは、ルキが発見されて六十八日後のことだった。ルキの記憶に回復の兆しが見られないため、見切り発車せざるを得なかった。

無人機から刻々と送られてくるデータでは、ヘルメスの酸素濃度や温度、気圧は依然として正常値に収まっているが、老朽化したインフラ設備はいつ不具合を起こしてもおかしくない。事態の急変に備えるためにも、隊員は空気ボンベと耐熱防護服を装備・着用しなければならず、ヘルメスにおける一回あたりの活動時間も自ずと限定されることになった。

第四章　ヘルメス・レポート

「なぜおまえがここにいる」

　背後から聞こえた男の声に、足がすくんで動けなくなった。せっかくシャトルを探し当てたのに、あと少しだったのに、とうとう見つかってしまった。閉鎖区画への無断立ち入りだ。弁解のしようがない。満足に口が利けないことを理由に大目に見てもらえるとも思えなかった。

　七人委員会の陰気な面々が脳裏に浮かぶ。ヘルメスでは彼らの裁定が絶対だ。電力の節約を理由に、第六層から第十層までを閉鎖し、大半の住人にエレベーターの使用を禁じたのも、七人委員会だった。裁定に背けば、罰を受けなければならない。たいていは、食糧の配給分を減らされた上、第一層の明かりのない部屋に閉じ込められる。期間も、罪の重さを考慮して七人委員会が決定する。

　このままでは、七人委員会の面前に引き出され、裁きを受けることになるだろう。なにをしていたのかと問われて、どう返せばいいのか。地上へ行くためにシャトルに乗りたかったとたどたどしく答えれば、とうの昔に滅んだ地上へなぜ行こうとするのかと詰められる。そこで、図書館の書物の中に「地上は滅んでいない」という書き込みを見つけたのだと打ち明けようものなら、彼らは顔を真っ赤にして怒り狂い、当該書物を切り刻むだけでは収まらず、図書館そのものを閉鎖してしまうかもしれない。ヘルメスは、地上がすでに滅んだという事実を前提に成り立っている。それにわずかでも疑義を挟む言説は、ヘルメスの存在意義を根底から揺るがす禁句だからだ。

「シャトルに乗るつもりだったか」

顔を上げることもできずに固まった。

「地上へ行きたいのか」

奇妙なことに気づいた。

男の話している内容がすべてわかる。頭に流れ込んでくるように理解できる。いつもなら一つか二つの単語を聞き取るのが精一杯なのに。

「もどりなさい」

男の声が厳《おごそ》かにいった。

「いまはそのときではない」

振り返った。

だれもいなかった。

＊＊

第一次調査隊の主目的は、インフラ設備の点検にあった。ヘルメスの環境が生存可能条件を満たしているとはいえ、それが今後も安定して続くかどうか、いいかえれば、現地調査を安全に継続できるか否かは、インフラを支える機器にかかっている。もし、動いているのが不思議なほどで、いつ壊れてもおかしくない状態ならば、本格的な調査の前にインフラの整備や修復をする必要があり、計画がさらに遅れることになる。

点検の結果、幸いにして、最低限ではあってもメンテナンスは施されていたらしく、インフラの要である地熱発電、酸素供給、空調の諸設備は問題なく稼働していることが確認でき、当面の調査活動に支障はないと判断された。地上コントロールセンターとのリンクも再構築され、稼働状況の把握や出力調整なども地上から行える態勢が整った。

ただし食糧生産システムは、老朽化の影響と思われる部品破損により、完全に機能を失っていた。ルキの衰弱ぶりから予想されていたことではあったが、ほかの住人の生存は絶望的と見なさざるを得なかった。これに伴い、第二次以降の調査隊の最優先任務は、生存者の発見と救助から、ヘルメスに残った二百四十名の遺体の捜索と収容へと切り替えられた。

＊＊

結局、男の姿どころか、微かな気配すら感じとれなかった。

幻聴だったとは思えない。たしかに男の声が、三つの問いを発してから、一つの指示を与え、その理由を告げたのだ。

だれの声だったのか。少なくとも七人委員会ではない。彼らが裁定違反を見逃すことはあり得ない。しかし、あの場所に行くには、閉鎖区画を通る必要がある。つまり声の主は、七人委員会の裁定に背いてあの場所にいたことになる。もし生身の人間であれば、だが。

そんなふうに考えてしまうのは、ヘルメスの起源にまつわる話を思い出したからだ。

ここは、もともとは実験施設で、別の名前で呼ばれていたという。いまヘルメスにいる人々も、その実験の参加者だった。実験が始まってしばらくしたとき、暗闇の中に光り輝く青年が現れ、地上の滅亡が間近であることを告げた。後日、図書館の書物の中に、その青年によく似た像の写真が見つかる。それが、ギリシャ神話に登場する伝令神ヘルメスだった。

青年の忠告を信じる者は、実験が終わっても、ここに留まることを選んだ。信じない者は、地上へもどった。そしてほどなく、〈空〉から〈燃え上がる巨岩〉が落ちてきて地上は滅び、ヘルメスに残された人々が最後の人類になった。そういうことになっている。

不思議な青年の出現から始まったヘルメスだ。人のものではない不思議な声が聞こえたとしても、おかしくはない。そう思ったのだ。

しかし、あの声は「いまはそのときではない」と、地上の世界が健在であるかのような言い方をした。これは青年の予言と矛盾する。やはり「地上は滅んでいない」という手書きのメッセージは事実を伝えていたということか。ただ、そうなると、ヘルメスの存在意義がなくなってしまう。地上が滅ぶから、人々はここに残ったのだ。地上が健在なら、ここにいる必要はない。なのに、あの声は、いまはヘルメスに留まれといった。

どういうことだろう。あの声の主は何者で、なにをさせようとしているのだろう。

すべてが混沌としていた。

そして、まるで何者かの意志が働いたかのように、ヘルメスに異変が起きる。

＊＊

第二次調査隊によって最初の遺体が発見されたのは、第十層においてであった。

＊＊

地上の世界に来ていちばん驚いたのは、無限に広がる空でも建ち並ぶ高層ビルでもなく、そこに暮らす人々の活発な様だ。公園をのんびりと歩く高齢者でさえ、四肢に力が漲っているように見えた。ヘルメスの人々はみな、目は暗く沈み、表情も乏しく、動作が鈍かった。それが普通だと思っていた。

さらに戸惑ったのが、地上の人々が私へ向ける視線だ。サキだけではない。治療を施してくれた医師や看護師も、私に声をかけるときの眼差しはいつも笑っているようで、最初はそれがなにを意味するのかわからなかった。

ヘルメスでは、あんな目を向けられたことがない。というより、だれも私を見ようとしなかった。まるで私が存在しないかのように。しかし、彼らに私の姿がほんとうに見えていなかったわけではない。

たとえば、食糧の配給の時間になって私が中央ホールに出ると、ヘルメスの人々は無言で順番を譲ってくれた。だから、いつも私は並ばずに食糧を受け取ることができた。しかし、それは私への好意からではない。目を合わせるどころか、みな顔を背けて私を無視しようと努めていたのだから。たまに視線を感じて振り向いても、私を恐れると同時に憎悪するような一瞥《いちべつ》の気配が、微かに残っているだけだった。

ヘルメスを襲った異変の兆候は、この食糧配給の場で現れた。

私たちが口にしていたのは、うすく黄色がかった、柔らかくて丸い一口大の塊で、マシマロと呼ばれていた。配給の時間は層ごとに決まっており、一人分の量もみな同じだった。その量が、明らかに少なくなったのだ。

人々はすぐに気づき、配給係を問いつめた。配給係は両手を振り回しながら説明していたが、私には、

「機械の調子が」

という部分しか聞き取れなかった。

翌日は、一人分のマシマロの量がさらに減った。本来配給されるはずの半分にも満たないマシマロ

を手に、それぞれの部屋へ帰っていく人々の顔は、いつにも増して青ざめていたが、表情にはまだ余裕がうかがえた。だいじょうぶ。以前にもこんなことがあった。すぐ元どおりになる。そんな心の呟きが聞こえてきそうだった。

だが三日目、とうとう全員に行き渡る量さえ確保できなくなると、一気に不穏な空気が濃くなった。七人委員会は、いったん機械を止めて点検すると発表したが、復旧の見込みについては語らなかった。

四日目。マシマロの配給はなかった。水はまだ使えたので、それで凌ぐしかなかった。

五日目。やはり配給はなかった。空腹による苛立ちが頂点に達していた人々は、七人委員会がマシマロを独占するために嘘を吐いているのではとの疑念に駆られ、集団で押し掛けた。しかし、委員たちもほかの住人と同様に衰弱しはじめており、食べ物を口にしていないのは明白だった。そして、配給の再開はいつになるのかと迫る人々に、委員の一人が力なく答えた。

機械を復旧させる試みはすべて失敗に終わった。配給の再開はない、と。

＊＊

ヘルメスがまだeUC3と呼ばれていたころ、第十層には医療や保健・衛生に関わる施設が入っており、医療器具のほか、抗生物質などの医薬品や各種検査薬、消毒剤も一通りそろっていた。実験期間が終了してヘルメスと名が変わる際には、これらの医療物資も更新あるいは補充され、予定された延長期間の需要には十分応えられるはずだった。手に負えない患者が出たときは、速やかに地上へ搬送する手筈が整っていたのは、いうまでもない。

医薬品や検査薬、検査に供する検体によっては、冷蔵もしくは冷凍保存が必要なものもある。それらのために大小の冷蔵庫や冷凍庫が設置されていたのだが、その一つである大型冷蔵庫の中から、ミイラ化した男女の遺体が発見されたのだった。

DNAを照合した結果、この二体は、瀬良航と紺野ゆかりであることが確認された。

＊＊

七人委員会は、最初から大きな権限を持っていたわけではない。当初は、インフラ設備のメンテナンス担当責任者が一堂に会し、情報を共有する場に過ぎなかったという。しかしヘルメスにおいては、インフラ設備のトラブルを未然に防ぐことは、住人の生命に直結する最重要事項である。機械が相手だけに、知識と習熟は不可欠で、だれでも代わりが務まるものでもない。事実上すべてのインフラを掌握する彼らの発言力が強くなるのも、自然な流れだった。

マシマロの配給が完全に止まって、さらに数日が経過したころ。

私は七人委員会から呼び出しを受けた。

覚悟はしていた。

食糧生産システムが崩壊した以上、住人の取り得る選択肢は限られる。ヘルメスと運命をともにするか、地上の世界が滅んでいないことに賭けて脱出を試みるか。

私は、みな後者を選ぶと思っていた。ここに残れば死ぬしかない。生き延びられる可能性がわずかでもあるなら、どう考えてもそちらを選ぶべきだからだ。これで堂々とシャトルに乗れると、私は密かに喜んでさえいた。

ところが、食糧の配給が途絶えた後も、人々に地上へ向かう動きは見られなかった。ほとんどの人は、運命を受け入れたかのように、自分の部屋にこもって出てこなくなった。

図書館のある第五層からも人影が消えた。たまに見かけることがあっても、焦点の合わない目でぼんやりとしていたり、座り込んで膝を抱えていたりするだけだった。私はすぐに地上へ行くことを訴えたかったが、ちゃんと伝えられる自信がなかった。そこで、例の書き込みのあった雑誌を図書館から持ち出して当該ページを開き、座り込んでいた人に手書きのメッセージを指し示した。その人はちらと見てはくれたが、それだけだった。ヘルメスの存在意義を揺るがす内容なのに、興味を示すどころか、動揺することも怒り出すこともなかった。もしかしたら、衰弱のために、すでに思考が働いていなかったのかもしれない。

それにしても、事ここに至っても、地上へ逃げるという選択肢が人々の頭にまったく上らないことが、不思議で仕方がなかった。もっとも、かくいう私も、あの書き込みを見つけていなければ、どうなっていたかわからないが。

図書館にいた私の前に七人委員会の一人が現れたとき、書き込みのことが彼らの耳に届いたのだと思った。当然予想したことであったし、むしろ私はそれを望んでいた。七人委員会を説得できれば、みなでシャトルに乗って地上へ行けるのだから。

図書館に現れたその男に連れられ、エレベーターで第十層に上った。

そこは、私がシャトルを探していたときに最初に入ったあの部屋だった。鼻の奥を刺激する匂いが、微かに漂っている。奥に立つ背の高い銀色の箱からは、ブーンと低い唸りが聞こえてくる。

七人委員会が全員そろっていた。みな衰弱が進んでいるらしく、目は一様に落ち窪んで光もない。

私は、一つしかない椅子に座らされた。

委員会の面々は立ったまま、なにかいいたげな視線を向けてくるが、だれも口を開かない。

しびれを切らした私は、図書館から持ってきた雑誌を開き、書き込みを見せた。

目を凝らす委員たちの口から、呻きのような声が漏れた。が、怒り狂って雑誌を破り捨てるどころか、触れようともしない。耐え難い苦痛から逃れるように、目をつぶって顔を背ける者もいた。

思いがけない反応に戸惑い、私は雑誌を閉じた。

真ん中に立つ男が、深くため息を吐いてから、ようやく話を始めた。ぼそぼそとつぶやくような声で、しかも早口だった。私が言葉をうまく聞き取れないことを失念しているのか、そんなことに構う余裕がないのか。

私も耳に神経を集中させたが、単語を断片的に拾い上げるのがやっとだった。

ただ、書き込みを人に見せたことを咎めているのではなく、どうやら、私の両親について話しているらしかった。「おまえの父親を」と「母親は」という言葉が聞こえたからだ。

もちろん私にも父と母はいたはずだが、両親の記憶は一切なかった。一般に父親や母親がどのような存在なのかも、書物の中でしか知らない。それもまた、地上の世界とともに滅びたものだと思っていた。

男が長い話を終えた。私にはほとんど理解できなかった。彼は、ひどく疲れた様子で、こう付け加えた。

「おまえに頼みがある」

ここだけは、なぜかはっきりと聞き取れた。

七人が、苦しげな表情で頭《こうべ》を垂れた。

銀色の大きな箱から、ブーンと低い唸りが響く。

＊＊

ＣＴスキャンや最新機器による調査の結果、瀬良航の遺体には全身に暴行を受けた痕があり、頭部へ加えられた一撃が致命傷になったと結論された。

一方の紺野ゆかりの遺体に外傷は認められないが、出産時に多量の出血をした形跡があり、その傷も完全には癒えていない状態であったことが判明する。おそらくは、即死ではなかったにしても、出産時のトラブルが結果的に彼女の命を奪ったものと推測された。

なぜ二人の遺体だけが冷蔵庫に入れられていたのかは、わかっていない。

＊＊

どれほど時間が経ったのだろう。

日付の感覚はとうに消えていた。

頭はぼんやりとして働かず、手足にも力が伝わらない。

体内のエネルギーが尽きようとしている。

自分もまもなく死ぬのだろう。

それでもいい、と思った。

もう、どうでも、いい。

燃え尽きたような安らぎのなかで目を瞑ったときだった。

「ルキよ、起きなさい」

ふたたび聞こえたのだ。

「ときは満ちた」

あの厳かな声が。

＊＊

瀬良航と紺野ゆかりを除いた二百三十八名の遺体は、第三次から第十九次までの調査隊によってすべて発見、収容された。

第一層では、三十八名の遺体が確認された。ほとんどが白骨化しており、胸の上で両手を重ねた格好で、各部屋のベッドに横たえられていた。死因については、事故死あるいは自死であることが明白な七体以外は、病死の可能性が高いと思われたが、特定には至らなかった。いずれの遺体の枕元にも、供え物のように空のカップが置かれていたことから、死後も丁重に扱われていたことが窺える。おそらく、ヘルメスの居住区で最深部に位置する第一層が、墓所として使われていたのであろう。

残り二百名の遺体は、第二層から第四層で見つかったが、第一層の遺体とはむろんのこと、事前に予想された様相とも大きく異なっていた。この件に関する報告は、ジオX社において最重要機密扱いとなり、関係者にも厳重な箝口令《かんこうれい》が敷かれた。

第五章　救世主

1

ジオX社は、ヘルメスに残った二百四十名全員の遺体を収容したと発表し、先にシャトルで発見された生存者がヘルメスで生まれた十代の少年であることも初めて明らかにした。

このニュースの前半は、当然ながら衝撃的な悲劇として受け止められたが、もともと生存は絶望的と見られていたこともあり、消費されるのも早かった。

一方で後半部分は、大きな関心を集めたばかりか、異様な興奮を引き起こし、時間とともにその度合いを強めていった。

生存者をめぐっては、これまでも想像力を駆使したさまざまな物語が綴られてきたが、大半はヘルメスで生まれた少年あるいは少女と想定したものだった。そのほうが物語の魅力が高まるからだが、それが現実になったのだ。神話の登場人物が実在したと判明するようなものだった。

とはいえ、一連の経緯を醒《さ》めた目で見る人も少なくはなかった。物語に淫《いん》する風潮を苦々しげに指摘する者もいた。しかし、実験地底都市ヘルメスは、小惑星衝突による人類滅亡を回避するプロジェクトとして建造されたものである。建造のきっかけとなった２０２９ＪＡ１がふたたび地球へ迫っている時代に、そのヘルメスで誕生した少年が奇跡のように人々の前に現れたとなれば、そこに特別な意味を付与したくなるのも人として自然な反応であった。

その中で最も広く見られたのは、この少年こそ滅亡の運命から人類を救うために遣わされた救世主である、というものだった。物語的に収まりがよく、時代の空気にも適合したからだろう。〈地底で生まれたキリスト〉〈ガイアの子〉〈地球の守護天使〉などと少年を勝手に神格化して崇める集団も各地で生まれ、その数も増え続けた。少年に関してさらなる情報公開を求める声も多かったが、ジオX社はプライバシーの尊重を理由に拒否している。

2

心のどこかで、まだ生きていると信じていたのだろうか。覚悟はしていたはずなのに、現実として突きつけられると、冷静さを保つのは難しかった。

ヘルメスで遺体となって発見された兄は、荼毘《だび》に付された後、その遺骨から造られた小指大の無色透明な直方体となって、十八年ぶりに瀬良咲のもとへもどってきた。この直方体はソウル・クリスタルと呼ばれ、表面に故人の名が刻まれている。荼毘に付す前の遺体のまま、あるいは遺骨での引き取りも可能だったが、ソウル・クリスタルが一般に普及して久しい現代では、故人を遺骨のまま埋葬するのは保守的なごく一部の層に限られていた。さらに、遺体はいずれも白骨化や腐敗が進み、見た目だけでは性別の判定すら困難というジオX社の説明を聞けば、ほとんどの遺族がソウル・クリスタルを選ぶのも当然だろう。しかしこの〈魂の結晶〉は、単純化された美しさゆえに一層、遠い昔の記憶を昇華し、手にする者を容赦なく感傷に引きずり込むのだった。

ｅＵＣ３の心理カウンセラーとして勤務していたころの兄は、休暇に入ると真っ先に咲たちのところに顔を出し、当時まだ健在だった母も連れて外食するのが恒例だった。兄がｅＵＣ３へ赴任することになったときに、いちばん反対したのは母だ。婚約者のこともあったが、それ以上に、息子を危険きわまりない場所に行かせることに耐えられなかったのだろう。そんな母にとって、兄が地底にいる三カ月の間、心休まる日は一日たりともなかったはずだ。やっと帰ってきたと思ったら、わずか一カ月で地底へもどっていく。その繰り返しが十年間続いた挙げ句、兄が自らの意思で地底に残ったまま帰ってこなかったのだ。母が心労のあまり寝込んだのも無理はなかった。

生きている兄を最後に見たのは、休暇を終えてｅＵＣ３に向かう前日のことだ。このときも兄が咲たちのもとを訪れ、それまでと同じようにみなで外食を楽しんだが、いつにも増して和やかな雰囲気だったのを覚えている。残り三カ月を無事に勤め上げれば、もう二度と地下三千メートルに潜らなくて済む。やっと普通の生活にもどってくれる。母の表情にさえ、そんな安堵が滲み出ていた。兄も、契約期間が終了した時点で手にする多額の報酬の使い道をどうするか、楽しく語って聞かせてくれた。

ただ、別れ際、

「あと少しだね。気をつけてね」

咲がそういったときに、

「ああ」

と笑った兄の顔は、少し寂しそうだった。

兄の死因については「詳しいことはわからない」と聞かされているが、かなり早い時期に亡くなったことは間違いないらしい。ルキの顔を見ることなく命を落とした可能性すらあるという。だとすれば、さぞ心残りであったろう。

ルキの母親である紺野ゆかりは、兄よりも多少は長く生きたようだが、やはり死因は不明とのことだった。彼女のソウル・クリスタルも咲が引き取り、兄のものといっしょに置いてある。両者の関係が実際どのようなものであったのかは知りようがないが、二人は心から愛し合って貴重な時間を共有したのだと、咲は思いたかった。

ルキには、両親の遺体が発見された事実をまだ伝えないことにした。ジオX社にも、そうお願いしてある。むろん、ルキ以外にヘルメスの生存者がいない以上、彼の両親が亡くなっていることは隠しようがないし、彼もうすうすは気づいているはずだが、あえてこちらから触れることはない。ヘルメスでの記憶がもどらないのなら尚更だ。いまはこの世界に馴染《なじ》むことを優先すべきで、両親の死を受け止めるのはそのあとでいい。

ルキはすでに退院しているが、ここにはいない。当初は、唯にも話したとおり、同居するつもりでいたのだが、準備を進めようとした矢先、ジオX社から新たな提案があった。ルキのためにホテルの一室を買い上げ、身の回りの世話をする者も付けるので、退院後はそちらに移ってはどうかと。理由を尋ねると、世間の目から守るためだという。たしかに、ヘルメス唯一の生き残りとされる少年への関心は、世界中で異様な高まりを見せている。ルキの素性が漏れれば平穏な生活どころではなくなる。咲だけで守りきれるものでもない。ジオX社が、ルキの健康管理や学習指導についても万全を期すと約束してくれたので、咲も提案を受け入れたのだった。いまも週に一度はルキと会い、それ以外の日もできるだけ電話やテキストでコミュニケーションを取るようにしている。いつか海に連れていってあげたい、と思っている。

そして唯は、といえば、相変わらずルキへの不信感を隠そうとせず、咲にも警戒を促す忠告を繰り返していたが、咲が一向に態度を変えないことに業を煮やしたのか、その後まったく連絡をよこさなくなった。平常運転にもどった、というべきかもしれないが。

「心配ならテキストを送ったらどうだ。元気でやってるかと」

「あの子、そういうの嫌がるんだよね」

「嫌がる元気があるとわかれば安心できる」

咲は驚いて相手を見直す。

「おまえのことを気にかける人間がここにいる。それを伝えておくだけでも意味がある」

「あなた、見かけによらず、大人びたこというね」

「これでも百三十四歳だ」

「え、そういう設定なの」

いまとなっては、沙薙がいてくれてよかった、と思う。最初は、表情が乏しくてなにを考えているのかわからず、気味が悪いとさえ感じたが、あらためてよく見れば可愛らしい顔をしている。言葉を交わすうちに、わずかな眼差しの変化から、感情の動きを読めるようにもなった。

沙薙の性格も、自分には合っているようだ。話しかければちゃんと応えて自分の意見もいってくれるが、無駄口は叩かない。こちらが話したいときだけ話していい、と思える安心感がある。だれにもこぼせなかった愚痴を吐き出し、気分が軽くなったことも一度や二度ではなかった。

臣島レンには感謝しなくてはならない。

3

ヘルメスの生き残りである少年を、2029JA1から人類を守る救世主に祭り上げる風潮が、忌々しくてならなかった。なぜ余計なことをするのか。

たしかに自分も、二〇九九年に小惑星衝突によって人類が滅ぶと思っている。だが、瀬良咲にもいったように、それは信じているというより願望に近い。現実を見れば、２０２９ＪＡ１が地球に落ちる確率は低くなる一方だ。二〇九九年に人類が滅亡することは、おそらくないだろう。そのくらいは、わかっている。わかってはいるが、それでも縋らずにはいられないのだ。あと二十六年ですべてがリセットされる可能性に。きょうという日をやり過ごす、ただそれだけのために。

もとより夢のない人生だ。ささやかな慰めくらい残してくれてもいいではないか。どうせ近づけば消えてしまう蜃気楼のようなものだったのに。日陰に生きる人間の、塵《ちり》のような希望まで叩き潰して、なにが救世主か。なにが守護天使か。人類を救うというなら、まずはこの歪《いびつ》な世界を変えてくれ。なにもかも、ひっくり返してくれ。落ちてこない小惑星なんかどうでもいい。

「そう感じているのはレンだけじゃない」

顔を上げた。

「大勢の人間が同じ思いをくすぶらせている」

「わかるのか」

赤い瞳が、妖しく煌めく。

4

着信したテキストは母からだった。

『元気でやってますか』

とある。

『うん元気』

と入力しかけて消し、

『いまから大学』

とだけ打って返信した。

顔を上げて息を吐く。

大学へ向かう朝の路線バスは、相変わらず満員だ。この時間帯で座れたことはない。たいていは手すりか吊革に摑まり、到着するまでの時間を過ごす。

それにしても、いやな感じだった。

車窓を流れる街並みは一年前と同じなのに、そこに漂う空気は明らかに違う。変わりはじめたのは、ヘルメスから十八年ぶりに上がってきたシャトルで生存者一名が発見されたと報じられたときだ。この出来事に社会全体が浮き立ち、人々は奇跡の予感に心ときめかせた。それから約三カ月後、その生存者がヘルメスで生まれた十代の少年であることが公表されると、予感は熱狂となって世界を舐め尽くす。

ルキは顔も名前も知られていないのに、この世界での存在感を日に日に増している。彼を知る数少ない人間の一人である自分も、いつの間にかその大きな流れに呑まれている。ルキを取り巻く違和感が単なる気のせいなら、それでいい。だが、気のせいにしたくとも、どうしても受け流せないなにかが残ってしまい、心を騒がせるのだった。

母がルキを同居させるといいだしたときは、良くないことが起こりそうで、本気で心配した。同居の話が白紙にもどってひとまずは安心したが、落ち着いて考えてみると、ジオX社の提案はタイミングも内容も奇妙なものだった。ルキの体調は回復したのだから、あとはそれなりの見舞金を持たせれば十分で、ホテルの部屋まで用意して衣食住を提供し続けることはない。世間の目から守るためというが、親切にしても度を越してはいないか。

ジオX社については、数海も指摘していた。先ごろ発表されたヘルメスの調査結果には、あえて曖昧にしてある部分が多いと。たとえば住人の死因だ。食糧生産システムが壊れていたことから、大半の住人は餓死したとだれもが思い込んでいるが、じつはジオX社のリリースした文書のどこにも〈餓死〉とは書かれていない。なのに、読んだ人の脳裏には〈餓死〉という言葉が刻み込まれてしまう。虚偽ではないが、誤読を誘うような書き方がされているのだ。

これが意図的なものだとすれば、いや意図的でないわけがないのだが、ジオX社はなにかを隠している、ということになる。もしかしたらそれは、ルキに関係のあることかもしれない。だからジオX社は、ルキを目の届くところに置いておく必要が――。

バスが大学に到着した。

人の流れにのって下車すると、頭上に青空が広がった。

頭を切り替えなければ、と自分に言い聞かせる。

きょうから新しい培養条件を試すことにしていた。ヒントになる論文を見つけたのだ。こんどこそFN35株が目覚め、有性生殖器官を作るのではないか。

そんな気がする。

5

ここからは、地上へ来てからあの日までのことを話そうと思う。

まず断っておくが、私はだれのことも恨んでいない。すべては大いなる意思によってもたらされた結果であり、私は完全に受け入れている。そこだけは誤解しないでもらえるとうれしい。

では、続けよう。

私が瞼を開いたとき、網膜に押し寄せてきたのは真っ白な光の塊だった。ぼんやりと形の定まらないまま、ふわふわと漂っていた。なにも考えられなかった。体内を巡る血流の低い響きだけが、頭の中を満たしていた。最初の記憶はそこで終わっている。

次に目を覚ましたときは、もう少し長く意識を保てたようだ。人の顔らしきものが私を覗き込んでいた。声も聞こえた。私になにか話しかけていたが、言葉は耳を素通りするだけだった。

思考がようやく働きはじめたのは、三回目の覚醒からだ。当然ながら、自分がどのような状態にあるのかは、わからなかった。とっさに感じたのは、早く〈シャトル〉を探さなければ、という切迫した衝動だ。起き上がろうとしたが、身体がうまく動かなかった。筋肉が萎縮したせいではなく、だれかが私の身体を押さえつけていたのだ。白い服を着たその人が、柔らかな口調で語りかけながら、私を元のように寝かせた。私の意識は、自然にその人の声へ向かった。最初に聞き取れたのは「わかりますか」という言葉だ。私が首を横に振ると、その人の顔に笑みが浮かんだ。そして、次にこういったのがわかった。

「あなたの名前は?」

ここが地上の世界である可能性に初めて思い至ったのは、その問いに「ルキ」と答える自分の声を聞いたときだ。

その人はさらに興奮気味に話を続けたが、あまりに早口で私には一語も聞き取れなかった。ただ、どういうわけか、私の目の前でしきりに人差し指を動かす。その指の示す方へ視線を向けると、隣の部屋の天井が見えた。こちらの部屋のような白色ではなく、異様なほど奥行きのある爽快な青色だ。この独特の青さ、どこかで見たことがある。と思った瞬間、それは天井ではなく〈空〉だと気づいた。

自分はいま、地上の世界にいる。

その事実を受け止める間もなく、〈空〉でなにかが光った。最初は小さな点だったものが、凄まじい速さで大きくなり、すべてを呑み込んでいく。私は悲鳴を上げて頭を抱えた。〈燃え上がる巨岩〉。やはり地上の世界は滅ぶ運命だったのだ。

私は目を瞑って最期を覚悟した。が、なにも起こらなかった。

無のような静けさの中に、白い服の人の宥めるような声が聞こえた。

「だいじょうぶ」

その言葉の響きに誘われ、私は目を開けた。

さっきまで〈空〉が見えていたところは、壁に変わっていた。〈燃え上がる巨岩〉が落ちた気配は、微塵もない。

地上の生活に慣れるのは、思ったよりも難しくなかった。サキは、ヘルメスの図書館で書物から予備知識を得ていたせいだろう、といったが、私はサキのおかげだと思っている。彼女が寄り添って支えてくれなければ、私は周囲との意思疎通も満足にできなかったはずだ。感謝してもしきれない。しかし、彼女の娘であるユイは、母親ほどには私に好意を持ってくれなかったようだ。

ユイと初めて会ったとき、私はまだ病院にいた。そのころには、デバイスを使わずとも会話に不自由しないようになっていた。サキとしては、私がユイと和やかに言葉を交わし、多少なりとも心を通わすことを期待したのだろう。だが、部屋に入ってきたユイと目が合った瞬間、私の中に眠っていた暗い記憶が頭をもたげた。身体が勝手に強ばり、呼吸も浅くなった。地上で目を覚まして以来、これほど猜疑《さいぎ》に満ちた眼差しを向けられたのは初めてだったのだ。

ユイが部屋にいたのは、わずかな時間に過ぎなかった。サキが、私とユイの間を取り持とうと、あれこれと気を配ってくれたが、互いを警戒するような空気は最後まで解けず、けっきょく私は一つも言葉を返すことができずに終わった。サキには申し訳ないことをしたと思っている。ユイにとっても私の印象は最悪だったろう。

ユイとふたたび顔を合わせることになったのは、病院からジオX社の用意した部屋に移ってしばらく経ったころだ。このときはサキがいっしょではなく、ユイが一人で私のもとを訪れた。二人だけで話がしたいという。

6

母から教えられたのは超が付く高級ホテルで、このような機会がなければ足を踏み入れることは一生なかっただろう。正面玄関を入るときはセキュリティセンサーに引っかかって警備員に制止されるのではと身構えたが、あらかじめジオX社から送られてきたＩＤコードが身元を保証してくれたおかげで何事もなく通過できた。ロビーに入ると、ポーターよりも早く近づいてくる者があった。

「瀬良唯さまですね。お待ちしておりました」

にこやかに出迎えてくれた女性は、ジオX社の宮木《みやき》と名乗った。服装にも立ち居振る舞いにも隙がない。唯は気後れしそうになる己を奮い立たせ、今回の対応への礼を述べた。彼女に案内されてエレベーターに乗ると、十八階のランプが自動で点って静かに上昇を始める。

ルキとの面会を提案したのは数海だ。

「唯はいつでも彼と会うことができる。その特権を活かさない手はないよ」

会ってなにを話すのかは決めていない。ただ、彼がどのような人間なのか、ほんとうに母に禍《わざわい》をもたらすことはないのかを見極めたかった。

エレベーターを降りて静まりかえった廊下を進み、1805と数字の掲げられたドアの前に立つと、すぐにロックの外れる音がした。ドアが開いて中から現れたのは、細身ながらも屈強そうな男性だった。

「ようこそいらっしゃいました」

高村《たかむら》と自己紹介した彼と宮木がルキの世話係だという。

促されるままドアを入ると、

「お二人だけでお話しになりたいとのことでしたので」

高村が入れ替わりに廊下に出て、

「私どもは一階のロビーにおります」

と掌に収まるほどのシンプルなデバイスを唯に手渡す。握ると赤いボタンがちょうど親指の下に来る。

「お帰りのときや、ご用の際は遠慮なくお呼びください」

ドアが閉まり、唯だけが中に残された。

そこはこぢんまりとした前室のような場所で、奥にもう一つ扉があった。

いよいよ対面だと気を引き締め、その扉を開ける。明るいリビングが目の前に広がる。中に一歩入ったところで足が止まった。

ルキが一人でいるはずなのに、ソファに座る彼のそばに、アメリカンフットボール選手を思わせる大男が立っていた。金色の巻毛がきらきらと輝くその男が、唯に顔を向けて愛想よく微笑む。

我が目を疑った。

「……ウィル・ヤングマン」

間違いない。

しかし、なぜこんなところに。

「はじめまして。唯さん」

訛りのまったくない日本語を聞いて、ようやく気づく。

これはケシンだ。

マイメンターではケシンの言語を選択可能で、空中に字幕を出すこともできる。考えてみれば、ウィル・ヤングマンの創設したジオX社が、ルキにマイメンターを提供するのは自然なことでもあった。

それにしても、いまやあらゆる著名人のケシンが出回っているが、ウィル・ヤングマンみずからケシンになったという話は聞いたことがない。しかもこのケシンの映像精度は通常のものより高く、本物と見分けが付かないほどだ。まさかとは思うが、ルキのための特別仕様だろうか。

ルキが大きなソファから立ち上がった。

「唯、来てくれてありがとう」

そういえば、彼の声を聞くのは初めてだ。こんなに穏やかな話し方をするとは意外だった。印象も前回会ったときより大人びている。

「それ、ケシンだよね」

ルキが、隣に立つウィル・ヤングマンを見上げて、

「うん。いろいろと教えてくれる」

マイメンターのティーチング機能を使って、ケシンを家庭教師にしているということか。しかし、教師役がウィル・ヤングマンとは。

母がルキのためにこの男を選ぶことはあり得ない。ジオX社が勝手にやったのだろう。だとしても、そこにはウィル・ヤングマンの意向が働いているはず。でなければ、わざわざ創設者のケシンを使わせる理由がない。つまり、ウィル・ヤングマン本人がルキに並々ならぬ興味を抱いている、ということになる。

「とりあえず消してもらっていいかな」

目障りだから、と続けそうになって思いとどまる。

「話がしにくいから」

「ウィル」

とルキが声をかけると、

「オーケー、ルキ。続きは後にしよう」

最後に唯にも自信ありげな笑みを向けてから、ウィル・ヤングマンのケシンは消えた。

「飲み物、もらうね」

唯は、備え付けの冷蔵庫を見つけてミネラルウォーターのボトルを取った。こういう場合、ふつう

はルキが勧めるものだが、まだ地上の習慣に馴染んでいないだろうと思ったのだ。

キャップを開けて一口飲み、気持ちを落ち着かせる。

「すごい部屋だね。見せてもらっていい？」

唯は返事を待たずに室内を見て回る。ルキの部屋は最高級スイートというわけではなく、このホテルではごく標準的なグレードらしい。それでも、ツインベッドの寝室のほか、立派なソファセットのあるリビング、ちょっとしたトレーニングルームまで付いていて、分不相応であることには違いない。

最後に、窓辺に立って眺望のすばらしさを確かめてから、ルキを振り返った。

「いま、世界中の人があなたのことを噂してる。知ってた？」

7

瀬良咲のケシンに沙薙を選んでやったのは、彼女があの無口なキャラにどう対応するのか見物だと思ったからだ。扱いあぐねて泣きついてくることを少なからず期待してもいた。ところが蓋を開けてみると、思いのほか仲良くやっているらしく、職場で顔を合わせるたびに楽しげに沙薙の話題を持ち出してくる。

予想外の展開に若干の後悔もないではなかったが、まあ、それならそれでいいか、とも思えた。沙薙との付き合いはこちらのほうが長いのだ。自分以上に彼女を深く理解できるはずもない。

だが、その余裕も、瀬良咲が何気なく口にした言葉で吹き飛んだ。

「あの子、百三十四歳なんだってね。びっくりしちゃった」

レンは思わず身を乗り出していた。

「本人がいったんですか、百三十四歳と」

「臣島くん、知らなかったの？」

知るもなにも、公開されている『ファイアーソード』の設定のどこにもそんな記述はない。沙薙は年齢不詳ということになっていたはず。

「まさか……」

裏設定か。ケシンになったキャラが、公式に発表されていない設定を口にすることがまれにあるというが。

「どうしたの」

レンは動揺のあまり、

「僕にはそんなこと一言も」

と口を滑らせた。

しまった、と思うも時すでに遅く、瀬良咲の顔がほころぶ。

「臣島くんのケシンも沙薙ちゃんなんだ！」

こうして、レンが以前から沙薙をケシンにしていることがばれてしまったわけだが、その結果として二人に共通の話題が一つ加わったことになり、以前にも増して会話が弾むようになった。

「おはよう。臣島くんの沙薙ちゃんは元気？」

「きのうと同じですよ。ケシンなんだから」

「でも、臣島くんの話を聞いてると、うちの沙薙ちゃんとずいぶん違うよ。なんていうか、暗い」

「あのですね、彼女はキャラ的にもともと暗いんです。瀬良さんのとこの沙薙が変わってるんですよ」

「なんで違いが出るの。同じ沙薙ちゃんなのに」

「ユーザーの性格によって多少は変化するらしいですけどね」

あれからレンは沙薙からなんども年齢を聞き出そうとしたが、「忘れた」「知らない」という素っ気ない反応が返ってきただけだ。せめて「女に年齢を聞くな」くらいの台詞をいってくれてもいいのに。

「うちの沙薙ちゃんにも会ってあげてよ。意外に気が合うかもよ。そうだ。ごはん食べに来ない？ なにか力の付くもの作ってあげる。苦手な食材とか、ある？」

「ほんとにいいですから、そういうのは」


「ヘルメスから来た少年の話、知ってますか」

久しぶりに夜勤で組んだ日、休憩時間にレンがその話題を切り出したのは、深い理由からではなかった。いつもの沙薙をめぐるやりとりが一段落し、ふと浮かび上がった夜の静寂に吸い込まれるように、心を苛《さいな》むものが口から漏れたのだ。

「二〇九九年の滅亡から人類を救ってくれるそうですけど」

実際に口に出してみると、これこそ瀬良咲といちばん語り合いたかったことではないかと思えてきた。

「余計なことをするな、ですよ。どうせ落ちてこないんでしょ、小惑星なんか。だったら、それまで夢を見させてくれてもいいじゃないですか」

「臣島くんは、人類が滅んでしまえばいいと、いまでも思ってる？」

瀬良咲の顔からいつもの快活さが消えていた。

「いけませんか、思うだけでも」

「そういう考え方は、臣島くんの人生に害を及ぼしかねないよ」

レンは鼻で笑った。

「これ以上、どう害が及ぶんです？」

「滅べばいいと思ってる対象が、気づかないうちに〈人類〉から〈自分〉に置き換わるかもしれない」

胸の奥を摑まれたように息が詰まった。

「いまの臣島くんはとても立派にやってる。仕事も生活もちゃんとしてる。これってすごいことなんだよ。でも、そういうものの価値が見えなくなって、逆に自分を縛っているものに思えてきて、なにもかも壊そうとするかもしれない。わたしは、臣島くんを見てて、それが怖い」

レンは堪らず手を一振りした。

「僕の話はいいですよ」

「よくないよ」

瀬良咲が食い下がる。

「気を悪くさせてごめんね。でも、いちど、このことを臣島くんとじっくり話したいと思ってた」

「僕はこんな話をしたかったわけじゃない。ヘルメスの少年ですよ」

レンは半笑いで言葉を繰り出す。

「さっきはあんなことをいいましたけど、彼には期待してるんです。本物の救世主になってほしいんですよ。救世主になってこの世界を変えてほしい。彼ならできそうだと思いませんか。だって、地底三千メートルで生まれて、ずっとそこで生きてきたんですよ。そんな人間、この地球で初めてでしょ。特別なものを持ってたって不思議じゃない。特別じゃないほうがおかしい」

「ねえ、臣島くん。ちょっと待って。わたしの話を――」

「特別なものって、わかりにくいですか。そうですね。たとえば、使命とか、天から与えられた役割とか、とにかく特別なんです。だからこそ、いまの状況が歯がゆいんですよ。ジオX社に囲い込まれて、きっと下にも置かない扱いをされてるんでしょ。世間の注目を浴びて持ち上げられて、まあ本人は、さぞいい気分でいるんでしょうけど」

「そんなわけないでしょ！」

瀬良咲がとつぜん形相《ぎょうそう》を変えた。

「だって、ルキくんは生まれてからずっと地底で孤独に生きてきたんだよ。地上ではなにもかも初めての経験で、最初はろくに口も利けなかったし、第一、両親がヘルメスで亡くなってる。いい気分でいられるわけが……」

言葉を止めて、憮然《ぶぜん》とする。

レンは、その顔を見つめながら、低い声で質《ただ》した。

「だれですか、ルキって」

8

「いま、世界中の人があなたのことを噂してる。知ってた？」

ルキが顔を向けて微笑む。

「どんな噂」

「あなたを救世主だって」

唯はゆっくりと窓辺から離れる。

「あなたの生まれたヘルメスは、対小惑星用の実験シェルターとして造られた。そして実際にいま、巨大な小惑星が地球に近づいている」

「２０２９ＪＡ１」

「知ってるんだ」

ルキの正面のソファに腰を下ろす。

「ウィルが教えてくれた」

「その２０２９ＪＡ１の災禍から人類を守ってくれるのが、ヘルメスからやってきた少年、つまり、あなた」

ルキの視線は、唯の上に張り付いたまま離れない。唯の心を読みとろうとするかのように。

「いまのところ、２０２９ＪＡ１が地球に落ちる確率は低い。あなたがなにかするまでもなく、できることがあるとしてだけど、この小惑星が人類を滅亡させることは、たぶん、ない。そんなこと、みんなわかってる。わかった上で、救世主だなんだと騒いでる。不思議だよね」

「もし、ほんとうに……」

ルキの瞳に輝きが増す。

「……〈燃え上がる巨岩〉２０２９ＪＡ１が落ちてきそうになったら？」

「こんな騒ぎじゃ済まない。みんな冷静さを失って、混乱して、世界中がパニックに陥って、心の底から、真剣に、救世主を求めるようになる」

妙に重苦しい一瞬が過ぎった。

「実際、そういうことがあったらしいよ、わたしが生まれる前だけど。ウィルから聞いてる？」

ルキが小さくうなずいて、

「そのときの〈燃え上がる巨岩〉も２０２９ＪＡ１で、ヘルメスが造られるきっかけにもなった」

「詳しいね」

なぜか唯は、寒気を覚えた。

「ウィルとは、ほかにどんな話をしてるの」

「世の中のことを、いろいろ」

「彼のこと、好き？」

「うん。親切で優しい」

「わたしの母は、わたしもだけど、彼のことは嫌い」

ルキの顔が曇る。

「どうして」

「虫が好かない……ってわかるかな」

暗い目で唯を見る。

「唯は、僕のことも嫌い？」

「そんなことない」

「ほんと？」

「ほんと」

唯が笑みを作ってみせると、ほっとしたように眉をひらいた。

「僕は、唯とも仲良くしたい。咲はそうして欲しがってる」

「あなたは、母のことが好きなんだよね」

うなずく。

「母もあなたのことをすごく気にかけてる。だから、悲しませたり、不安にさせたりしないであげてほしい」

ルキが困惑した顔で、

「僕、咲を悲しませてる？」

唯は首を横に振る。

「これからの話」

「僕は咲を悲しませたくない」

「わかってる」

小さく息を吸って、

「あなた、ヘルメスにいたときのこと、ほんとうに覚えてないの？」

ルキが、質問の意図を探るように間を置いてから、うなずいた。

「どうやって地上に来たのかも？」

「わからない」

「ご両親のことは？」

「唯は会ったことがある。咲がいってた」

「あなたのお父さんにはね。でも、わたしも小さかったから、よく覚えていない。ごめんね」

「どうして謝る」

「そうだね。わたしが謝ることじゃないね」

唯は、もどかしかった。言葉のやりとりはできても、表面的なものに留まり、こちらが望む間合いまで踏み込めない。ルキにもいまひとつ摑み所がなく、目の前にいるのに人物像を描けない。分厚いガラスの壁に隔てられているようだ。

「ねえ」

唯は明るさを装っていった。

「もう一度ウィルを呼んでくれる？」

「どうしたの」

「わたしも彼と話してみたくなった。いい？」

基本的にケシンは、ユーザーとの一対一の関係に特化した存在だが、それ以外の活用が禁じられているわけではない。

「唯はウィルを嫌いだといった」

「あれはケシンのことじゃなくて、現実のウィル・ヤングマン本人の話。あなたのウィルに罪はないよ」

ルキは少しだけ目元をしかめてから、

「ウィル」

と呼びかけた。

ルキの座るソファの隣に、金髪の大男が姿を現した。通常のケシンとは比べようのないほど高精度の立体映像だが、こうして間近で見るとわずかに向こう側が透けている。

「ウィル、唯が君と話をしたがってる」

「身に余る光栄だよ、ルキ」

両手を大げさに広げてから、唯に顔を向けてにこやかに会釈する。

「あらためて、唯さん。ウィル・ヤングマンです。よろしく」

握手でも求めてくるかと思ったが、さすがにそれはなかった。

「よろしく、ウィル。瀬良唯です。ルキの従姉妹に当たります」

ケシンは、あらかじめ設定された基本的性格の上に、ユーザーとのやりとりを通して味付けがなされ、一定の独自性を獲得できるようになっている。ということは、このウィル・ヤングマンを模したケシンの言動には、多少なりともルキの内面が反映されているはず。

「わたしのことをもうご存じのようだけど、だれから聞いたの」

ウィルがルキと目を合わせる。

「僕が話した」

ルキが唯に向き直って答えた。

「ルキは、唯さんに嫌われているのではないかと心配していたのですよ」

「ウィル」

「いいじゃないか、ルキ。こういうときは腹を割って話した方がいい。唯さんもきっと、それを望んでいる」

同意を求めるような笑みを向けられた唯は、思わずうなずいて、

「わたしはルキくんを嫌ったりしてないよ。さっきもいったけど」

と応じた。いわされた、といったほうがいいか。

「さて」

ウィルがソファの後ろに回り、ルキに付き従うように立つ。

「お話をうかがいましょう、唯さん」

唯は居住まいを正す。

「いま世界中で、ルキくんを救世主だと持て囃《はや》す人たちが増えてる。このことをウィルはどう考える。歓迎すべきか、憂慮すべきか」

「その問いに答えるには、だれにとって、という点を考慮する必要があります」

淀みなく言葉が出てくる。

「ルキにとって、であれば憂慮すべきでしょう。世間の注目を集めることは、さまざまなリスクをともないます。プライバシーを脅かされるのはもちろん、誤解や一方的な思い込みから攻撃してくる人たちも出てくるでしょうし、最悪の場合、犯罪やテロの標的にされるかもしれない」

「それには同意します。だからこそ母は、ルキくんを自宅に引き取ることを諦め、ジオX社に保護を委託した」

「一方で、人類全体にとって、となると答えは簡単ではありません」

「というと？」

「ルキを救世主と見る人たちは、二〇九九年に再接近する小惑星２０２９ＪＡ１から人類を守ってほしいと考えています」

「でも、実際に地球と衝突する可能性はほとんどないはず」

「それはどうでしょうか」

ウィルの顔に不敵な笑みが浮かぶ。

「二十六年も先の話です。軌道計算の精度は日々向上しているとはいえ、不確定要素をゼロにはできません。一部の計算では、衝突の確率はこれまでの予測よりはるかに高いという結果も出ています」

「ほんとに……？」

そのようなニュースが流れれば見逃すはずはないのだが。

「いずれにせよ、安心するのはまだ早いということです」

ルキは静かな表情で二人のやりとりを見守っている。

「さて、ここから仮定の話になりますが、２０２９ＪＡ１が二〇九九年七月二十七日に地球に激突することが確定したとしましょう。人々はどう反応するでしょうか」

「さっきもルキくんと話したけど、世界中がパニックになるでしょうね。そして絶望のあまり非現実的な救世主を求める。その救世主として現時点で最も適格なのがルキくん。そういうことでしょ。でも、ルキくんにとっては迷惑な話でしかない。たった一人で地球を救うなんてできるわけないんだから」

「実際に救う必要はありません」

ウィルの笑みが深くなる。

「きっと助けてくれる。希望はある。人々が求めるのは、最後の瞬間までそう思わせてくれる存在です」

「人類が滅んでもいいの？」

「どちらでも同じことです。二〇九九年を無事にやり過ごせても、いつかは滅びます。大切なのは、その瞬間までをどう生きるか、なのですから」

ウィルが続ける。

「二〇二九年の最初の接近のときは、地球と衝突する確率はほぼ百パーセントとされましたが、結果的にはぎりぎりのところで破局を回避できています。この経験があるために、たとえ二〇九九年の衝突が確実という計算結果が出ても、人類はもう簡単には絶望できなくなりました。それが却って二〇二九年以上の大混乱を招きかねない。完全に絶望すれば無気力になりますが、わずかでも希望が残っていると暴走に転じやすいからです。それを抑え込むには、絶望を凌駕する強大な希望で染め上げるしかない。ルキは、そのための拠り所になれます」

唯は啞然として相手の顔を見つめる。

「あなたの考え、なんか変だよ」

ウィルが笑みを保ったまま首を傾げる。

「ルキくん、いまみたいな話、いつもウィルとしてるの？」

戸惑いを見せながら、うなずく。

そのとき唯は、目の前に映し出されているものがただのケシンではなく、ティーチング機能を使った教師でもあることを思い出した。

「ウィル」

睨みつけた。

「あなた、ルキくんになにを教え込もうとしてるの？」

「これから地上の世界を生きる上で、ルキが知っておくべき事柄です」

「その内容は、だれが決めてるの。いえ、わたしがいってあげる。ジオX社。もっと正確にいえば、ウィル・ヤングマン本人。違う？」

「その件についてはお答えできません。私に許可された範疇《はんちゅう》を超えています」

ウィルのケシンからルキの内面に迫れるかと思ったが、見当違いだった。このケシンは、ルキの内面を書き換えようとしている。

しかし、わからない。

ルキを救世主に仕立ててどうしようというのか。

ウィル・ヤングマンはルキを使ってなにをしたいのか。

「お話は以上でしょうか、唯さん。でしたら、私は失礼させていただきます」

「ちょっと待って」

このケシンに反映されているのは、ルキの内面ではなく、ウィル・ヤングマンの内面なのだ。ということは、ウィル・ヤングマンの真意を探る、またとない機会でもある。

しかし、自分一人では荷が重いのも事実だった。なにしろ相手は、ケシンとはいえ、世界的な成功者にして有力者だ。対してこちらは一介の大学院生。悔しいが、位負けしていることは否めない。せめてこちらにも――。

もしかしたら、と閃く。

「マイメンター、ログイン」

唯の言葉に反応して、目の前に３Ｄホログラムのキーボードが現れた。

『ＭＹ　ＭＥＮＴＯＲ　ＵＳＥＲ２』と表示がある。

マイメンターでは、同じ場所で複数のユーザーがそれぞれのケシンを同時に呼び出すマルチユースも可能だが、ハードウェアに要求される性能がきわめて高く、一般的な装備では難しい。しかし、ここは思ったとおり、マルチユースにも対応している。

ＩＤとパスコードを入力してから、

「瀬良唯」

と声に出すと、無事に認証されてログインが完了する。

「数海、ちょっと手伝ってくれる？」

空中から数海マサトが現れ、いつものように微笑んだ。

「よろこんで」

9

臣島レンはまた時計を確認した。

予定の時間を過ぎているのに、なにも起こらない。

緑も豊かな駅前広場には大勢の老若男女が行き交う。一角に映し出された立体映像では、タレントが清涼飲料水の商品名を連呼し、アイドルグループがライブの告知を行い、政府公報が節電・節水を呼びかける。いつもと同じ光景が延々と続く。

自分と同じく、足を止めている人はあちこちにいる。駅ビルの壁に背を預けている若い男、花壇の縁に腰掛けている中年男性、立体映像を眺めている女性……。探せばけっこう目に付く。彼らも同志なのか。無関係なのか。壁にもたれていた若い男と目が合った。問うような眼差しをレンに注ぐ。どうすればいいのだろう。レンが反応できないでいると、若い男はため息を吐くようにうなだれ、背を壁から浮かせた。もう一度レンを一瞥して、その場を離れる。花壇の縁に座っていた中年男性も、億劫そうに腰を上げる。だれも行動を起こさない。声を上げない。このまま不発に終わってしまうのか。

嫌だ。

レンは、躊躇いから身体を引きはがすように、一歩前に進んだ。

「ライディーチオ」

ぎこちなく絞り出した声は、だれの耳にも届かず、たちまち雑踏に紛れて霧散した。

「ライディーチオ」

声に力を込めた。しかしまだ弱すぎた。一人も振り向かない。だれもレンの存在を気に留めない。

「ライディーチオッ」

前から歩いてきた女性がびくりと顔を上げる。

「ライディーチオッ」

視線が集まりはじめる。

不穏な気配が辺りを染めていく。

頭の中の線が切れたように躊躇いが消滅した。

「ライディーチオッ！」

天を仰ぎ両手を差し伸べる。

「すべての者に等しい裁きを！」


その耳慣れない言葉を知ったのは、沙薙の口からだった。

「ライディーチオ運動を知っているか」

いつ、どこで、だれが始めたのか定かではない。はっきりしているのは、行き詰まった人類社会をリセットするために、二〇九九年に再接近する小惑星2029JA1を地球へ落とすことを目指す世界的な活動ということだけ。その方法も、人の発する念によって巨大な小惑星を引き寄せるという非科学的なものだが、そんなことはどうでもよかった。レンは天啓のごとく確信したのだ。これこそ自分の求めていたものだと。

ネットで調べたところ、日本ではまだ浸透しておらず、中心となって動くリーダーもいないようだった。それでも心を惹かれる人は少なくなかったらしく、ライディーチオ運動を語り合うコミュニティはネット上にできていた。レンもすぐに参加して自分の思いの丈を吐き出し、多くの共感の言葉と手応えを得た。やがてそのコミュニティに、海外の活動者も顔を出すようになる。彼らも交えた活発な意見交換の末、日本においても本格的な活動開始を宣言する必要があるとの結論に達し、そのための同時多発ゲリライベントを決行することになった。その決行日が、きょうだ。

「ライディーチオッ、ライディーチオッ！」

天空の彼方にある2029JA1を思いながら祈りの言葉を繰り返すうちに、レンの意識は次第に忘我の域へと入っていった。あらゆる音と気配が消え、まるで宇宙空間で神のごとき2029JA1と相対しているようだった。祈りがほんとうに届くのではないか。巨大な小惑星を引き寄せることができるのではないか。地球に落とせるのではないか。そんな気がして畏怖さえ覚えた。

「すべての者に等しい裁きを！」

「すべての者に等しい裁きをっ！」

「すべての者に等しい裁きを」

祈りを捧げる声が自分のものだけではないと気づいたとき、レンの周囲にはすでに数十名が集まり、レンと同じように両手を天に突き上げていた。きょうのゲリライベントのために足を運んだものの、決行に踏み切れなかった人々が、レンに引っ張られる形でついに声を上げたのだ。

「ライディーチオッ！」

「ライディーチオッ！」

「ライディーチオッ！」

壁にもたれていた若い男、花壇に腰掛けていた中年男性、立体映像を見ていた女性だけではない。さっきまで目に留まらなかった大勢の同志たちが、抑圧されてきた情念を叫びとともに解き放ち、激しい渦を巻き起こしている。そして、その渦の中心にいるのは、いまや臣島レンなのだった。

「すべての者に等しい裁きを！」

10

「ルキくん、紹介するね。わたしのケシン、数海マサト。数海、こちらがルキくん」

「はじめまして、ルキくん。数海です。よろしく」

ルキは2次元アニメのケシンを見るのが初めてなのだろう。目を見開いたまま固まっている。

「ウィルさんも、はじめまして。お噂は伺ってます」

「よい噂であればいいのですが」

へえ、ケシン同士でも会話するんだ。唯は妙なところに感心しながら二人を見た。数海の表情はいつにも増して快活だが、キャラの設定上、ピンチになるほど快活に振る舞うようになっているので、彼なりに緊張しているということだろう。一方のウィルは相変わらず嫌みなほどの余裕を漂わせているが、目元には警戒感が滲んでいる。ケシンを相手にするケースは想定外なのかもしれない。

「で、唯、ぼくはなにをすればいい？」

「とりあえずそこにいて、数海が適切と判断したところでアシストしてほしい」

「承知した」

唯はウィルとルキに向き直り、

「勝手にケシンを呼んでごめんなさい。この際、どうしてもウィルのことを理解したくて」

ルキがなおも興味深そうに数海を見ながら、

「僕は、だいじょうぶ」

「私を理解したいとは、どのように？」

ウィルが両掌を上に向けて左右に広げる。

「さっきの話の続きだけど」

唯はウィルを見据える。数海が傍《かたわ》らにいてくれるおかげか、落ち着いているのが自分でもわかる。

「ルキくんを救世主に仕立てるのなら、最終的にはルキくんの素顔や名前を公にするんだよね。それとも、あくまでベールに包まれた謎の存在として引っ張るつもり？」

「誤解があるようですね」

ウィルはまったく動じない。

「最初に質問したのは唯さんですよ。私は、その質問への答えとして、たとえ世界が滅亡の際に立たされようと、ルキさえその気なら、人類社会に秩序を保たせることが可能であるといっただけです。なにも本当にルキを救世主に仕立てようというのではありません」

「あくまで仮定の話ってこと？」

「最初にそうお断りしたはずですが」

「でも、ルキくんにその話をしているのは事実なのでしょう。だったよね、ルキくん？」

ルキが、数海から目を離して、うなずく。

「その話がルキくんにどんな影響を与えるか、あなたが計算しないはずはないと思うのだけど」

「それも誤解ですよ。私に任されているのは、ルキの教育であって、洗脳ではありません」

「いま、自分で洗脳っていったね」

ここで数海が口を開いた。

「洗脳ではない、といったのです」

ウィルが平然と反論する。

「この場合、否定したかどうかは関係ないんだよね。洗脳という言葉を使ったことが重要であって」

と唯に向かって片目を瞑る。

「まあ、いいわ」

唯は、数海の援護射撃に感謝しながら、

「ねえ、ウィル。洗脳でなく教育というのなら、2029JA1の話でルキくんになにを教育しようとしたの？」

「人としてあるべき姿です。どのような事態に直面しても、最後の瞬間まで理性的な振る舞いを貫くことの美しさ、尊さを、ルキに知ってほしかったのです」

「そんな哲学的な話には聞こえないが」

ふたたび数海が口を挟むと、ウィルが眼差しを細めた。

「どういうことでしょうか」

「最後の瞬間まで理性的な振る舞いを貫く。なるほど、たしかに美しく、尊いことかもしれない。人としてあるべき姿といわれれば、そのとおりかもと思える。だがその前にあんたは、滅亡の際に立たされた人類に秩序を保たせる、といった。そう、保たせる、と」

ウィルは無言のまま、穿つような視線を返す。

「ところで、おたくらジオX社の本来の業務は、対小惑星シェルター都市の建造と運営だ。そして、実際にいま、二〇九九年に間に合わせるように建造が進んでいる。ぼくも仮定の話をさせてもらうけど、仮に2029JA1がほんとうに地球に激突するとなっても、何千人か、何万人かは、地下にあるそのシェルター都市で生き延びることができる。だが、地上に取り残される大多数は死ぬ。この場合、現実問題としておたくらにとって重要なのは、その大多数が人として美しく命を全うすること、じゃないよね」

冷ややかな沈黙を挟み、

「最後までお行儀よくしててくれること、だよね。間違っても暴徒化して、シェルター都市に押し寄せて来ないように」

「ひどい言い掛かりだ」

色をなして抗弁するウィルに、数海がさらに畳みかける。

「だからルキくんのことを救世主だと信じ込ませ、地上に残される人たちの希望をつなぎ止めておけば、シェルター都市の運営に支障が及ぶリスクを抑えられる。まあ、どこまで本気かわからないけど、使えるものは使っておこ」

声がとつぜん途切れた。

数海の姿がない。

どこにもない。

「数海?」

しんと静まり返っている。

システムがマルチユースの負荷に耐えきれなくなって強制ログアウトしてしまったのか。

「マイメンター、ログイン」

しかし、唯の声に反応して目の前に現れた映像は、ログイン継続中を示している。システムは正常に動いている。

「数海っ！」

なのに数海マサトだけが消えた。

「数海……」

身体が震えてくる。

目を伏せたウィルの口元に、微笑が浮かぶ。

「ウィル……数海になにをしたの」

おそらく、このウィル・ヤングマンのケシンには、マイメンターのシステムにおいて特別な権限が付与されている。

「わたしの数海を返してっ」

「なんのことでしょうか。私はなにもしていませんが」

とぼけるように目を丸くする。

「ウィル、唯のいうとおりにしてあげて」

「ルキ、私はほんとうに――」

「ウィル」

ルキの声が鋭くなった。

「唯を悲しませることは、僕が許さない」

ウィルの顔に、怯むような気配が過ぎる。そして、小さく首を横に振ると同時に、唯の座るソファの隣に数海マサトが現れた。

「数海っ！」

唯は危うく飛びつきそうになる。

「え、なに、どうかした？」

数海が戸惑っている。

「いま、自分になにが起きたか、わからないの？」

数海がウィルをちらと見て、

「なにか、あったのかな」

唯は思わず気の抜けた笑いを漏らした。

「ウィル、君はもういい」

ルキの声にはまだ怒りが残っている。

「ルキ、わかってほしい。私は君のためを思って――」

「僕は、もういい、といった」

それでもウィルは横目で数海を睨んでいたが、ようやく諦めが付いたのか、ふっと空中へ消えた。

「ごめんね、唯」

ルキの顔は、いまにも泣き出しそうだった。

唯は立ち上がった。

ローテーブルを回ってルキの隣に座り、その手を取る。

「ルキくん、あなたはこれ以上、ここにいちゃいけない」

第六章　ヘルメスの記憶

1

ずいぶん変わったな、と瀬良咲は思った。

　仕事ぶりに特段の違いがあるわけではないが、ちょっとした仕草や動作にも切れがある。アラームに応えて控え室を出てゆくときの足どりなどは弾むようだ。口数は相変わらず少ないものの、受け答えの声はよく響き、眼差しも明るい。以前の臣島レンからは想像できない姿だった。

　ヘルメスから来た少年の素性を知ったせいだろうか。

　夜勤のときにルキの名前を漏らしてしまったことは、瀬良咲にとって痛恨の極みではあったが、臣島レンはけっして口外しないと約束してくれた。あれから話題にしたこともない。それでも、自分だけが知っている情報があるという事実は、自分を取り巻く世界と対峙する力を与えてくれるものなのかもしれない。

　ただ、それが理由だと断定しづらいのは、彼の様子が変わったタイミングが少しずれているからだ。咲がはっきりと変化を感じたのは、ルキのことを漏らした夜を境に、ではなく、しばらくして臣島レンが珍しく休暇を取った直後だった。休暇明けの朝、挨拶を返してきた彼の声と表情が、別人のように活き活きとしていたのだ。休暇でなにかあったのか尋ねたいと思いながらも、なんとなく言い出しにくいものを感じて、聞きそびれていた。

「ねえ、臣島くん」

機会が巡ってきたのは、ともに日曜出勤していたその日、午前のルーチンを済ませ、ほかの同僚たちと一息ついていたときだった。みなも咲と同様に感じていたらしく、臣島レンの変化が話題に上ったのだ。その流れに乗って咲はようやく、

「なにかいいことでもあったの」

と口に出せた。

臣島レンは、そう聞かれるのを待っていたかのように目を輝かせたものの、結局はいつものように言葉を濁《にご》してはぐらかし、咲を落胆させたのだったが。

同僚たちの話題はすぐ次へ移り、公私にわたる愚痴大会へと突入した。その間、臣島レンは興味なげにうつむいていたが、無言の口元は笑っているようでもある。咲の視線を感じたのか、彼がつと目を上げるとほぼ同時に、控え室の電話機が鳴った。

近くにいた同僚が受信ボタンを押してマイクに向かい、

「POMハウス〈ラムダの園〉第三フロアです」

『お仕事中、たいへん恐れ入ります。宮木と申します。瀬良咲さんはいらっしゃいますでしょうか』

スピーカーから聞こえた声に、咲はあわてて受話器を取った。ごめん、と同僚たちに目で合図しながら廊下に出る。原則として職務中の私用電話は禁止だが、向こうからかかってきたものに限り、短時間かつ職務に支障を来さないことを条件に大目に見られていた。

「瀬良です」

咲の知っている宮木といえば、ルキに付いているジオX社の社員だ。緊急の用件以外では職場に電話しないよう伝えてある。ということは……。

『お仕事中に申し訳ありません。じつは、ルキさまが唯さまとお部屋を出られて、行方がわからなくなりました』

事情が吞み込めない。

「どういうこと、ですか」

たしかに、きょうは唯がルキを訪ねることになっていたが。

『お二人だけでお話ししたいとのことでしたので、私どもは一階のロビーで待機しておりました。唯さまがお帰りになるときは知らせていただけるはずでしたが、一時間ほど過ぎても連絡がなく、お部屋に電話をしても応答がなかったため、中を確認したところ、すでにお二人の姿はなく――』

「ホテル内にはいないのですか」

カフェテラスにでも行っているのでは、と思いかけたが、そのくらいは宮木たちがとっくに調べているだろう。

『地下からタクシーに乗り込むお二人の姿が防犯カメラに映っておりました』

「だれかに連れ去られたのではないのですね」

『映像で確認できたのは、お二人の姿だけです』

とりあえず犯罪に巻き込まれたわけではなさそうで、胸をなで下ろす。

「唯の電話には？」

『なんどもかけていますが、出ていただけません』

地下から出たのは、宮木たちに見つからないようにホテルのロビーを避けたということか。

つまり、二人は抜け出したのだ。

『行き先にお心当たりはございませんか。あるいは、唯さまからなにかご連絡は』

「いえ、とくに……」

『警察へ通報したほうがよいかと考えますが、いかがいたしましょうか』

「……どうして警察に」

『一刻も早く安否を確認する必要があるかと』

なにを大げさな、と呆れた。

「大丈夫でしょう。唯がいっしょなら心配いらないと思います」

不自然な間が空く。

『かしこまりました。では、もし連絡がありましたら、必ず私どもへもご一報ください』

わかりました、と答えて通話を切った。

どうにも違和感ばかりが募る。

二人が意気投合して出かけたのなら、咲としては喜ばしいくらいだが、宮木たちに断りなく、というのは気にかかる。

でも、唯のことだ。

なにか理由があるに違いない。

2

潮の香りにのって繰り返される波音が、張りつめていた神経をほぐしてくれる。快晴の空を写し取ったような海面のあちこちで、太陽の光を浴びた波頭がきらめく。海水浴のシーズンはとうに過ぎているが、人出は少なくない。家族連れやカップル、友人同士のグループが、思い思いに波打ち際を楽しんでいた。

「どう？　初めての海は」

「すごい。地面に空が広がってるみたい」

白い砂浜には板張りの遊歩道が設えてあり、いま唯とルキはそこに立っている。はるか左右の岸からは、突堤と離岸堤が両腕のように伸び、沖合の荒波から人工ビーチを守っていた。

「わたしもここに来るのは初めて」

「唯も海を見たことがなかった？」

「そうじゃなくて、この公園が初めてって意味」

勢いでホテルを飛び出してしまったが、後悔はしていない。宮木たちに摑まると面倒なので、地下からタクシーを使った。都心の大きなホテルならば、たいてい地下駐車場に自動走行タクシーが待機している。地方とのインフラ格差を痛感するところだ。

海を見たいと言い出したのはルキだった。それならばとタクシーから地下鉄に乗り換えたのだが、ルキにとっては電車を使うのも人混みの中に身を置くのも初めての体験だったのだろう、最寄り駅に降り立ったときにはふらふらになっていた。そこからさらに三百メートルほど歩き、ようやくたどり着いたのが、この海浜公園だ。整備されたのが十年ほど前で、デートスポットとして少しだけ話題になったのを覚えていた。

「唯」

「うん？」

「これから、どうする」

ホテルで渡された呼び出し用のデバイスは部屋に置いてきた。あそこに戻るつもりはない。

「ルキくんは母と暮らすことになると思う。まだ仕事中だから知らせてないけど、事情を話せば反対はしないはず」

「僕が咲といっしょに住む？」

「でも、きょうは時間が遅くなるから、わたしのうちに来て。明日、母のところに送ってあげる」

「また会える？　さっきの、あの、かっこいい……」

唯はうなずいて、

「気に入ったんだ、数海のこと」

ルキが小さな男の子のようにはにかんだ。

「それからね」

と唯は言い添える。

「あなたは、たぶん、わたしの弟になる」

「唯が、姉さん？」

「そう呼んでくれていいよ」

3

「とにかく無事でよかった」

涙がこぼれそうになって自分でも驚く。宮木には強気なことをいったが、内心では不安だったようだ。

「唯ちゃんのことだから大丈夫だとは思ってたけど」

咲が仕事から帰宅すると、待っていたかのように唯からの着信音が鳴り、一部始終の報告を受けたのだった。

「部屋、狭いでしょ。寝るところ、あるの？」

『なんとかするよ』

きょうの唯の声には、憑き物が落ちたような清々しさを感じる。

「こっちも準備しておくから、気をつけて来てね」

通話を切るなり振り返った。

「ルキくん、きょうは唯ちゃんのアパートに泊まるって。二人とも無事」

「よかったな」

沙薙は相も変わらず無表情だが、目元が心なしか柔らかい。

「それで明日、二人でここに来てくれるんだよ」

こんなに胸の躍る夜は久しぶりだ。

「あ、そうだ。あなたのこと、教えておかなきゃ。二人ともびっくりして腰抜かしちゃう」

なにも知らずにドアを開けて沙薙と鉢合わせしたらどんな顔をするだろう。それはそれで見てみたい気もする。

「そうそう。これも忘れないうちに」

咲は、気持ちを高ぶらせたまま、宮木に電話をかけた。

「いま唯から連絡がありました。二人とも無事だそうです」

『それはなによりでした』

言葉のわりに声が硬い。

『迎えをやりますので、居場所を教えていただけますか』

「それには及びません。ルキは、このままこちらで引き取ります」

『しかし、ルキさまの状態がまだ万全では——』

「ルキの教育係にウィル・ヤングマンのケシンを使うなんて聞いてませんよ」

つい声がきつくなった。

『申し訳ありません。それほど気分を害されるとは思い至らず』

「いままでしていただいたことには感謝しています。ですが、これからは、わたしたちがルキを守ります」

『お待ちください。私どもの——』

「もうルキのことは心配いりません。唯が付いてますから」

口調を和らげていうと、電話口が静かになった。

伝えるべきことは伝えたのだ。

通話を切ろうとしたとき。

『率直に申し上げます』

聞こえてきた声の切実さが、咲の手を止めた。

『私どもが身の危険を懸念するのは、唯さまなのです』

＊

「さあ、報告は済んだ」

唯は、すっきりした気分でルキと向き合う。

「どこかでおいしいもの食べてから、買い物して帰ろ。なにか食べたいもの、ある？」

＊

なにをいっているのだ。

「ルキが唯に危害を加えるとでも？」

『必ずそうなる、というわけではありませんが』

宮木の口振りには、まだ躊躇いがある。

「構いません。はっきりいってください」

数秒の間をおいて、息を吸う気配が伝わってきた。

『ルキさまがヘルメスでの記憶の一部をなくされていることはご存じかと思います。その記憶がもどったとき、ルキさまがどのような精神状態になるのか予測が付かないのです』

咲の中で嫌な感覚が広がる。

「……ヘルメスで、なにがあったというのですか」

『いまから申し上げることは、社内でも極秘扱いになっており、一部の者にしか知らされていません。どうか、そこはお含み置きください』

＊

ルキが夢中で頬張っているのは、肉のパテにマスタードとケチャップを添え、ピクルスと刻んだタマネギを重ねた、ごく普通のハンバーガーだ。どうしても食べてみたいものがあるというので、なにかと思えばこれだった。

「宮木さんにいえば、すぐ買ってきてくれたのに」

ルキがなにか言い返したが、口の中がいっぱいで聞き取れない。

唯は思わず笑みをこぼす。

「おいしい？」

子供みたいにうなずいた。

＊

『最初にお断りしなければならないのは、正確なことはいまもわかっていない、ということです。あくまで、判明した事実から推測される仮説に過ぎません。よろしいでしょうか』

はい、と咲は答える。

『食糧生産システムが崩壊した時点で、ヘルメスには二百名が生存していたと思われます。我が社が発表したプレスリリースを読めば、その二百名は餓死により全滅したと受け止める方が多いかと思いますが、それは事実とは異なります。墓所として使われていた第一層を除き、ヘルメス内で発見された遺体の大半には、何者かによって殺害された痕跡が認められました』

「殺害……」

『ただし、いずれの遺体にも、争った形跡はありません』

嫌な感覚が、少しずつ輪郭を持ちはじめる。

『この事実から、二つの仮説が導き出されます。一つは、運命を悟った住人たちが、苦しみを早く終わらせるため、いわば組織的な自死を決行したというものです』

「互いの了解の上で、住人が住人を殺していったと？」

『この場合、ルキさまは最後の一人となったために、だれにも殺されることなく生き残ったと考えられます。ルキさまが実際にだれかを手に掛けたのかどうかはわかりませんが、凄惨な地獄絵を目の当たりにしたことは間違いないでしょう。ヘルメスでの記憶が完全にもどらないのも、心を守るための防衛反応なのかもしれません』

嫌な感覚はますます強くなり、目を背けたくなるほどはっきりと姿を現してきた。

「……もう一つの仮説は？」

間が空く。

「話してください」

『生き残っていたヘルメスの住人二百名のほとんどが、ルキさま一人によって殺害された可能性があります』

*

「おかえり。遅いから心配したよ」

自宅アパートのドアを開けると、数海がほっとした顔で出迎えてくれた。

「ごめん。いろいろ買い揃えるものが多くてね」

「やあ、ルキくん。さきほどはどうも」

「こ、こんにちは」

「どうぞ入って。ホテルの部屋に比べたら狭いけど、いままでが広すぎたんだから、がんばって慣れてね。今夜はわたしのベッドを使ってくれていいから」

「唯は？」

「毛布にくるまって床で寝るよ」

「僕が床で寝る」

唯がルキに向き直り、

「姉さんなりの厚意なんだから、素直に受け取りなさい」

と語調を強めると、急に神妙な面もちになった。

「……はい」

「よろしい」

唯はにこりと表情を崩す。

「シャワーの使い方、わかるよね？」

＊

「なぜルキがそんなことをしなきゃいけないんですかっ。そもそも二百人も、ルキ一人でできるわけが……」

『抵抗されれば不可能です。しかし、住人たちが自らそれを望んだとしたら、そしてルキさまもその願いを聞き入れたとしたら』

咲は乱れる感情を抑えようと目を瞑る。

『ルキさまのご両親、瀬良航さまと紺野ゆかりさまが早い時期に亡くなっていたことはすでにお伝えしたとおりですが、実は、お二人の遺体は墓所である第一層に安置されていたのではなく、第十層の医務室にある大型冷蔵庫の中で発見されました』

宮木の言葉は容赦なく流れ込んでくる。

『お二人の遺体はほとんど腐敗せずにミイラ化していたため、死亡時の状況を具体的に特定できました。その結果、瀬良航さまの死因は脳挫傷で、全身に暴行を受けていたことが確認されました』

足下がぐらりと揺らぐ。

「……兄の死因は不明だと伺っていました」

『申し訳ありません。私どもも迷ったのですが、お伝えしないほうがよいと勝手に判断してしまい、そのようなことに。お許しください』

咲はなんと応えればよいのかわからない。

『続けて、よろしいでしょうか』

はい、と声を絞り出す。

『紺野ゆかりさまは、暴行を受けることはなかったようですが、出産時に多量の出血をした痕跡が認められ、それが命取りになったと思われます』

「なぜ二人がそんなことに……」

宮木が、ここからは私どもの推測ですが、と前置きをして、

『瀬良航さまは、紺野ゆかりさまの妊娠が判明したとき、地上へもどることを決断されたのではないでしょうか。医療設備が十分でなく、医師も助産師もいないヘルメスでは、ただでさえ母体への負荷

の大きい出産がきわめて危険なものになるのは明白です。母子の安全を最優先すれば、地上へもどるのは当然の選択ですが、ヘルメスの住人たちは、そうは考えなかった』

　咲は目を開ける。

『赤ん坊の生命に関わることですから、瀬良航さまも拒まれるとは思っていなかったでしょう。しかし、ヘルメスのコミュニティは、地上の世界が小惑星の落下によって滅ぶという前提で成り立っていたと思われます。その前提を真っ向から否定する行為など、残される住人たちにしてみれば受け入れられるはずもありません』

　ふたたび間が空く。

　咲の様子を気遣っているのだろう。

「続けてください」

『住人たちを説得できないとわかると、瀬良航さまは紺野ゆかりさまを連れて密かにヘルメスを脱出しようとしたはずです。しかし、それが失敗し、住人に見つかってしまった』

　咲は、いますぐ通話を切りたいという衝動に耐えた。

『紺野ゆかりさまは、ヘルメスの住人にとって、精神的支柱に近い存在であったようです。一方で瀬良航さまは、直前になってヘルメスに留まることを選択された方です。ほかの住人からすれば、部外者も同然だったでしょう。その部外者が、自分たちの崇める女性を妊娠させたあげく、地上へ連れ去ろうとしている。その現場を押さえた彼らが憎悪を爆発させたとしても、おかしくありません』

「それで、兄は殺されたと……」

『まだ墓所のことなど想定する時期ではなかったため、とりあえず腐敗を防ぐ必要から遺体を冷蔵庫に入れたものの、あらためて墓所に移すこともできず、そのままになってしまったと思われます』

嗚咽がこみ上げてくる。

『ただこれは、けっして計画的な殺人ではなく、集団心理の暴走の果てに起きてしまった事故のようなものではなかったかと。瀬良航さまの死亡推定時期は、ヘルメスとの通信が途絶えた時期と重なります。この件によって、ヘルメスは地上との繋がりをすべて断ち切らざるを得なくなったのです。露見すれば、間違いなく閉鎖されることになりますから』

「……彼女のほうは」

『その後の時間をどのようなお気持ちで過ごされたのか、想像するだけで心が痛みますが、紺野ゆかりさまは、ルキさまを産んでから、後を追うように亡くなりました。紺野ゆかりさまの病態は深刻で、たとえ住人に彼女を治療する意思があったとしても、ヘルメスの医療設備では手の施しようがなかったと思われます。彼女の遺体を瀬良航さまと同じ冷蔵庫に入れたのは、せめてもの罪滅ぼしのつもりだったのかもしれません』

「ほかの亡くなった人たちと同じように、形だけでも弔ってくれればまだしも、冷蔵庫に押し込んでそれで罪滅ぼしだといわれても納得などできません」

『そうですね。言葉が不適切でした。すみません』

宮木に悪気はない。むしろ親身になってくれている。それは咲にもわかる。

「兄たちの最期に関するかぎり、あなた方の仮説が真相に近いのかもしれません。だとしても、なぜルキが住人を殺さなければならないのですか。両親にされた仕打ちの報復をしたとでも？」

『ルキさまは住人たちの手で育てられました。おそらくは、ヘルメスの日常食を水に溶かしたものをミルク代わりにして。しかしヘルメスの住人にとってルキさまは、自らが犯した罪を強く意識させる存在だったはずです。ルキさまが地上で目を覚ました直後の会話の習熟度から推測するに、腫れ物に触れるような扱いではなかったかと。その一方でルキさまは、ヘルメスにおける希望でもありました』

「希望……？」

『ルキさまを除くヘルメスの住人は全員、当時すでに中高年者であり、日々老い衰えていく段階に入っていました。彼らにしてみれば、新たに生まれた命であるルキさまは、未来を感じさせてくれる唯一の存在でもあったはずです。つまり、ヘルメスの住人たちにとってルキさまは、罪と希望、両方を同時に象徴する、きわめて特殊な存在だったと考えられます』

原罪と救済というわけか。身勝手な。

『最期を悟って精神的にも極限状態まで追い詰められた彼らが、真実をルキさまに告白して許しを請い、ルキさまの手で裁かれることを望む心理状態に陥ることは、じゅうぶんあり得ます。その際、冷蔵庫にあるお二人の遺体を、ルキさまに見せたかもしれません』

「そんな、むごいことを……」

『私も、そこまでしたとは考えたくないのですが』

「それでもルキが住人を殺したとする根拠にはならないでしょう」

『殺害に当たっては、医療用のメスやハサミ、理容室に置いてあったカミソリなどで頸動脈を切るという方法が用いられたと思われます。調査隊に発見されたとき、住人たちは、乾いた血の海の中で、並んで横たわっていました。そして』

無言の数秒が流れる。

『シャトルで発見されたルキさまも、全身が血にまみれていたと報告されています。DNAを調べたところ、ルキさまの血ではなく、複数の住人の血液が混ざったものでした』

咲は、ほとんど止まりかけた思考にむち打つ。

「凶器の刃物にも、ルキの指紋が残っていたのですか」

『……付着したおびただしい血液のせいで、だれの指紋も検出できなかったとのことです』

宮木の声音が微かに弱くなったが、咲は気づかないふりをした。

『実際問題として』

取り繕うように語調を改める。

『仮にルキさまがほんとうに二百名を殺害していたとしても、法で裁くことはできないでしょう。証拠は十分ではなく、現場を目撃した証人も生き残っていません。なにより無意味です。私どもの関心もそこにはありません。私どもの懸念は、この出来事によってルキさまの心がどのような影響を受けたのか、そしてその記憶が蘇ったとき果たして正気を保てるのか、という点に絞られます。ルキさまに提供させていただいたマイメンターのティーチング・モードでも、ヘルメスの記憶の衝撃に耐えられる精神的土台を構築することを最優先目的に設定してありましたが、時間不足もあって十分に達成されたとはいえません。いつ、なにをきっかけに記憶がもどるかわからないのです。そして、二百名の命を奪った記憶が蘇ったとき、ルキさまの精神にどのような変化が起こり、どのような行動となって現れるのか、予測は不可能です。唯さまに万が一のことがないとも限りません。お願いします。いま一度お考え直しください。ルキさまの居場所を教えていただければ、私どもが責任をもってルキさまを保護いたします』

「ルキは怪物じゃありません」

咲は静かに告げた。

「記憶がもどることで彼に危機が訪れるなら、そのときこそ、わたしたちが傍にいてあげなければならないんです」

＊

「ルキくんなら、もう寝てるよ」

『そう……』

拍子抜けしたような、それでいてほっとしたような声だった。

「さすがに疲れたんだろうね。こんなふうに外で過ごしたのは初めてでしょ」

『それならいい』

「どうしたの。急用なら本人を起こして代わろうか？」

『ううん、そうじゃなくて……』

珍しく歯切れが悪い。

『……なにかの拍子にヘルメスの記憶がもどったら、とてもつらい思いをすることになるだろうから、それがちょっと気になって。ルキの様子に気をつけてあげてね』

「わかってる。あ、そうそう。ルキくんにはわたしのこと〈姉さん〉て呼ばせてるけど、いいよね？」

ようやく母が笑った。

『もちろん』

唯の口からも、ふっと息が漏れる。

「でも、ほんとにこれでよかったのかな。宮木さん、怒ってたでしょ」

『というより、心配してたよ。宮木さんも悪い人じゃない。ルキのことを親身に考えてくれてる』

「そうだね。次に会うことがあったら謝るよ」

素直な気持ちで母と言葉を交わせる。それがこんなに心地いいものだったとは。

『じゃあ明日、待ってるね』

「もういいの？」

『え』

まだなにか話したがっているように感じたのだが、思い過ごしか。

「なんでもない。また明日ね。おやすみ」

母との通話を終えると、長い一日にやっと区切りがついた気がして、肩の力が抜けた。

「落ち着いた？」

「あなたはほんとうに、適切なタイミングで適切な言葉をくれるよね」

あらためて数海に向き直る。

「きょうはありがとう。出張までしてくれて」

「唯が呼べば、ぼくはどこへでも行く。途中、ちょっとカッコ悪かったけど」

「仕方がないよ。相手が相手だもん。あんなの反則だよね」

ルキは隣の部屋で熟睡している。いま唯がいるダイニングとはドア一枚で隔てられている。聞かれる心配はないと思うが、唯は声を潜めた。

「数海は、ルキくんのことを警戒したほうがいいと、いまでも思ってる？」

「唯は、そうでもないみたいだね」

「よくわからない。ただ……」

ルキが眠る部屋に目をやる。

「……弟がいるというのも、悪くないものだなって」

第七章　ルキ

1

天にも昇る心地とはこういうことか。

瀬良唯は、接眼レンズから目を離して、真っ白な天井を仰いだ。急に不安に駆られ、もう一度レンズを覗く。

見間違いではない。

コンタミでもない。

未同定菌ＦＮ３５株が、寒天培地上に、これまでに見たことのない構造物を形成している。

接眼部をデジタル解析装置に切り替えると、実体顕微鏡の複眼レンズから取り込まれた画像データが、たちまち立体モデルとなってモニターに映し出された。

唯は解析装置のコントローラーを操作して構造物の形状を観察する。

首長の壺を思わせる褐色の構造物。

切片標本をつくって内部を確認するまで断定はできないが、まず間違いなく、ＦＮ３５株の有性生殖器官だ。

口元に笑みが広がる。

ついに目覚めさせてやった。

2

ドアの開く音に続いて、

「ルキ！」

唯の陽気な声が咲のところまで届いた。

満面の笑みが目に浮かぶようだ。

「元気にしてた？」

「うんっ」

返すルキの声もとびきり明るい。

「わたしの部屋、きれいに使ってる？」

「毎日掃除してる」

「よろしい」

騒々しい物音とともにキッチンに入ってきた。いつものショルダーバッグを肩から提《さ》げている。

「おかえり、唯ちゃん」

「ただいま。いい匂い！」

咲の手元をのぞき込んで、

「なにか手伝おうか」

「その前に手を洗ってきて」

「はあい」

素直な返事を残してキッチンから出ていく。

「わあ、沙薙も久しぶり。相変わらず可愛いね」

「ご機嫌だな、唯。いいことあったのか」

「まあね」

唯の声を聞きながら目をもどすと、ステンレス鍋でぐつぐつと音を立てる肉と野菜が涙で滲んだ。自分の人生に、こういう日々がふたたび巡ってくるとは。

「咲、悲しいのか」

振り向くと、ルキが目元を曇らせて立っていた。

咲は笑顔を見せて、

「ううん、うれしいの」

「咲はうれしいと泣くのか」

「うれしすぎて涙が出ることもあるんだよ」

ルキが自分を納得させるようにうなずく。

「なら、いい」

「さ、唯ちゃんも到着したし、カレーももうすぐできるし、ルキ、お皿を出してくれる？」

＊

「起きてる？」

囁くような声が聞こえ、咲は目を開けた。

常夜灯の弱い光の中を、布団の擦れる音が舞う。

「起きてるよ」

「少し話していい？」

「もちろん」

唯の部屋はいまルキが使っている。だから唯が帰省したときは、咲と同じベッドに並んで寝ていた。かなり狭いが、床で寝るよりはましだ。

「ルキはまだ〈咲〉って呼ぶんだね、お母さんのこと」

「こっちでの生活が始まったころ、ルキが聞いてきたことがあってね、わたしのことをなんて呼んだらいいかって。たぶん、唯ちゃんのことを〈姉さん〉と呼ぶようになって、わたしの呼び方も変えたほうがいいのか迷ったんじゃないかな」

「でも変えなかったんだ」

「ルキの好きな呼び方でいいよっていったから」

「わたしも〈唯〉のままのほうがよかったのかな」

「唯ちゃんはどうなの。名前で呼ばれたかった？」

「わたしは〈姉さん〉のほうが好きかなあ」

「だったら、それでいいんだよ」

「そっか。うん」

唯の言葉が途切れたが、眠る様子はない。

「ルキも新しい生活にだいぶ慣れてきてね。きょうのカレーの材料だって、ルキが一人でバスに乗って買ってきてくれたんだよ」

「へえ、すごいなあ」

「勉強もよくやってる」

「VRのフリースクールだっけ？」

「成績もけっこう優秀なんだから」

「頑張ってるんだ、あの子も」

「そういえば、唯ちゃんもいいことあったんでしょ？」

「うん？」

「沙薙と話してたのが聞こえて」

「ああ、あれ」

短く笑って、

「学位論文に必要なデータがそろった、やっとね」

「そうなんだ。おめでとう。よかったね」

「大変なのはこれからだけど。急いで論文にまとめなきゃいけないから」

「唯ちゃんなら大丈夫だよ。絶対大丈夫」

「うん……」

また静かになった。

沈黙が続く。

息遣いも聞こえない。

「……ありがとう、お母さん」

詰まるような声が、うす闇に染みる。

「唯ちゃん……」

「おやすみ」

唯が寝返りを打って背を向けた。

3

ルキと暮らした日々は、咲の人生に、短くも奇跡のような時間をもたらしてくれた。

ジオX社の宮木から連絡を受けた翌日。咲の前に現れたルキは、長距離の移動で疲れ気味ではあったが、その顔は小さな偉業を成し遂げた子供のように輝いていた。ルキといっしょに来た唯は、自分の部屋をルキに使わせるために、残っていた私物を処分していった。唯のルキへ向ける眼差しからは、猜疑の色が消えていた。それが咲には、なによりうれしかった。さらに、唯から聞いてはいたものの、実際にルキが唯のことを〈姉さん〉と呼び、それに唯が普通に応えるところを目にすると、胸がいっぱいになった。

沙薙の外見と不愛想なキャラには最初こそ戸惑っていたが、ルキも順応するのは早く、咲が仕事で出ている間はよく二人で話していたようだ。沙薙は咲のアカウントで作ったケシンなので、咲のいないところでルキと二人で話し込むというのは妙な感じもしたが、そのあたりは柔軟に運用されているということなのだろう。

ルキの学習支援としては、ケシンのティーチング機能を使うことも考えたが、そのためにはルキ用のケシンを新たに作らなければならず、咲のアパートの装備では難しい。そこで次善の策として、仮想空間のフリースクールを利用することにした。これなら個人に合わせたシラバスを組むことができるし、ＶＲヘッドセットさえあれば特別な装備も必要なかった。

唯も折を得ては顔を見せてくれるようになった。唯が来る日は必ずカレーライスを作った。唯の大好物だったからだ。もっとも、それは唯がまだ小さかったころの話で、本人もいわれて初めて思い出したらしいが。

唯、ルキに沙薙を交えた四人でおしゃべりをしながら笑っているときなど、こんなに幸せでいいのだろうかと感じることさえあった咲だが、けっして宮木の警告を忘れていたわけではない。むしろ、細心の注意を払ってルキを見守っていた。だからこそ、ルキはヘルメスの記憶を失ってなどいないのではないか、と思うに至ったのだ。

といっても、決定的な証拠があるわけではなく、積み重なった小さな違和感から導き出した推測に過ぎない。たとえば、ふとした瞬間に見せた暗く冷たい眼差し。ときおり深夜に聞こえてきた、悪い夢にうなされているような呻き声。冷蔵庫から肉を出すよう頼んだときに過《よぎ》った怯んだ表情。いつも料理を手伝ってくれるが、刃物を手にすることだけは拒んだ頑なさ……。

むろん、それだけで断定はできない。本当に記憶を失っていて、無意識のうちに身体が反応してしまった可能性もある。

だが、もしも、と咲は考えずにいられなかった。

ルキがヘルメスでの出来事を何一つ忘れていなかったとしたら。そして、すべてを一人で背負ったまま、地上での日々を過ごしていたとしたら。

いったい、どれほどの苦しみと悲しみ、孤独に耐えなければならなかったのだろう。わたしたちとの生活は、そんなルキの慰めに僅かでもなれたのだろうか。むしろ自分を偽りつづける緊張を強いただけではなかったのか。もっとしてあげられることがあったのでは……。
いまとなっては、確かめるすべもない。

＊

自分が地上で長くは生きられないことはわかっていた。

＊

ルキが体調を崩していることは母から聞いていた。微熱と倦怠感に続いて咳が出はじめたため、近所の医者に診せたところ、風邪だといわれた。生活環境が大きく変わったせいで疲れが溜まったのだろうと母はいった。

ルキが入院したとの報せを受けたのは、それから一週間ほど後だった。母が仕事に出ている間に熱が四十度まで上がり、起き上がれなくなったのだ。幸いにしてセキュリティモードに入っていた沙薙が緊急事態を察知し、ただちに救急車を要請して事なきを得た。唯も心配ではあったが、それほど深刻には考えなかった。ルキは、麻疹など重篤な病気を引き起こすウイルスのワクチンは一通り接種しているが、数百種類ともいわれる風邪ウイルスのほとんどには免疫がない。しばらくは風邪にかかりやすい状態が続くと思っていたからだ。とりあえずルキの容態は安定しているとのことで、唯に「大丈夫。しばらくしたら退院できそう」と報告する母の声も落ち着いていた。

これはただ事ではない、と初めて感じたのは、ルキがサンテ藤堂記念病院に転院したと知らされたときだ。ルキの症状がいっこうに改善せず、地元の病院では対応できなくなり、母がジオX社の宮木に相談して手配してもらったのだ。ルキの容態を尋ねても、母が「大丈夫」という言葉を使うことはなくなった。

唯は論文の執筆に追われていたが、胸騒ぎがしてなにも手に付かなくなり、ルキの見舞いに行くことにした。そうしてアパートを出ようとした矢先、母から連絡が入ったのだ。たったいま、ルキが息を引き取ったと。

＊

よくよくあなた方にいっておく。
私の口から出る言葉はすべて真実である。

＊

ジオX社は、ヘルメスの生き残りである十代の少年がウイルス性の感染症により死亡したことを公にし、哀悼の意を表した。このウイルスは地上に広く存在するもので、一般の成人が感染しても軽い風邪症状で済むケースがほとんどだが、少年の場合、ヘルメスでの過酷な生活の影響が身体に残っており、それが思わぬ重症化を招いた可能性があるという。

＊

二〇九九年七月二十七日。あなた方が２０２９ＪＡ１と呼ぶ〈燃え上がる巨岩〉が天空から落ちてきて、あらゆるものを粉砕する轟音とともに大海の底を穿ち、全世界に巨大な地震を引き起こすだろう。その衝撃で地表に無数の穴が開き、ガラスの破片と燃えさかる真っ赤な泥が噴き上がる。煮えたぎった海水は陸地を襲い、舞い上がった塵が空を黒く濁らせる。見たことのないような凄まじい稲光が頭上を駆け、激しい雷が鳴り響くが雨は降らず、地上の植物は傷つき枯れていく。あなた方とあなた方の子孫は、口にする食べ物や水、肺に吸い込む酸素さえ失い、苦しみ、呪い、のたうちながら死んでいく。どれほど泣き叫ぼうが、応える者はない。これはすでに定められた、あなた方の運命なのだから。ただし――。

この結末を回避する方法が、一つだけ残されている。それをあなた方に伝えるために、私はここへ遣わされた。

4

宮木のいうとおりにしていれば……。

もっと早く医者に診せていれば……。

最初からサンテ藤堂記念病院にかかっていれば……。

後悔が際限なく頭の中を巡り、自分でも止められない。

「咲のせいじゃない」

見かねたのか、沙薙が声をかけてくれた。

「ルキには運がなかった。だれにも、どうすることも、できなかった」

それでも咲が言葉を返せずにいると、

「わたしは向こうにいる。必要なときは呼んでくれ」

ふわりと隣の部屋へ消えた。

静まり返ったキッチンに、空っぽのダイニングテーブル。ルキや唯といっしょにカレーライスを食べた日の残像が立ち現れ、彼らの笑い声さえ聞こえてきそうだ。ルキと二人のときも、ここでおしゃべりをした。いろいろなことを話した。ルキは何に対しても眩しいまでの好奇心を示し、知識を吸収しようとした。そんなルキの姿が、どれほど頼もしく映ったことか。あの子の人生は、まさにこれからだったのだ。なのに、わたしのせいで……。


宮木のいうとおりにしていれば……。

もっと早く医者に診せていれば……。

最初からサンテ藤堂記念病院に——。

強く息を吐き出し、首を左右に振る。

だめだ。

こんなことではいけない。いつまでも落ち込んでいては、唯にも心配をかけてしまう。ルキもけっして喜ばないだろう。

前を向かなくては、と顔を上げたときだった。

(……沙薙?)

ふと気配を感じて目を向ける。

「さっきはありがとう。もう大丈夫だから」

と喉まで出かけて、息が止まった。

＊

キーボードを打つ手を止め、疲れた目を宙へ逃がすと、たちまち心が虚ろになる。ルキの死はあまりに突然であっけなく、まだ受け止め切れていなかった。彼の安らかな死に顔も、泣き崩れる母の背中も、脳裏に焼き付いているのに、ルキはいまも元気に母と暮らしている、そんな気がしてならない。

母とは毎日のように連絡を取っているが、なかなか立ち直れないでいるようだ。無理もない。ルキの意識が回復しないころから寄り添ってきたのだ。ともに暮らしはじめてからは息子も同然だったはず。そんな母をどんな言葉で慰めればいいのだろう。

「ねえ、数海」

論文の執筆期間は、集中するために自宅でも一人になり、息抜きするときだけ数海を呼ぶことにしていた。唯が名前を口にすると、いつも数海は待ってましたとばかりに来てくれる。

ところが、このときに限って、呼んでもすぐに現れなかった。

「数海？」

十秒ほど過ぎたところで、広範囲開放型3Dホログラム装置の駆動音が微かに聞こえて、ようやく空中に像を結ぶ。

「遅かったね。なにかトラブルでも――」

悲鳴を上げそうになった。

目の前に現れたケシンは、数海マサトではなかったのだ。

「どうして……」

夢でも見ているのか。

「……どうして、あなたが、ここにいるの」

＊

「だれだ……おまえは」

臣島レンは身じろぎもせずに睨みつけた。

「僕の沙薙を、どこへやった」

いつものように沙薙を相手に自分の考えを吐き出していたとき、とつぜん沙薙が消えた。あまりに静かなので機材の故障かと思っていたら、ふたたび駆動音が聞こえ、顔色の悪い、痩せた若い男が現れたのだ。

「返事をしろよ。聞こえてるんだろ」

男のケシンは、気味の悪い笑みを浮かべながら、なおも無言を貫く。

「マイメンター、ログオフ」

レンが管理者権限で発した指令にも、システムは反応しない。

「マイメンター、再起動」

やはりだめだった。

男が、ゆっくりと、口を開く。

「私の名前は、ルキ」

「ルキ……」

こいつが、瀬良咲のいっていた？

「ヘルメスから、あなた方への伝言を預かってきた」

レンは、目の前で進行していることを、必死に理解しようとした。

「本題に入る前に、自己紹介を兼ねて、少し個人的な話をさせてほしい」

男が目元を和らげた。

「ヘルメスにいたころの私は」

その目が、遠くを見る。

「図書館が好きだった。〈滅び去った世界〉に触れることのできた、唯一の場所だからだ」

第二部

第一章　黙示録の時代

1

「人類は、二〇二九年の警告を、もっと真剣に受け止めるべきだったのだ。あのとき、みずからの行いを省み、悔い改めていれば、このようなことにはならなかった。だが我々は、悔い改めるどころか、貪欲に目先の快楽を求め続け、この星をさらに汚してしまった。いま頭上に迫りつつある2029JA1は、人類への最後通牒である。時間はない。いますぐ行動を起こさなければ、我々は死滅する。では、具体的に、なにをすればいいのか。あなたは知らないかもしれない。しかし私は知っている。なぜならば……」

男がたっぷりと間を溜める。服装は上下とも黒ずくめ。年齢は四十歳くらいか。おそらくアバターではなく、本人の姿を使っている。大した自信だ。

「その夜、私は床にひざまずき、一心に祈っていた。どうか滅亡の運命から人類を救いたまえと。夜の静寂が深まり、自我の境界が溶けて宇宙と一体化する感覚に包まれたそのときだ。眩い光とともに彼《か》の人が、〈ヘルメスの化身〉ルキが、私の目の前にふたたび現れたのだ。おののき震える私に、彼の人は『恐れるな』と微笑み、〈ルキの黙示録〉に欠けていた最後の言葉を、二〇九九年の災禍を生き延びるただ一つの方法を、はっきりと告げた。私はそれを、たしかにこの耳で聞いた。『なぜ私に』と問おうとしたときには、彼の人の姿も、彼の人を包んでいた光も、消えていた」

芝居がかった物言いが、いちいち鼻につく。

「信じてくれとはいわない。私を信じるかどうかは、あなたの自由だ。だが、本気で生き延びたいと、本気で人類を救いたいと願うのであれば、どうか私たちに加わってほしい。いつでも歓迎する。彼の人から告げられた言葉は、そのときに——」

間宮光希《まみやみつき》は、男の空中動画を削除した。

こいつもハズレか。

背もたれをしならせて、暗い天井を仰ぐ。

静まり返った夜の底で、ふと恐怖を覚えた。

（どこにもいないんじゃないか……本物なんて）

小惑星２０２９ＪＡ１が地球に落ちることを予言した、いわゆる〈ルキの黙示録〉は、いまはＡＯＬ（Apocalypse Of Luci）と略称されることも多い。

ルキというのは、地下三千メートルに建造された実験地底都市で生まれ育ち、十七歳でようやく地上へ出てきたものの、長年の過酷な生活が祟《たた》って一年と経たずに病死した悲運の人物だ。死の数日後、現在の〈メタバディ〉の前身ともいうべき〈マイメンター〉において、当時の言葉でいうところの〈ケシン〉となって全ユーザーの前に現れ、二〇九九年七月二十七日の災禍を予言したとされる。その内容を書き起こしたものが〈ルキの黙示録〉だ。

この不可解な現象が起きた原因だが、マイメンターのＡＩがユーザーの集合的願望を勝手に具現化した、というのが定説になっている。当時、生前のルキを二〇九九年の災禍から人類を救う救世主に見立てる風潮が根強くあったのは事実で、ルキの死が報じられたときも、悲嘆の声とともに、奇跡への期待が大きかった。そのような人々の願いに応えるために、おそらくは善《よ》かれと判断し、AIがルキのケシンを生み出した。つまり〈ルキの黙示録〉とは、ネットで収集した情報やユーザーの声をもとにAIが創作したフィクションなのだ。

とはいえ、本人や関係者しか知り得ない内容が含まれていたのも確かである。たとえば、ルキがヘルメスに疑問を持つきっかけとなった書き込みは、実際に図書館に所蔵されていた雑誌で見つかっているが、当時ヘルメスを管理していたジオX社がその事実を公表したのは、何年も後になってからだ。しかし、これも関係者と接するケシンを通じて情報を得ていたとすれば、説明はつく。もちろん、そんな味気ない理屈では納得せず、ルキこそ紛れもなき〈伝令神ヘルメスの化身〉であり、人類に警告するために奇跡を起こしてみせたのだ、と信じる人も少なくなかったが。

その一方で「ヘルメスの住人の大半はルキに殺害された」といった物騒な噂が一部の界隈を賑わせたこともあるが、ジオX社は即座に否定している。

ことほどさように、AIの演出による救世主の〈復活〉は、さまざまな意味で世界中を騒然とさせたのだが、現在まで続く大きな問題も一つ残した。ケシンとなって復活したルキがユーザーに伝えた内容には、人類を破滅から救う肝心の方法が欠けているのだ。そこに言及する直前、マイメンターの全システムが強制終了してルキのケシンが消えてしまい、二度と姿を見せなかったのである。

とんだお預けを食った格好だが、2029JA1が地球に落ちてくる確率が〇・一パーセント未満であるうちは、まだよかった。人々がどのような言動を繰り広げようと、その裏には、どうせ落ちてこない、という安心感があった。

しかし昨年の二月、衝突する確率がいきなり二・七パーセントに跳ね上がると、その安心感が大きく揺らぐ。フィクションであるはずの〈ルキの黙示録〉が、真実としての質量を獲得しはじめたのは、このときからだ。

人類の命運を占う数値は、その後もデータを更新して再計算されるたびに不気味な上昇を続け、西暦二〇九八年十一月現在、巨大小惑星２０２９ＪＡ１が地球と衝突する確率は五・三パーセントと弾き出されている。

2

２０２９ＪＡ１という名称は、あくまで便宜的な仮符号であり、正式名はいまだに付与されていない。たしかに大半の小惑星には正式名がないが、これほど人類に深く関わったものが仮符号のままというのも異例ではあった。理由ははっきりとしない。この不吉な物体に固有名を与えることに関係者が躊躇している、という噂が囁かれたことはあるが、実際のところは不明だ。

そういうわけで〈カドゥケウス〉という呼称も２０２９ＪＡ１の正式名ではなく、ごく一部で通用する俗称に過ぎなかった。

由来は単純だ。

伝令神ヘルメスの化身とされるルキは、２０２９ＪＡ１が地球に落ちて人類は死滅すると予言したが、それを回避する具体的な方法については言及しなかった。これはすなわち、回避する方法はない、という暗示であり、人類への死刑宣告に等しい。その刑の執行者たる小惑星２０２９ＪＡ１を飾る名には、刑の宣告者でもあるヘルメスの持つ杖〈カドゥケウス〉こそが相応しい、というわけだ。

偶然にも、この名が使われるようになってから、地球と衝突する確率が上がりはじめた。新たな名前とともに、新たな力が吹き込まれたかのように。確率が上方修正されるたびに、小惑星衝突による人類社会のリセットを目指すライディーチオ運動は勢いづいた。ついに大願成就へと動き出した手応えに、彼らは熱狂した。

「カドゥケウス、ライディーチオ！」

とはいえ、最新の計算でも五・三パーセントである。二〇二九年に接近したときの衝突確率がほぼ一〇〇パーセントだったにも拘わらず、結局は何事もなく通り過ぎたことを考えれば、まだまだ物足りない。

「すべての者に等しい裁きを！」

それでも臣島レンは、二十五年前にライディーチオ運動に身を投じてから初めて、足下に暗い影の忍び寄ってくるような不安を感じるのだった。

3

間宮光希は、自分が恵まれた境遇に生まれたことを自覚していた。

両親は健在で、二人とも仕事を持っている。

四十九歳になる父は、いちおう財務コンサルタントを名乗っているが、具体的にどのような仕事なのかは、光希にもよくわからない。小学生のころ一度だけ尋ねたことがあるが、

「なにもないところから価値を生み出す簡単なお仕事だよん」

と、ふざけ半分の答えが返ってきただけだった。

父と同い年の母は、大手製薬会社で研究グループの一つをまとめる立場にあるらしい。微生物を扱

ってきたせいか衛生面にうるさく、光希も幼いころから手洗いの習慣を徹底的に叩き込まれた。おかげで、いまでも滅多に風邪を引かない。

そんな両親と暮らすのは、高層マンションの十五階だ。4LDKのゆったりとした屋内は一年中空調が利き、ベランダからの眺めも悪くない。もちろん光希にも自分の部屋があり、晴れた朝に窓の遮光モードをオフにすれば、朝日を好きなだけ浴びることができる。

在籍する総合第九高等学校へはパーゴで通う。パーゴとは一人用自動走行車の通称で、十五歳以上ならば免許も不要だが、国に申請して専用IDを取得しなければ公道システムに繋げない。つまり車両を起動できない。そのIDの取得も簡単ではなく、抽選制となる一般申請の倍率は優に十倍を超える。確実に取得したいときは特別申請という手もあるが、こちらは登録料が桁違いに高く、経済的によほど余裕のないかぎり使えない。そして光希は、この特別申請によってパーゴの公道IDを速やかに入手できた口なのだった。

いまの時代、オフラインの学校に通うのは比較的裕福な家庭の子がほとんどだが、パーゴを使っているのはそのうちの三割ほどといわれている。残りは家の車で送迎してもらうか、バスなどの公共交通機関を使う。自転車で通学する者もいるが、ごく少数だ。その数少ない一人に、多村一星《たむらいっせい》がいた。

彼の家は裕福ではないようだが、最高レベルであるS級の奨学金を獲得して〈九高〉への入学を果たしている。いうまでもなく成績はトップクラスだ。そして現在、光希が学校でもっとも言葉を交わすクラスメイトが、この多村一星だった。

彼の存在感は、クラスでも独特だ。中肉中背の容姿は平凡の域を出ず、一見すると鈍重でさえあるのだが、周囲から見下されたり軽んじられたりすることはない。だれもが彼のことを敬意を込めて「多村くん」あるいは「一星くん」と呼ぶ。

彼のなにがそうさせるのか、光希にもはっきりとはわからない。不利な環境を実力で跳ね返してきた彼に、自分たちが勝手に引け目を感じているだけだろうかと考えたこともあるが、それだけとも思えない。人の話を聞くときはいつも丸顔に穏やかな表情を浮かべ、真摯《しんし》な眼差しをじっと相手に注ぐ。そんな落ち着いた物腰が、周囲の人間の態度にも影響を与えているのかもしれない。

ただ、みなから一目置かれる彼ではあるが、クラスの輪に入ることはほとんどなく、休憩時間にはたいてい一人静かに本を読んでいる。光希が多村一星と親しくなったきっかけは、そんな彼に、

「なに読んでるの？」

と尋ねたことだった。べつに本に興味があったのではなく、気まぐれな好奇心を起こしただけだ。ほかのクラスメイトは遠慮してか、読書中の多村一星に話しかけることはなかったが、光希の場合、遠慮よりも好奇心が常に勝つ。

そのとき多村一星は、ある新人小説家の名前とそのデビュー作のタイトルを告げたのだが、光希はあまり小説を読まないので、ふうんと流して会話が終わった。数日後、こんどは多村一星が光希の前に立ち、

「読んでみなよ。貸すから」

と、そのとき読んでいた本を差し出した。光希は正直、面倒だな、と思ったが、無下にするのも躊躇われたので、礼をいって借りた。その夜、気が進まないながらも最初のページを開き、冒頭の一行を読んだ瞬間から、時間の感覚が消えた。

翌朝、息せき切って教室に入った光希は、先に登校していた多村一星のもとへ直行し、

「あれ、すんげえ面白かった！」

と叫んだ。すると多村一星も、

「だろっ！」

と教室中の視線を集めるような声と満面の笑みで応えた。

以来、多村一星が勧める本を片っ端から読みながら、光希もお気に入りのアニメや映画を紹介し、互いに感想や意見を、ときに熱く、ときに深く、語り合う関係になったのだった。

波長が合うというのだろうか。二人で話していると、話したいことが次から次へと湧いてきて、いつもあっという間に休憩時間が終わる。放課後は互いにスケジュールが詰まっているので、ゆっくりできない。

「メタバやってる？」

と切り出したのは光希からだ。

「今夜ビジターで話さない？　時間は合わせるから」

メタバディとはかつてマイメンターと呼ばれたＡＩサービスの進化型だが、大きな違いが二つある。

一つは、マイメンターではケシンを一人しか設定できなかったが、メタバディではファーストからサードまで三人のマイバディを設定可能で、気分に合わせて切り替えることができる、という点だ。

そしてもう一つが、ビジター機能だった。

「多村くんとの約束は何時？」

「二十二時」

「どんなアバターを使ってくるんだろうね」

「見てのお楽しみだってさ」

「光希はどうする。まさか、わたし？」

優がいい。

「だよね。やっぱり伯爵《はくしゃく》さまか」

光希がファーストバディに設定しているのは、竜咲《りゅうさき》ライという陽気な女子キャラだ。ゆるい日常系アニメの登場人物で、主人公ではないが、いざというときに頼りになる存在である。なにより声優がいい。

「でも珍しいよね。光希がビジター使ってまで話したがるなんて」

「そうか？」

ビジター機能とは、メタバディのユーザー同士が、互いのところにアバターとして訪問できる機能だ。ただし、その際に使うアバターは、マイバディに設定してあるものから選ばなければならない。だからサードバディを最初からビジター用として設定するユーザーも多い。

「あ、来たみたい」

「時間にも正確だな」

「じゃ、わたし消えるね。ごゆっくり」

光希は、呼び出したキーボードを操作し、ビジターモードに切り替えてから、自分のビジター用アバターとしてサードバディのキャラを選択する。表示された多村一星からの連携リクエストに承認のコマンドを返すと、ほどなく目の前に、やたら古めかしい格好の男が現れた。

多村一星のアバターは、アニメではなく実写のようだ。年齢は四十歳くらいか。身長は百八十センチを超える程度だろうが、痩せているためにはるかに長身という印象を受ける。頬は青白いが、瞳に宿る光はさながらレーザービームで、多村一星の穏和な眼差しとは正反対だ。左右の大きく後退した広い額《ひたい》は、細い顔に知性の輝きを与え、風を切るような鋭い鷲鼻《わしばな》と突き出た顎は、勇気と決断力、そして強固な意志を表している。

「ほんとに、多村くん、だよね？」

「いかにも」

声はたしかに多村一星だが、

「口調が変だけど」

「このアバターを使うといつもこうなる」

「で、だれなの、それ。格好からして、二十世紀のイギリスあたりにいそう」

丈の長い黒いコートの上から、同じく黒のケープを羽織っている。いや、こういうデザインの外套なのか。そういえば、昔の映画で見た気もする。

「いい線いってる。十九世紀末から二十世紀初頭にロンドンで活躍した人物だよ」

「実在の？」

「どうだろうね」

にやりとして、

「これでわかるかな」

どこからか取り出した帽子を、両手を使って目深に被る。奇妙な帽子だった。丈夫そうなウール地で、前だけでなく後ろにも鐔《つば》がある。よく見ると左右の耳当ても付いているが、垂らさずに頭頂部でリボンで結ばれていた。

「さっぱりわからない」

「これならどう」

と持ち上げた左手には、艶やかなパイプが握られている。

それでも反応の鈍い光希に、やれやれといいたげに首を横に振った。

「コナン・ドイルの生み出した名探偵、シャーロック・ホームズだよ」

「実在しないじゃん！」

多村一星のホームズが愉快そうに笑い、

「間宮くんは〈ガロア伯爵〉だね」

「ご名答」

「いいね、その返し」

ガロア伯爵は、光希が多村一星に勧めたアニメに登場する悪役だ。毎日顔を合わせるにはうざったいキャラだが、容姿端麗の上いつも正装なので、ビジター用として重宝する。

「図らずも、いい併《あわ》せになったね。モリアーティ教授と対決してるみたいな気分だ」

多村一星は、空中にサブ画面を出して、相手に自分がどう見えるかを確認しているのだろう。光希もやろうと思えばできるが、気が散るのでこの機能は使わないことにしていた。

「間宮くんは、ビジターをよく使うの？」

「たまにね」

「ぼくは初めてだよ。なかなか楽しいね」

光希は、それはよかった、と応じてから、

「じつはさ」

と本題に入る。このためにビジター機能を使ってまで多村一星と話す時間を確保したのだ。

「前々から、多村くんに意見を聞きたかったことがあって」

「〈ルキの黙示録〉について、かな」

思わず立ち上がりそうになる。

「どうしてわかったの。あ、シャーロック・ホームズってそういうキャラだっけ。推理？　推理した？」

「そんな大げさなものじゃない。ぼくは観察しただけだ」

光希が唖然としていると、

「というのは冗談で」

多村ホームズが口調を崩す。

「ぼくもその話をしたかったから、当てずっぽうでいったまでさ」

「なんだ。びっくりした」

そうか。多村一星も気にしていたのか。２０２９ＪＡ１を。

「カドゥケウス」

「え？」

「小惑星カドゥケウス。２０２９ＪＡ１は、最近、そう呼ばれることもあるらしい。伝令神ヘルメスが持ってる杖の名前だそうだよ」

「単刀直入に聞くけど」

光希はいった。

「そのカドゥケウス、地球にぶつかると思う？」

「現時点での確率は五・三パーセント。どちらかを選べといわれれば、ぶつからない、と答える」

「楽観的だね」

「論理的といってほしい」

「でも、気にはしているってことだよね」

「それはそうだよ。五・三という数字はけっして小さくない。むしろ、人類が滅亡するかもしれないことを考えたら、むちゃくちゃ大きい。それに」

「〈ルキの黙示録〉のこともある」

多村ホームズが深くうなずく。

「あれはＡＩが創作したフィクションだといわれてるけど、たとえそうだとしても、人類の滅亡を予告する文章が広く流布され、その内容に現実がじりじりと近づきつつある。少なくともそう見える。こんな状況をスルーできるほど、ぼくは大人じゃないよ」

「スルーできてない大人も多いみたいだけど」

〈ルキの黙示録〉の空白を埋めようとする狂騒は、老若男女を問わず広がりを見せている。

「多村くんは〈ルキの黙示録〉が本物の可能性はあると思う？」

「書かれている内容が実際に起こる、という意味？」

「いや、そこだけじゃなくて……ＡＩが創作したフィクションではなく、本物の予言書である可能性」

多村ホームズが虚を衝かれた顔をする。

「〈ルキの黙示録〉によれば、人類の滅亡を回避する方法が一つだけ残されてる。具体的な内容はわかってないけど、もしルキの言葉が真実なら、人類を救う方法もどこかにあるはず。それさえ見つければ……」

「間宮くんは、カドゥケウスが落ちてくると思ってるんだ」

「……少なくとも、多村くんほど冷静ではいられないよ」

多村ホームズが、考え込むようにうつむき、

「ぼくは、〈ルキの黙示録〉をあくまでフィクションだと考えてるけど、本物だと思いたい気持ちも理解はできる」

目を上げて光希を見る。

「実際にカドゥケウスが地球に落ちてくる確率がほとんどゼロなら、むしろフィクションであってくれたほうがいい。人類がほんとうに滅亡するなんて、想像もしたくないからね。落ちてこないのなら、回避する方法も必要ないわけで」

光希は、自分の思考がそのまま多村の口から語られているような気がしてきた。

「でも、実際の確率が無視できないほど大きいとなれば、話は違う。〈ルキの黙示録〉をフィクションだとすると、破滅を防ぐ方法も存在しないことになってしまう。逆に〈ルキの黙示録〉を本物だと信じれば、生き延びる方法もあるという希望を持てる」

「馬鹿げてる、と思う?」

多村ホームズが首を横に振る。

「さっきもいったように、気持ちはわかるんだよ。けど、AIは全知全能の神じゃない。AIが既存の情報を使って生成した〈ルキ〉が、巨大小惑星の衝突を避ける方法を知ってるなんて、普通に考えればあり得ない」

「じゃあ、カドゥケウスが地球に落ちるのが確実になっても、ぼくらにはなにもできないってこと?」

「いろいろ対策は練られてるらしいけど……」

「どれも上手くいきそうにないじゃない」

六十九年前の2029JA1第一次最接近以来、巨大小惑星の軌道を変える研究はそれなりに進め

られてきたが、これまでに効果が確認できたのはせいぜい直径数十メートルのものまでで、直径十キロメートルを超える２０２９ＪＡ１に通用する方法は、未だ構想の域を出ていない。それでも現段階での叡智《えいち》を尽くしていくつか計画は立案されたが、技術的に不可能だったり、かえって地球に害を及ぼす恐れがあったり、けっきょく無意味であることが判明したりして悉《ことごと》く頓挫《とんざ》し、実現できそうなものはまだ一つもなかった。

「だからといって、幻にまで縋りたくはない、かな」

光希は感嘆の息を漏らす。

「……やっぱり、一星くんは強いんだな」

「それは違うよ」

多村ホームズの声が重く沈む。

「たぶん、確率がまだ一桁だから、こんなふうに振る舞えてるだけだと思う。これが二桁になり、五〇パーセントを超えても同じ態度をとれるかというと……」

さびしげな笑みを見せる。

「そのときは、ぼくも〈ルキの黙示録〉に最後の希望を託すかもね」

4

連携リクエストのアイコンが点滅を繰り返し、承認を催促している。

臣島レンは、その様をぼんやりと眺めながら、意識を過去へと逃がす。

あの日、沙薙の姿がとつぜん消えてルキのケシンが現れ、後に〈ルキの黙示録〉と呼ばれることになる内容を滔々《とうとう》と語り、そして、彼が最後の言葉を伝える直前、マイメンターのシステムがダウンした。ヘルメス唯一の生き残りのケシンが、いったいどのように生成され、全ユーザーの前に現れたのか。ユーザーの集合的願望をＡＩが成就させたなど有力な説もあるが、完全な解明には至っていない。

結局、マイメンターはシステムの無期限停止を決定し、事実上、サービスは終了した。

後継サービスとしてリリースされた〈メタバディ〉で、レンは沙薙をファーストバディに選んだが、当然のことながら、メタバディで再会した沙薙は以前の彼女ではなく、キャラの基本設定が同じというだけの別人格だった。多くの時間をともに過ごし、自分の鬱屈を受け止め続けてくれたあの沙薙には、もう会えないのだ。彼女のデータは、地上から消えてしまったのだから。

アイコンの点滅はしつこく続いている。

レンの承認を待っている。

沙薙を失ったレンは、ライディーチオ運動にのめり込んだ。そうでもしなければ、精神が破綻しかねなかった。実際、マイメンター終了直後には、心身の不調を訴えるユーザーが世界中で続出し、さながらメンタル・ディザスター（精神災害）の様相を呈したという。

よけいなことを考えないよう、目の前のことだけに集中して一日一日を耐え抜く。そんな歳月を送る中で、いつしかレンは、日本のライディーチオ運動における主要リーダーの一人と見なされるまでになっていた。当初は、ＰＯＭハウス〈ラムダの園〉での勤務を続けながらの活動だったが、次第に組織が整ってきて活動資金の調達にも一定の目処が立つと、同志たちからの強い要望もあり、ライディーチオ運動に専念することを決めた。

連携リクエストのアイコンが消えた。

ようやく諦めたか、と思ったのも束の間、ふたたび現れ、点滅を始める。

そういえば、瀬良咲はどうしているだろう。生きていれば八十歳くらいか。ルキが死んだあとも、変わらぬ様子で仕事をこなしていたが、笑顔はどこか虚ろだった。レンが職を辞することを伝えたときは、涙を流して引き留めてくれた。そのとき彼女に強く摑まれた左腕には、いまも感触が残っている。


レンは、こみ上げる感傷を拒むように首を振り、深く息を吸い込む。時間をかけて吐き切ってから、まだ点滅を続けているアイコンを確認し、承認のコマンドを返す。

バレーボールのような球体が現れ、空中で一回転してから、床にぺたんと降り立った。白くて丸い胴体を支えるのは、直に生えた大きな足。ウサギのような長い耳のほかには、つぶらで愛らしい目があるだけで、口も手もない。最近のアニメにはくわしくないので名前は知らないが、瞳がどこまでも透きとおっていて、底知れぬ純粋さを感じさせる。

「レン、またいつもの病気ですか」

しかし聞こえてきたのは、そんな愛くるしい容姿に似つかわしくない、若い男の声だった。

「病気というな」

レンがメタバディを再開したのは、ビジタ一機能が実装されてからだ。活動上の必要に迫られてのことで、現在もそれ以外で使うことはない。

「責任は果たしていただかないと。あと少しなのですから」

「あと少し、か」

運命の日、西暦二〇九九年七月二十七日まで、残り八カ月あまり。

「その先は？」

冗談だと受け取ったのか、短く笑って、

「そんなものは存在しません」

明るく返してきた。

「で、さっそくですが、レン」

声を改める。

「南九州ブロックの念動集会が決まりました」

「東北に行ってきたばかりだぞ」

「お疲れさまです。しかし、ぜひレンに、と指名で要請が来ているので、ここは是が非でも行っていただきます」

この男はミクラと名乗っているが、本名かどうかはわからない。初めて会ったのは七年前の念動集会のときで、彼は当時まだ十代だったはずだ。レンの手を握りながら涙を流した姿を覚えている。

「確率は順調に上がってきているとはいえ、たった五・三パーセントです。まだまだ足りません。我々の力で、もっと上げなければ。ライディーチオ運動をさらに盛り上げ、一人でも多くの〈念〉を結集し、カドゥケウスを一ミリでも地球に引き寄せなければ。そのためには、レン、あなたの言葉が必要なのです」

レンはため息を堪えて、

「わかった。行くよ」

「よかった」

ミクラが口調をゆるめる。

「では、手配を進めておきます」

「頼む」

「ところで、レン。前から聞きたかったのですが、レンの使ってるそのアバターは、なんというキャラなのですか」

「……知ってどうする」

「正直、最初はちょっと不気味だったのですが、なんども会っているうちにたいへん魅力的に思えてきて、ぜひマイバディに加えたいなと。ご心配なく、アバターには使いま――」

ミクラが言い終える前に、レンは連携を解除した。

5

間宮光希は、朝起きるとまずニュースに目を通し、２０２９ＪＡ１関連の情報をチェックする。この小惑星が地球に衝突する確率という名目で、専門家やアマチュア天文家たちの算出したさまざまな数字が乱れ飛んでいるが、もっとも信頼性が高いとされるのは、国際小惑星監視機構（ＩＡＳＯ）が発表する数値だ。その最新値が明らかになるのは、きまって日本時間の午前二時ごろなので、もしなんらかの動きがあれば、朝にはニュースとして流れているはずだった。五・三パーセントという前回の発表から三カ月以上が経っており、確率はいつ更新されてもおかしくない。さらに上昇するのか。するのならどこまで上がるのか。まさか一気に二桁なんてことは……。逆に、これまでの計算に重大な誤りが判明して、衝突はあり得ない、と修正される可能性だってゼロじゃない。そんな思いを巡らせながらニュースを開いても、たいていはどちらの発表もなく、もやもやとしたものだけが残る。

「一喜一憂しすぎじゃない？」

と竜咲ラライは笑うが、一喜一憂しないほうがおかしい。確率がいきなり二・七パーセントに跳ね上がったときの、ぐらりと地面の揺らぐような衝撃はいまでも覚えている。当たり前に続くと思っていた日常がとつぜん途絶え、自分が大人になる前に死んでしまう可能性が、科学的な裏付けのある、けっして小さくない数字として突きつけられたのだ。それまでと同じ気持ちで過ごせるわけがないではないか。

光希は、自分を含めたこの世界が終わるかもしれないこと、それに対して自分が無力であることが、あまりに理不尽に思えて仕方がなかった。この気持ちをどこへ持っていけばいいのか。思い切り吐き出したくても、その場所がない。学校で話題にはなるが、みな冗談めかした物言いに終始し、不安をそのまま吐露できる雰囲気はなかった。ログの残るネットに書き込むのは論外だし、ならばとマイバディを呼び出して相手をさせても、鏡に向かってしゃべっているような気分になるだけで、すっきり吐き出せたという実感は得られない。

２０２９ＪＡ１は六十九年前にも地球に接近しており、このときは衝突不可避とされていたという。当時の人々がどのような気持ちでその瞬間まで過ごしたのかを調べたことがあるが、２０２９ＪＡ１が発見されたのが最接近のわずか五日前で、心の準備どころか混乱状態のまま当日を迎えたというのが実状らしく、参考にはならなかった。

今回はあと八カ月もある。衝突の確率がさらに上がり続けた場合、はたして精神的に持ちこたえられるのか。正気を保てるのか。光希には自信がない。だからこそ、多村一星とこの話ができるようになってよかったと、心から思うのだ。

二人で話す内容は、小説や映画、アニメなど多岐にわたるが、メタバディのビジターで会うときは、2029JA1すなわち小惑星カドゥケウスに関する話題が半分以上を占めた。五・三パーセントという確率の受け止め方について多村一星が、

「ヒトの祖先が暮らしていたアフリカのサバンナでは、少しでも危険を感じたらすぐに回避行動を取らないと死に直結した。危険を過小評価する個体よりも過大評価する個体のほうが生き延びる可能性が高かった。そういう淘汰圧が働いた結果、人類は危険を大きく見積もる傾向が強くなった。だからぼくたちも、五・三という数字を実態以上に大きく感じてしまう。これは人類が進化の過程で獲得した心理的性質みたいなもので、仕方のないことなんだよ」

と一席ぶてば、光希はギリシャ神話におけるヘルメスがどのような神として描かれているかを語り、

「ゼウスの伝令として天界と冥界を自由に行き来できたヘルメスなら、地下三千メートルくらい余裕のはずだから、地底都市に現れる神としては打ってつけだ」

と熱弁した。

「〈ルキの黙示録〉の欠落した最後の部分には、なにが語られていたと思う？」

と光希が質問を投げたときには、多村ホームズはしばらく黙考してから、

「少なくとも、カドゥケウスに核ミサイルを打ち込むとか、そういうものではなかったはずだよ」

と答えた。

「ぼくらのような一般人でもできる類じゃないと、わざわざあんな形で伝える意味がないからね」

「でも、そんなものがあるかな」

そのあと二人でいろいろとアイデアを出し合ったが、これといったものは見つからなかった。

思いがけない展開は、思いがけないタイミングでやってきた。

「ルキという人は、ずっと地底都市で生きてきて、やっと地上に出られたと思ったら、病気で死んでしまったわけだよね。いまのぼくたちと同じくらいの年齢で。どんな気持ちでこの世界を生きたんだろうね」

と多村一星が語りはじめたときも、心に浮かんだ思いをそのまま口にしただけで、なにかを意図したものではなかっただろう。

「ぼくは〈ルキの黙示録〉をフィクションだと考えてるから、あれに彼の本当の姿が書いてあるとは思ってないんだ。彼が実際にどのような人間だったのか、ぼくたちには知りようがない。虚像ばかりが独り歩きして、かわいそうだよ」

「そうだね」

光希が同感を込めて返すと、多村ホームズは意外そうに眉を上げた。

「間宮くんは〈ルキの黙示録〉を本物の予言書だと信じてるんじゃないの？」

「でも、あれがルキ本人の言葉だとは思ってないよ」

「……そうなんだ」

多村ホームズがゆっくりとうなずいてから、鋭い眼差しで光希を見つめ、

「間違ってたらごめん」

と言葉を継いだ。

「もしかして間宮くん、ルキという人物のこと、なにか知ってる？」

＊＊

もともと光希は、２０２９ＪＡ１にほとんど関心を払ってこなかった。二〇九九年に最接近する巨大小惑星があることを知ってはいたが、地球と衝突する確率は低く、世界の終わりだなんだと騒ぐのは一部のカルトくらいだと思っていたし、それが世間一般の見方でもあった。家で話題に上った記憶もない。あわてて情報をキャッチアップしたのは、確率が二・七パーセントに跳ね上がってからだ。初めて〈ルキの黙示録〉の全文に目を通したのもそのときだった。

光希は、そこに描かれた世界の終焉に恐怖すると同時に、ルキという少年の生と死に心を揺さぶられた。多村一星もいったように、亡くなったときの年齢がいまの自分と同じくらいで、どうしても我が身に置き換えてしまう。彼はどんな思いで短い人生を駆け抜けたのだろう。自分ならどうだったろう。そんなことを考えているうちに気づいた。両親ならば、ルキが生きていたころの社会の反応を覚えているのではないか。ケシンとなって現れたルキも見ているかもしれない、と。

父の回答は素っ気なかった。地下三千メートルの地底都市から十八年ぶりに生存者が帰ってきたことはニュースで知ったが、とくに興味は引かれなかったという。しかも、その生存者が地底都市で生まれた少年だったことさえ、光希にいわれるまで知らなかったらしい。ケシンとなったルキを見たかと尋ねても、そもそもマイメンターをやっていなかったというのだから話にならない。

「毎日なにしてたの」

光希が呆れて尋ねると、即答でこう返ってきた。

「お金儲け」

問題は母の反応だった。

恐れていた瞬間がついに訪れた、みたいな感じで表情を強ばらせたのだ。

「光希、あれ、読んだの？」

「読んだけど」

そう答えた光希に、息の詰まるような眼差しを注ぎ、

「で」

「で……って？」

「え、気づかなかったの？」

「なにを」

母が右掌を自分の額に当ててため息を漏らす。息子がやらかしたときのサインだ。

ここに至ってようやく、まさか、と思い当たり、母をまじまじと見た。

「あれに出てきた〈ユイ〉って……あ、そういえば、おばあちゃんの名前も〈サキ〉だっけ？」

呆れ顔の母が首を横に振りながら、

「あんなに可愛がってた孫に名前を忘れられるなんて、おばあちゃん、草葉の陰で泣いてるよ」

「生きてますけど」

祖母はそろそろ八十歳になるはずだが、光希が生まれる前から始めたというジム通いのおかげか壮健そのもので、いまも一人暮らしを楽しんでいる。

「ていうか、親と同じ名前が出てきたくらいで結びつけないって。ルキといえばワールドワイドな有名人だよ。そんな人が身内にいたなんて話、聞かされてないし」

「あんたが生まれる前の出来事だからね」

母の声が少し湿っぽくなった。

「ルキと会ったこと、あるの？」

母がうなずいて、

「厳密には従兄弟《いとこ》だけど、弟みたいなものだった」

「写真とか、残ってる？」

母がデバイスを操作して空中に映像を出し、手で水平回転させて光希へ向ける。

若き日の母と祖母に囲まれて、痩せた少年が笑っていた。見る者をほっとさせる、いい笑顔だ。これが本物のルキなのか。彼の画像はネットに出回っているが、ケシンの姿を再現したフェイクばかりで、たいていは傲慢な笑みを浮かべている。

「あんなのは偽物だよ」

母が空中映像を消した。

「ルキは、自分のことを〈私〉なんていったことは一度もない」

「でも、本人しか知らない内容も含まれてるって」

「本人しか知らないって、なにを根拠にいえるの。その根拠は信頼に足る？　検証は可能？」

光希は言葉に詰まる。

「あのな光希」

出た。母のお説教モード。

「人生で大きな選択を迫られたとき、決断に際して考慮すべき要素は二つある。すなわち、信頼できるデータと手持ちの資金。逆に真っ先に排除しなければならないのは、希望的観測。こうあってほしいという願望は、あんたの視野を歪ませる」

といいながら指で光希の額を軽く押す。

「自分がどう感じるかを無視しろとはいわない。でも、ちょっとしたことで揺れ動く感情に主導権を握らせてはだめ。とくに恐怖や不安といった否定的な感情に駆られると、人は自らの破滅へつながる道をいとも簡単に選んでしまう」

光希は、触れられた額をさすってから、

「母さんは、２０２９ＪＡ１をどう考えてるの？」

「何事もなく通り過ぎる確率が九割以上。試合の事前予想なら圧倒的有利ってやつでしょ。気にしないで、これまでどおりに暮らせばいい」

「でも番狂わせって意外に多いし、確率だって変わっていくよ。もし逆に、ぶつかる確率が九割以上になったら？」

「同じことだね。相手は巨大小惑星。わたしたちにできることは、なにもない。そんなことにかまける暇があったら、目の前の時間を精一杯生きな。いい？」

その日の夜、光希はベッドに横たわり、このときの母とのやりとりを反芻した。うなずける点もあるが、

「わたしたちにできることは、なにもない」

という部分だけは、どうしても受け入れられなかった。まだ〈ルキの黙示録〉の謎は完全に解明されたわけではないからだ。あれが無意味な偽物だと断定できるほどの根拠もない。

すでに光希の中では〈ルキの黙示録〉が真実の重みをともなって根付きはじめていた。自分がルキと血の繋がりがあるとわかったことで、特別な役割を託された気さえした。たとえば、〈ルキの黙示録〉に欠けている最後の部分を探し出すとか……。

〈そうだ。僕が見つければいいんだ。ルキが伝えようとした、人類を破局から救う方法を。いまの僕

なら、きっと本物を見分けられる〉
　そう直感したときの、天から光の射すような高揚を、光希はいまも鮮烈に覚えている。

＊＊

「どうしていわなかったのさっ！」

　多村ホームズが摑みかからんばかりに興奮を露わにした。

「あのルキと血縁関係にあるなんて凄いじゃないか！」

「だって、自分から臆面もなくいうのって、カルトの教祖みたいで嫌じゃん」

　多村ホームズが、呆気にとられた顔をしてから、彼らしからぬ豪快な笑い声を上げた。そしてその笑いを急に止めると、妙に真剣な目になり、

「君自身には降りてこないの？　天啓というか、〈ルキの黙示録〉の空白を埋めるものが」

「僕に？」

「そのへんの自称預言者なんかより、血縁関係にあって年齢も近い間宮くんのほうがよほど可能性があると思うけど」

「ああ、なるほど。その発想はなかった」

「いや、真っ先に思いついてよ。直系ではないにしてもルキの子孫であることには違いないんだから！」

「ちょっと待って」

　光希は、いっこうに興奮の冷めない多村ホームズを制して、

「多村くんは〈ルキの黙示録〉をフィクションだと考えてるんじゃなかったっけ。さっきもたしか

――」

「うん、自分でもよくわからないんだけどさ」

多村ホームズの顔に、愉快そうな表情がいっぱいに広がる。

「急に信じたくなってきたんだよ、〈ルキの黙示録〉を」

6

聞くところによると、人類はいま、かつてない生活水準を達成しているそうだ。

医療の進歩は凄まじく、遺伝子アレンジングを施せば、老化を遅らせるだけでなく、風邪すら引かない身体になれるという。万が一、なんらかの病気に冒されても、医療ＡＩがあっという間に正確な診断を下し、最適な治療を提案してくれる。たいていは、目に見えないほど小さな治療用ロボット群を体内に送り込めば解決だ。苦痛もない。

住居やオフィスは、温度、湿度、気圧はいうに及ばず、酸素と二酸化炭素濃度まで調整され、常に快適であるのが当然のこととされる。汗をかくのはスポーツジムでマシンを使うときくらいのものだ。

新鮮な野菜やフルーツ、やわらかい肉を食べたくなったら、バイオ工場からいくらでも取り寄せることができる。面倒なときは調理も任せればいい。一時間もしないうちに、できあがった温かい料理が手元に届けられるだろう。デザートのアイスクリームまで付いて。

至れり尽くせり。まさに楽園ではないか。ついに人類は地上に楽園を築き上げたのだと彼らはいう。

だが周りを見てくれ。

楽園だと？
そんなものがどこにあるっ！

ある者は、職を得るのと引き換えに、手首に専用デバイスを常時装着することを義務づけられた。このデバイスは、現在位置、脈拍、移動距離、活動量を二十四時間監視するのに加え、就寝や起床の時間を指示してくる。装着者の生活を徹底的に管理することで、就業時間中の作業効率を最大限まで高めるためだ。むろんデバイスの指示に従わなければペナルティが科せられる。まるで自宅軟禁を言い渡された犯罪者のように。

また別の職場では、精神亢進剤と代謝促進剤の入った無料のチョコレートバーが大量に置かれている。薬剤と高カロリー食品を組み合わせた合法的なドーピングバーは、長時間の重労働を可能にするが、同時に、健康上の問題も懸念されている。にも拘わらず雇用者は、これを気分よく働いてもらうための福利厚生だと主張し、ありがたく思うよう我々に要求してくる。もしドーピングバーのせいであなたが病気になっても、あなたの担当者はにやけ顔でこういうだけだ。

「食べろとあなたに強制したことはありませんよ。あなたは食べたいから食べたのでしょう。それで体調を崩したのなら、あなたの自己責任です」

ドーピングバーを毎日食べなくとも、心身に負荷が懸かりつづければ病気にもなるだろう。しかし我々には、治療どころか、医者に診せることすら難しい。そんな金もなければ、我々のような者を診察してくれる病院もないからだ。せいぜいが安価な鎮痛剤を気休めに服用し、かび臭くて狭い部屋で横になり、苦痛に耐えて脂汗を流すしかない。その間に解雇され、食べるものにも事欠くようになり、あげく家賃を滞納すれば路上に放り出される。

これのどこが楽園なのかっ！

つまるところ、彼らのいう楽園とは、彼らだけの楽園なのだ。彼らの視界に、我々の姿は入らない。だが、彼らの楽園を支えているのは、ほかならぬ我々ではないか！

我々が機器のメンテナンスを施し、物流の末端を担い、さまざまなサービスを提供するからこそ、彼らの楽園は維持できている。にも拘わらず彼らは、それに相応しい報酬どころか、最低限の敬意すら払おうとせず、使い捨ての消耗品のように我々を扱う。それでも我々が生きていくには、彼らの楽園のために働くしかない。

こんな理不尽が許されるのか。

あなたはそれでいいのか。


そんなわけはない！


だが現実を見れば、残念ながら、この世界を変える力は、いまの我々にはない。ユニオンは解散させられ、対抗する手段も奪われた。武器を取って立ち上がろうにも、もう武器はどこにもない。彼らは我々を支配するシステムを完成させてしまったのだ。

たしかに我々にも選挙権は残っている。だが、期待を込めて票を投じた候補が当選することはまずない。奇跡的に当選を果たしても、議員になるや手のひらを返す。それはそうだ。しょせん政治家は向こう側の人間なのだから。

この地上に我々の味方はいない。
救ってくれる神もない。

ならば、このままおとなしく、奴隷として一生を終えるしかないのか。
楽園でのさばる奴らを裁くことは、だれにもできないのか。
正義はどこにもないのか。

否。

私は断じて否といおう。

２０２９ＪＡ１。
小惑星カドゥケウス。

六十九年前に地球を掠めていったこの巨大小惑星が、いまふたたび近づきつつある。これが地球に落ちれば、奴らは楽園ごと消滅する。この忌まわしい世界が、完全にリセットされるのだ。
たった一つの小惑星、カドゥケウスによって。

私がこの運動に身を投じた二十五年前、カドゥケウスが地球に落ちる確率は〇・一パーセントにも満たなかった。我らがライディーチオと叫んでも、彼らは嘲《あざけ》り笑うか無視しただけだ。

それがどうだ。

最新の数値では五・三パーセントまで上がっている。いまや彼らは、ライディーチオの声を聞くだけで耳をふさぐようになった。嫌悪を剝き出しにして罵声を浴びせるようになった。もう嘲笑する余裕すらない。

本気で恐れているのだ！

我々を！

正義を！

カドゥケウスを！

なんと痛快ではないか！

残された猶予は八カ月。

カドゥケウスがほんとうに地球に落ちるのか、まだ予断を許さない。だからこそ、あなたの力が必要なのだ。みなの力が必要なのだ。みなで念ずれば、カドゥケウスをもっと地球へ引き寄せることができる。彼らの頭上に落とすことができる。更新されるたびに上がってきた確率がその証拠だ。

あなたの力を貸してほしい。

あと少しで、この世界を、ほんとうにリセットできるのだ。

奴らの楽園を叩き潰せるのだ。

あなたには見えないか。
迫りくるカドゥケウスを見上げて泣き叫ぶ奴らの姿がっ！

難しいことは、なにもない
ただ念ずればいい。地球へ来いと。
ただ叫べばいい。ライディーチオと。
我らとともに。仲間とともに。
正義は我らにある。

カドゥケウス、ライディーチオ！

カドゥケウス、ライディーチオ！

カドゥケウス、ライディーチオ！

＊

「素晴らしい演説でした」
ミクラが、満足げに感想を締めくくり、缶ビールを呷《あお》る。レンにしてみれば、千回以上繰り返し話してきた内容だ。最新情報を反映して修正したり、そのときの聴衆に応じて手を加えたりするが、大筋は変えていない。

カドゥケウスに念を送るイベントはオンラインでも随時開催しているが、大勢が一堂に会する念動集会で得られる手応えは格別だった。巨大な小惑星に巻き付けた太い綱を力を合わせて引っ張っているような一体感を味わえる。以前ならせいぜい数十人だった参加者も、最近は千人を超えることも珍しくない。

「明日は博多に立ち寄ります。ぜひ会っていただきたい人がいるので」

「任せる」

いまレンたちがくつろぐ空間は、一見すると列車のボックス席のようだが、二人がはさむテーブルは広く、ちょっとした晩餐にも対応できそうだった。照明もほどよく控えめで、狭苦しさは感じない。念動集会などで地方へ移動するときは、このようなキャンピングカーをレンタルして車内で寝泊まりすることにしていた。ホテルに宿泊するより安上がりということもあるが、小回りが利いてセキュリティ上も車のほうが好都合だからだ。集会が終わったあと速やかに周辺を離れなければ、どんな嫌がらせを受けるかわからない。いまやライディーチオ運動は、下層以外の人々にとっては嫌悪と憎悪の対象でしかない。運動の中心的人物の一人であるレンは、憤懣《ふんまん》をぶつけるのに格好の偶像だ。だから

いま二人がいるのも、会場から二時間ほど車を走らせたところの駐車場だった。そこは河川敷に設えられた広大な運動公園で、公衆トイレや水道もあり、ほかにも車中泊らしき車が何台か停まっている。水際から離れているため川面は見えないが、向こう岸まで優に五百メートルはあるだろう。はるか遠くに街灯りが滲み、こちらの岸と結ぶ巨大なアーチ橋は夜空にゆるやかな光の放物線を描いていた。

「ところで」

レンは車窓から目をもどし、手にしていたグリーンティーのボトルをテーブルに置く。

「きょうの参加者の中に、妙な連中が混じっていたな」

ミクラの顔から、すっと表情が消える。

「治安課ですか」

「いや、そういうのとは違う」

警察機関の監視対象になるのは、いまに始まったことではない。警察関係者なら雰囲気でわかる。反ライディーチオ活動家も同様だ。

「おそらくはこちら側の人間だが、ライディーチオにも乗り切れていないように見えた。以前なら、そんな参加者はほとんど目に付かなかったんだが」

ミクラが頬を緩める。

「気にすることはないですよ。カドゥケウスが地球に衝突する確率が上がると、そういう輩も出てきます。実現するはずのなかった願望が思いがけず実現しそうになって戸惑ってるだけでしょう」

レンはゆっくりと息を吸い、

「ミクラはどう思う。ほんとうに自分たちが、カドゥケウスを引き寄せていると思うか。これは僕たちのせいなのか」

ミクラが瞳に挑発の光を点す。

「怖じ気づきましたか」

「全人類の命運がこの手にあるかもしれないというとき、怖じ気づかない人間なんているのか」

「いますよ」

ここにね、とおどけてみせて、

「とはいえ、たった五・三パーセントですからね。とてもではないが楽観できません。そこで、レン、相談があるのですが」

とテーブルに肘をのせる。

「プランBを策定しませんか」

「プランB？」

「カドゥケウスが地球に落ちてこなかった場合に備えて」

「七月二十七日の先はなかったんじゃないのか」

「だから、プランBです」

レンは目元をしかめる。

「なにをしようというんだ」

「カドゥケウスに代わって、我らの手で人類に天誅《てんちゅう》を下すんですよ」

「テロでも起こすつもりか？」

「天誅です」

レンは首を横に強く振る。

「だめだ」

「しかし、レン――」

「僕たちはテロリストじゃない。そもそもライディーチオ運動は、反政府活動でもなければ社会変革運動ですらない。あくまでカドゥケウスが地球へ落ちるよう念じるだけだ。たとえその目的が人類社会の崩壊であっても、みずからの手で実力行使に訴えるという選択肢はない」

一呼吸おいて語気を抑え、

「ライディーチオ運動が、社会に不満を抱く者のガス抜きになっていることも否定はしない。だが、だからこそ政府の弾圧を免れている面もある。もし具体的なテロを計画しようものなら、あっという間に潰されるぞ。カドゥケウスが地球に最接近する前に。それでは元も子もないだろう」

ミクラが目を逸らし、ふんと鼻を鳴らす。

「ならば、ぼくは極私的なプランBを実行します。あ、ご心配なく。レンに迷惑はかけませんから」

「……なにをする気だ」

「カドゥケウスが我々の声を無視して飛び去ったら、ぼくは自ら命を絶ってやります」

澄んだ笑顔を見せる。

「これ以上、こんな世界にいられません。こっちからサヨナラだ」


臣島レンは、みなで念ずれば巨大小惑星を引き寄せられるなどと本気で信じたことはない。ライディーチオ運動に魅了されたのは、自分を取り巻く世界への破壊衝動を、自らの手でだれかを傷つけることなく発散できるからだ。その裏には「まだ二十年以上も先のこと」「どうせ落ちてこない」という、当時のレンにしてみれば絶対的ともいえる安心感があった。そして、あらゆるものへの呪詛をライディーチオの叫びにのせて宇宙へ解き放つ行為は、陶酔じみた快感をもたらすと同時に、その呪詛が自分自身へ向かうことを防いでもくれた。レンと同じ時期にライディーチオ運動に参加した者は、多かれ少なかれ、似たような心境だったろう。ようするに、現実逃避の手段でしかなかったのだ。

だが、ミクラは違った。


七年前。

その夜の小規模な念動集会が終わって演壇から降りたとき、一人の少年がレンの名を叫びながら近づいてきた。レンは、その少年のあまりに幼い顔つきに、思わず足を止めた。当時のライディーチオ運動は、嘲笑や侮蔑の的にはなっても、敵意を誘発するほどの勢いはまだなく、身の危険を感じるようなこともなかった。

少年はミクラと名乗り、ライディーチオ運動を知ってどれほど救われたか、目を潤ませて熱く語った。そんな彼の姿に、レンはかつての自分を重ねた。五年後、ミクラがいきなりレンのもとを訪れ、アシスタントとして使ってほしいと懇願したとき、レンが渋々ながらも受け入れたのは、そのときの印象が強く作用したからだ。

五年ぶりに会うミクラは、少年の面影を残しつつも、不敵な表情の似合う青年へと変貌していた。柔らかそうだった丸い頰は細く引き締まり、黒く脂ぎっていた髪は軽やかなクリーム色に染められ、無垢だった口唇には官能的な赤みが差していた。背丈だけでなく、体重もレンを超えていただろう。ただ、レンを見つめる瞳だけは五年前と変わらず、透明度の高い深淵を湛えていた。

意外といってはなんだが、ミクラは補佐としてかなり有能で、新たに集会を企画したり、他者に協力を求めて交渉したりといった、レンの苦手とする分野でとくに手腕を発揮した。この二年間で、日本のライディーチオ運動における第一人者とされるまでにレンの存在感が増したのは、ミクラの力によるところが大きい。それはレンも認めるところで、いまではスケジュール管理も一任するなど、ミクラに全面的な信頼を置いている。

しかし、ミクラとレンとでは、少なくとも一つ、決定的に違う点があった。ミクラにとってライディーチオ運動とは、現実逃避などと生易しいものではなく、現実を打ち負かせる唯一にして最後の手段であり、生きる目的のすべてだった。２０２９ＪＡ１を地球へ落とすという目的は、絶対に完遂されなければならないことであり、妥協や雑念の入り込む余地はなかったのだ。そしてこれは、ミクラに限った話でなく、ここ十年ほどの間に運動に加わった、いわゆるライディーチオ第二世代に広く見られる傾向でもあった。

7

二〇九九年一月二十日火曜日。

その朝は、妙に空気がざわついていた。いつもよりも早くベッドで目を覚ました間宮光希は、なにか大きなニュースが流れている、と直感した。デバイスで確認すると、案の定、２０２９ＪＡ１、小惑星カドゥケウスが地球に衝突する確率が更新され、これまでの五・三パーセントから、一六・二パーセントへと、一〇ポイント以上増加していた。

このときを境に、うっすらと漂っていた不安が明確な輪郭をもつ恐怖へと転化し、非常事態を報せるアラームが世界中で鳴り響いた。

日本政府は、２０２９ＪＡ１が落ちてくる場合に備え、国民の避難計画の立案に着手した。とはいえ相手は巨大小惑星だ。地震や台風とはわけが違う。効果的な対策を打ち出せるとは、だれも期待しなかった。実験地底都市〈ヘルメス〉をシェルターとして再利用してはどうかという声も当然のように上がったが、所有権の移管やインフラの再整備、居住者の選別など、解決しなければならない問題があまりに多く、およそ現実的とはいえなかった。個人でできることといえば、食糧や水の備蓄量を増やすくらいだった。

一方で、アメリカを初めとしたいくつかの国では、シェルター用の本格的地底都市が完成していたはずだが、それらに関する情報はほとんど漏れてこなかった。おそらく、居住者はとっくに決まっており、彼らにのみ詳細が伝えられているのだろう。

光希の通う総合第九高等学校の教室では、２０２９ＪＡ１をネタにした軽口が飛び交う代わりに、重苦しい沈黙に支配される時間が長くなった。泣き出す子はいなかったが、普段ならそんなことをしそうにないクラスメイトがいきなり声を荒らげることはあった。

「これ、ぜんぶ、あいつらのせいだろ！」

そのとき彼が言及したのは、ライディーチオ運動だった。

＊

一六・二。

この数値を目にしたとき、臣島レンは初めて、立ち竦《すく》むような怯えを感じた。ミクラの言葉を借りれば、怖じ気づいた。むろん、ライディーチオ運動が小惑星カドゥケウスを引き寄せているなどということは、冷静に考えればあり得ない。あり得ないが、地球に衝突する確率は、ライディーチオの叫びに呼応するかのごとく、上昇の一途をたどっている。このまま運動を続けて、ほんとうにいいのか。取り返しの付かないことになるのではないか。理性では否定しても、膨張する不安を抑えられない。

とはいえ、実際にライディーチオ運動を止めるとなると、簡単ではなかった。もともと世界的な運動であり、自分たちだけが止めても意味がない。なにより、ミクラたち第二世代が、事態の推移に狂喜し、このままライディーチオ運動を続ければカドゥケウスを地球へ落とせると信じ切っている。運動を止めると一言でも漏らそうものなら、レンといえども、なにをされるかわからない。

＊

光希は、ライディーチオ運動の噂は以前から目にしていたが、しょせんカルト、それも比較的危険性の低いカルトだと思っていた。「2029JA1を地球へ落として人類社会をリセットする」と目的こそ物騒だが、具体的になにをするかといえば、みなで集まり空に向かって「ライディーチオ！」と叫ぶだけだ。実際にテロや事件を起こしたこともなければ強引な勧誘をしている様子もなく、社会にとって深刻な脅威になるような存在とは思えない。そしてそれは、いまも変わっていないはずだった。彼らは以前と同じく「ライディーチオ！」と叫んでいるだけなのだから。変わったとすれば、彼らの叫びを聞かされる側だ。

いまでもネットを漁れば、当時の人々がライディーチオ運動をどう見ていたかを垣間見ることができる。

海外で広まりつつあったライディーチオ運動がようやく日本にも上陸し、ゲリライベントや小規模な集会が行われていたころは、ほとんど冗談のような扱いだった。なにしろ念力で小惑星を引き寄せようというのだから、話としてもあまりに馬鹿げている。すべては仕込みで映画かなにかのプロモーション企画ではないかという声まであり、まともに取り合う雰囲気はなかった。話題を集めたとしても一時的で、たいていは半日と持たずに忘れ去られた。ライディーチオ運動そのものも、どうせ長続きせずに消えると、だれもが思っていたようだ。

しかし実際には、消えるどころか、「ライディーチオ！」の叫びを耳にする機会は、時間とともに増えていく。軽い気持ちで参加者を笑っていた人々も、徐々にではあるが、辛辣な言葉を使うようになる。曰《いわ》く、なぜいつまでも非現実的な願望に逃げるのか、なぜ自分の力で道を切り開こうとしないのか、他力本願にもほどがある、幼稚すぎる、貧乏コンプを拗《こじ》らせすぎ、しょせんは敗者のマスターベーション、無能者の逆恨み、そんなだからいつまでも社会の底辺にいるのだ、少しは努力しろ、本を読め、云々。

ところが、2029JA1が地球に衝突する確率が二・七パーセントに跳ね上がると、奇妙にも、ライディーチオ運動への言及そのものが減少する。予想外の展開に、思わず息を吞んだように。言及されるときも、攻撃的な言葉は影を潜め、かといって擁護するでもなく、現実を受け止めきれずに混乱していた様子が窺える。

そしてその後、しばらくして言及数が回復したときには、人々のライディーチオ運動に対する態度は、大きく変質していた。溜まりに溜まって決壊したかのように、憎悪や呪詛、脅迫の言葉を、参加者たちに容赦なく浴びせはじめたのだ。それは衝突の確率が上昇するたびにエスカレートしていき、運動参加者を狙った嫌がらせばかりか、ついには傷害事件まで引き起こしてしまう。

そして今回だ。

一六・二パーセントという数値を突きつけられると、完全にタガが外れたのか、ライディーチオ運動を法的に禁止せよ、警察が取り締まれ、参加者を全員刑務所にぶちこめ、などと明らかに一線を越えた主張が目立つようになる。あげく、

「これ、ぜんぶ、あいつらのせいだろ！」

とクラスメイトの一人が吐き捨てたように、ライディーチオ運動がほんとうに小惑星を引き寄せたと認めるような言説まで登場した。

気持ちは光希にもわからないではない。

2029JA1が再接近すると判明して以降、大半の人々は、どうか何事もなく過ぎてくれという

願いを、多かれ少なかれ共有していただろう。そんな切なる祈りを踏みにじる「地球へ落ちろ」という叫びは、神経を逆なでする不愉快きわまりないものだ。そこに追い打ちをかけるように衝突の確率が急上昇し、人々の焦りと不安を掻き立てた。膨れ上がった感情のやり場を見つけられず、すべてをライディーチオ運動のせいにしたくなっても無理はない。たとえ現実にはありそうにないことだとわかっていても。

「果たしてそうかな」

黙って聞いていた多村一星が、やけに声を弾ませていった。彼のアバターはおなじみのシャーロック・ホームズで、きょうは一人掛けのソファに座っている。このソファも、鹿撃ち帽やパイプと同じく、キャラに付属していたアクセサリーだろう。

「でも、悪い出来事をだれかのせいにする心理って、普通にあるよね」

「ぼくが疑問を投げたのは、そっちじゃなくて、現実にはありそうにない、って部分」

光希は驚いて声を漏らしそうになる。

「多村くんは、確率の急上昇がほんとにライディーチオ運動のせいかもしれないっていうの?」

多村ホームズが、肘掛けに腕をのせたまま両手の指先を合わせ、無言で微笑む。

「いやあ、あり得ないでしょ、常識的に考えて」

「間宮くんが本物の予言書だと思ってる〈ルキの黙示録〉だって、常識的に考えればフィクションだよ」

「まあ、それはそうなんだけど」

光希は渋面をつくり、

「念力で巨大小惑星の軌道を変えるという設定が、いくらなんでも強引すぎるよ。昔のSFアニメみたい」

「でも現実に、ライディーチオ運動の広がりと連動するように、カドゥケウスが地球に衝突する確率は高まってる。そして、両者の因果関係を完全に否定する証拠も、ない」

「意外だな、多村くんがそんなことというなんて」

「でもね、間宮くん。ちょっと考えてみて」

多村ホームズの目に輝きが増す。

「念力で小惑星を引き寄せることができる、とすると、その逆も可能、ということにならないかな」

光希はその目を見つめ返す。

「逆……？」

「仮に、ほんとうにライディーチオ運動がカドゥケウスを引き寄せているのなら、同じように大勢の人の念を集めれば、カドゥケウスを押し返すことだってできるはずだ。そして、それこそが」

多村ホームズがソファから背を浮かせる。

「ルキが伝えようとした、人類を救う唯一の方法、だとしたら？」

第二章　ルキⅡ

1

不自然だとは思わないか。

遡ること七十年、西暦二〇二九年五月八日。２０２９ＪＡ1、いまはカドゥケウスと呼ばれることも多いけど、この巨大な小惑星が地球に衝突するとされていた。しかもその確率はほぼ一〇〇パーセント。だれもが世界の終わりを覚悟した。でも知ってのとおり、実際にはカドゥケウスは地球を掠めることもなく通り過ぎた。一〇〇パーセントの確率で地球にぶつかるはずだったにも拘わらず、だ。

こんなことってあるだろうか。

破滅が回避された理由については、専門家がいろいろと説明を試みたけど、最終的な結論には至っていない。それはそうだ。なんといっても一〇〇パーセントの確率がひっくり返されたのだから。よほどのことが、人類が想像もしなかったなにかが起きた。そう考えるのが自然だろう。

問題は、なにが起きたのか、だ。

最初に断っておく。
これから僕が話すことは、僕の考えた作り話じゃない。
ルキから教えられた、紛れもない真実だ。

（ここで明るく微笑む）

みんな、いま、ため息を吐いたね。やれやれ、こいつも大ボラ吹きかと。
気持ちはわかる。僕もそうだったから。
でも僕は違う。
笑われるとわかってるけど、あえていう。
僕だけは違う。
なぜなら僕の身体には、ルキと同じ血が流れているから。

ルキが降臨したとか、ルキの生まれ変わりだとか、そう主張する人はたくさんいる。でも、自分がルキの血縁者だと明言する人はいない。いたら僕の前に連れてきてほしい。その人は僕にとっても親戚だ。その人が嘘吐きでなければね。

さて、本題にもどるよ。

七十年前のあの日、なにが起きたのか。

人類を滅ぼす巨大小惑星が間近に迫る中、為す術もない人々は、空に向かって祈るしかなかった。地球へ来るな、と。

どうやら、２０２９ＪＡ１の発見から最接近までの時間が短く、よけいなことを考える余裕のなかったことが、かえって功を奏したらしい。ある瞬間、そんな人々の祈りの波長が、奇跡のようにぴたりと重なったんだ。

祈りは力を持つ。比喩的な意味ではなく、物理的な力だ。もちろん一つ一つの力は弱い。でも、世界中の人の、何億という祈りを同調させれば、その力は指数関数的に増幅し、強大なものとなる。


そう。

地球に落ちるはずだった２０２９ＪＡ１を押し返したのは、人類の祈りの力だったんだ。


信じられない？

でも、これは事実なんだよ。

もう少しわかりやすい言葉が好みなら〈念力〉あるいは〈超能力〉と言い換えてもいい。人の思いが物理的な力として作用するという意味では同じだからね。

（真剣な表情でタメをつくる）

いま、この力を、悪用している連中がいる。

今年の七月にカドゥケウスが再び地球に接近することは、みんな知ってるよね。二年くらい前までは、衝突する確率は微々たるものだったのに、ここに来て急に高くなった。その増え方が不自然だと感じたことはないだろうか。

たぶん、みんなの頭には、同じ言葉が浮かんだと思う。

ライディーチオ運動。

初めて聞く人のために簡単に説明すると、ライディーチオ運動とは、小惑星カドゥケウスを地球に落とすことで人類社会の壊滅をもくろむ世界的な活動だ。日本では二十五年ほど前から広がりはじめたといわれてる。具体的な活動内容は、空に向かって「ライディーチオ」と叫び、カドゥケウスが地球へ落ちるよう念じる、というものだ。最初のうちは、みな彼らを馬鹿にしていた。そんなことで小惑星を地球へ落とせるわけがないから。実際、そのころ算出された衝突確率は〇・一パーセントにも満たなかった。

ところが二十五年後の現在は、ご覧のとおりだ。カドゥケウスが地球に落ちる確率はついに二桁に乗り、最新値では十六・二パーセントにまで達してしまった。いまやライディーチオ運動も全国に浸透し、カドゥケウスを引き寄せるためのイベントが毎日のように開かれ、きょうもどこかで「ライディーチオ」の叫びが響いてる。

この現状を、単なる偶然の結果で片付けることはできない。彼らが人類社会へ向ける恨みや憎悪が、強力な〈念〉となって作用し、カドゥケウスを動かしている。七十年前に人類を救った同じ力が、こんどは人類を滅ぼそうとしているんだ。

僕は、それを止めたい。

彼らが〈念〉によってカドゥケウスを引き寄せるのなら、こっちは〈祈り〉によってカドゥケウスを押し返す。それこそが、ルキがみんなに伝えたかった、人類を救う唯一の方法なんだ。

信じられない人もいると思う。残念だけど、それは仕方がない。でも、もし僕の言葉になにかを感じたら、あなたは同志だ。

みんなで力を合わせれば、必ずカドゥケウスを押し返せる。
いまならまだ間に合う。
これ以上、連中の好きにはさせない。
空に向かって、ともに祈ろう。
祈るだけでいい。
カドゥケウスよ、地球へ来るなと。

そのまま遠い宇宙へ去れと。

人類の未来は、僕らが守るんだ。

＊

「なにこれ」

光希は手にした紙から顔を上げた。

「まさか、この内容を僕にしゃべれと？」

「で、動画にして配信する」

その朝、光希は登校して机に着くなり、多村一星からこの演説原稿を手渡されたのだった。

「〈念〉には〈念〉で対抗する。だれかがとっくに始めてるかと思ったけど、調べたかぎりでは見つけられなかった。だったら、ぼくたちが先頭を切ればいい。なによりこっちには、間宮くんという切り札がある」

「いや、こんなの、いっぱつで親にバレるでしょ！」

「もちろん顔は隠すし、声も変える」

「ルキの血縁者ってだけで特定されるよ」

「ルキを出しにするケースは、ぜんぜん珍しくない。いくらでも誤魔化しようはあるさ」

「だったら、ルキの名前を出さなくても」

「ほかの連中はぜんぶ偽物だけど、君は本物だ。本物だからこそ伝わるものがある」

「だから伝わったらバレるって。いや、そもそもさ」

光希は演説原稿を机に広げて、

「〈ルキから教えられた、紛れもない真実だ〉って、僕、ルキからなにも教えられてないけど。ていうか、会ったこともないし。〈作り話じゃない〉って言い切ってるけど、完全に〈作り話〉だよね、これ」

「そこは引っかからなくていい」

多村一星の豹変ぶりというか、前のめりには困惑させられることが多くなった。この原稿にしても、論理の飛躍が目に付き、いつもの彼らしくない。

「ねえ、多村くん」

「うん？」

「こんなことでカドゥケウスを押し返せると、本気で考えてるわけじゃないよね？」

多村一星が、原稿から顔を上げ、光希の視線を受け止める。

言葉は返ってこない。


「ほんとうにカドゥケウスを押し返せるかどうかは、ぼくにとって核心じゃないんだよ」

多村一星が自分の気持ちをきちんと口にしたのは、その夜、いつものようにメタバディのビジターモードで会ったときだった。

「ぼくのやろうとしていることは、実効性のない慰めに過ぎないのかもしれない。だとしても、なにも行動を起こさないままその日を迎えるよりは、ずっといい。抗いもせず運命を受け入れるだけなんて、ぼくには耐えられない」

そして彼の静かな言葉には、光希もうなずくしかなかった。〈ルキの黙示録〉の欠けた部分を探し求める行為も、けっきょくは同じだから。たとえ最後の瞬間を迎えることになっても、やれるだけのことはやったと自分を納得させたいのだ。

「わかったよ」

光希は吹っ切るようにいった。

「でも、やるからには本気でやろう」


やるからには本気でやる。その言葉に嘘はなかった。

まず、多村一星が書いた演説の草案に手を入れた。しゃべるのは自分なのだ。聴く者の心に響かせるには、借り物ではない、自分自身の言葉にする必要があった。とはいえ、独り善がりになってもいけない。基本的な知識を得るためにスピーチライティングに関する書物を読み、過去の名演説といわれるものを研究し、取り入れられそうなものは取り入れた。その上で多村一星の意見を聞きながら修正を繰り返し、形を整えていった。

演説を撮影するときは、口元以外をシンプルな仮面で隠し、声にも少し細工をした。アバターを使わなかったのは、ルキの血縁者を名乗る以上は本人が姿を見せなければ信じてもらえないと考えたからだ。日本におけるライディーチオ運動の代表者と目される〈レン〉という人物は、ずっと素顔を晒して活動している。アバターに頼り切りでは相手にもされないだろう。

動画は編集なしの一発撮りにした。きめ細かく編集したほうが視聴者にとっては見やすくなるが、それゆえ深いところには届きにくい、というのが多村一星の意見だった。

「この動画の目的は視聴者を楽しませることじゃない。聞く人の心に火を点けることなんだ。あざとい演出は逆効果になりかねない」

動画は、抑揚、手振り、息継ぎのタイミングなどをチェックしながら、五日間かけて撮影した。撮り直しの回数は、合計三十六回に及んだ。

そうやって完成させた動画を、ネットに放った。

期待に胸が騒がなかった、といえば嘘になる。自分たちなりに全力を注いだ〈作品〉だ。果たしてどう受け取られるのか。息を凝らして見守った。

最初の数日は、動画へのアクセスがほとんどなかった。一週間を過ぎるころから、一日あたりのアクセス数がようやく二桁に乗ったが、それ以上伸びることはなく、期待したレベルからはほど遠いまま終わった。

惨敗というしかなかった。さすがにこの結果には肩を落とした。気持ちの糸が切れ、アクセス数のチェックも止めた。多村一星ともこの話題を避けるようになった。

しかし、一カ月ほど経った、ある朝。

「間宮くん、これ見た？」

光希が教室に入ると、多村一星が駆け寄ってきて、デバイスを突きつけた。

そこに表示されていたのは、例の動画のアクセス数の推移を折れ線グラフで表したものだった。ほとんど停滞していたアクセス数が、五日ほど前から急カーブを描いて上昇していた。しかもその勢いは衰えるどころか、ますます加速している。

2

「クルナ運動？」

臣島レンがその名を知ったのは、例によってミクラからだった。

「ライディーチオの向こうを張ってるつもりなのでしょう。カドゥケウスよ、こっちに来るな。だからクルナ運動。全くもって安易な名称ではあるのですが」

最近、急激に広がりつつあるという。

「いちおう、注意しておいたほうがいいかと」

「注意してどうするんだ」

「我々の邪魔になるようなら、なんらかの対応が必要になるかもしれません」

「対応とは」

「そこは臨機応変に」

意味深に言葉を濁した。アバターの純粋すぎる瞳が、かえって不穏を感じさせる。

「つまらないことに力を割《さ》かなくていい。いまはライディーチオに集中するときだ」

「油断は禁物ですよ。クルナ運動の中心になっているのは、ルキの血縁者を騙《かた》る未成年のようですが」

「ルキの……？」

そういえば、瀬良咲もルキの叔母に当たる血縁者だが、彼女には娘が一人いたはず。たしか自分と同じくらいの年齢だといっていた。ならば、十代の子供がいてもおかしくはない。

「動画を見るかぎり、なにかを持っている雰囲気も感じます。もしかしたら、早めに手を打ったほうが――」

思わず笑った。

「なにがおかしいんです」

レンは笑いを収めて、

「すまん。ミクラのことじゃない。よけいな考え事をした」

どうかしてる。

ルキの血縁者だなんて、嘘に決まってるのに。

3

なにが起こったのか、わからない。ネットで取り上げられる頻度が加速度的に増えていることから、少なくともアクセスカウンターの不具合ではなさそうだった。光希たちの作成した動画が、急速に世界へと拡散しているのだ。

共鳴した人が続々と動画をアップし、光希の演説を翻訳して紹介しはじめると、それがさらに多くの共鳴者を獲得していった。その連鎖の流れの中で、ルキの血縁者たる光希は〈ルキⅡ〉と呼ばれはじめた。光希は動画の中で、本名はもちろんだが、仮名も口にしていなかった。自分に呼称が必要になる事態をまったく想定しなかったのだ。光希が使わなかった〈クルナ運動〉という呼び名も自然発生的に広まり、いつの間にか定着していた。

思いがけない反響に飛び上がらんばかりだった光希と多村一星も、このころには戸惑いを感じるようになった。自分たちが始めたことなのに、速すぎる展開についていけない。

「どうして、こんなことになったんだろうね」

ある夜、光希がこぼすと、多村一星は、

「たぶん、社会の中に、ライディーチオ運動に対する反感が、破裂寸前まで溜まっていたんだと思う」

と答えた。

「間接的とはいえ、あんなふうに憎しみをぶつけられたら、だれだっていい気はしない。とくに最近は、ことさら物騒な雰囲気を撒き散らしていたし」

光希もライディーチオ運動の念動集会なるものを動画で見たことがある。昔のものは参加者がまばらで、その表情にも悲愴の色が濃かったのに、最新の動画では、密集した参加者が広場を埋め尽くし、だれもが顔に暴力的な愉悦を漲らせて人類社会へ憎悪を叫んでいた。その悪鬼の集団のごとき狂乱には、動画を通してさえ身の危険を感じるほどだった。

「そんなとき、連中に対抗する旗が揚がったんだ。ライディーチオ運動を苦々しく見ていた人たちにとっては、待ちに待った瞬間が来たわけだよ。しかも、その旗を振るのは、人類が救われる方法をみんなに伝えようとした、あのルキの血を引く少年だ。これ以上の役者は望めない」

「血を引いてることがそんなに重要かな。これまでだって、ルキとの関係をアピールする人はたくさんいたよ」

「でも、血縁者であることを明言した者はいない。ルキが実在した人物である以上、血縁者もどこかに実在するわけだから、偽者はすぐにわかってしまう。そんなリスクを冒すよりは、光とともに降臨したとか、夢に出てきたとか、生まれ変わりだとか、検証しようのない話を適当にでっち上げたほうが無難だ。……それに人間は、昔から血筋とか貴種には弱いからね」

「貴種ではないと思うけど」

とはいえ結果的に、光希のせいで多くの人が無益な活動に巻き込まれたのは事実だ。

そう。

光希は〈クルナ運動〉を無益だと思っていた。本気でやるという言葉に嘘はなかったが、かといってカドゥケウスを押し返すことができると心から信じていたわけではない。カドゥケウスが地球にぶつかる確率が上昇している理由も、科学的に説明可能であり、いきなりライディーチオ運動に結びつけるのは無理がある。

仮に、念力で小惑星を動かすことができるとしても、クルナ運動が勝利を収める見込みは少ない。ライディーチオ運動には大きく遅れをとっており、いまさら取り返せるとは思えない。そもそも〈カドゥケウス〉という呼び名も、使いはじめたのはライディーチオ運動だといわれている。歴史の長さが違うのだ。

いずれにせよ、クルナ運動に注いだ熱量が報われることはないだろう。

演説動画のアクセスカウンターは、それでも上がり続けている。共鳴者の数は日毎に増えている。次第に罪悪感さえ覚えるようになった光希は、もう動画を削除してはどうかと多村一星に訴えたことがあるが、

「ぼくたちには、これを始めた責任がある」

と諭された。

「いまさら、なかったことにはできないよ」

そして、日本時間の二〇九九年三月十六日月曜日午前二時。

カドゥケウスが地球に衝突する確率の最新値が発表される。

この、クルナ運動が発生してから初めてとなる更新では、前回一六・二パーセントだったものが、一〇・四パーセントへと、五ポイント以上低下していた。

4

間宮唯は、光希が生まれた日のことを、よく思い出すようになった。間違いなく、生涯最大のイベントだった。自分の命を削って、一つの新しい命を、新しい人生を、この世界に送り出したのだから。初めて我が子を胸に抱いたときは、あまりに小さく儚《はかな》げで、自分たちで守っていけるのか不安でいっぱいだったが、寝顔を見ているうちに不思議と心が安らぎ、身体の奥底から力が湧いてくるのを感じた。そのときの赤ん坊も十七歳。心配や悩みも尽きなかったが、その何倍も幸せをもらった。いまは、よくぞ無事に育ってくれたと感謝しかない。

夫となる間宮丈通《たけみち》に出会えたのも幸運だった。お金を稼ぐことをゲーム感覚で楽しむ彼にしてみれば、世間のあらゆる出来事はそのためのデータに過ぎず、ルキのケシンをめぐる騒ぎにもほとんど関心を持っていなかった。それが、疲れ切っていた唯の気持ちをどれほど楽にしてくれたことか。

仕事にも恵まれたといっていいだろう。ＦＮ３５株の有性生殖器官に関する論文で博士号を取得し、製薬会社の研究所に入ってからも〈遺伝子操作したバクテリアによる高分子化合物の量産〉など、やりがいのあるプロジェクトにいくつも関わり、研究者として充実した時間を過ごせた。

実験地底都市ｅＵＣ３で起きた〈ヘルメス事件〉に翻弄され、その余波の中で心を通わせたルキとの呆気ない別れなど、つらく悲しい出来事もあったが、それでも悪くない人生だったと素直に思える。

七月二十七日まで、残り四カ月あまり。

たぶん大丈夫だろうとは思う。小惑星２０２９ＪＡ１が落ちてくることはない。衝突する確率も下がったのだから。それでも、世界が終わるかもしれないという恐怖は、小石のように胸の中に残っている。七月二十七日が何事もなく過ぎ、２０２９ＪＡ１が宇宙の彼方へ去るまで、この感覚は消えないのだろう。目の前の時間を精一杯生きろと光希には大口を叩いたが、自分だって怖くないわけではないのだ。あの子の前では弱音を吐きたくなかっただけで。

よし、と唯は心に決める。

うちに帰ったら『ＨＥＩＳＥＩ』を見直そう。とくに、２０２９ＪＡ１の軌道を変えるために数海マサトたちリトル・ガーディアンズがこの時代に再集結する、感動の最終回を。むしろ、いま見ないでいつ見るのか。

「唯ちゃんたちの心遣いは、すごく嬉しいんだけどね」

食卓を挟んで向かいに座る母が、ようやく口をひらいた。八十歳に達した身体は、若い頃に比べて一回り縮んだものの、とくに大きな持病もなく、老化抑制処置を施していないにしては若さを保っている。週に二回のジム通いも続けているようだし、きょうも顔色がいい。

「やっぱり、わたしは、ここにいるよ」

唯はうなずく。

「そういうと思った」

「丈通さんにもよろしく伝えて」

母が独りで暮らすこのマンションは、唯たちの自宅から車で三十分の距離にある。十八年ほど前、それまで住んでいた場所から移ってきたのだ。

「でも、気が変わったら、遠慮なくいってね。まだ四カ月あるから」

「ありがとう。だいじょうぶ。沙薙もいてくれるし」

母の言葉に反応したのだろう。空中から、細身を紫色のボディスーツに包んだ少女が姿を現し、母の隣に静かに降り立った。スーツと同じ紫色の髪に、青白い頰。伏せていた目を上げ、真っ赤な瞳で唯を捉える。

「いまの話、聞いてた？」

沙薙がうなずく。

「母さんのこと、頼むね」

「心得ている」

いくら壮健とはいえ、年齢が年齢だ。母になにかあったときは、沙薙が唯に連絡したり、救急車を要請したりしてくれることになっていた。いうまでもなく彼女は、マイメンターのケシンだった沙薙ではなく、メタバディ版の沙薙だ。母は、マイバディとして迷わず沙薙を選び、以来、ずっといっしょにいる。

「あー、そういえばね」

用件は済んだ。ここからは母との時間を楽しもう。

「このあいだ丈通さんがいってたけど――」

唯も多忙の身である。通話やテキストのやりとりは欠かさないようにしているが、実際に会いに来られるのは月に一度がせいぜいだ。その罪滅ぼしというわけでもないが、訪問するときは必ずケーキなどの手土産を携え、たっぷりと時間をとって話し相手をすることにしていた。

老いてますます好奇心に磨きのかかった母は、ジムで新しくできるようになったことや、新しく学びはじめた外国語、最近ファンになった俳優について楽しそうに話してくれる。たまには昔話もする。なにしろ母は、七十年前の２０２９ＪＡ１の最接近を体験している。ただ、その話をすると、後に実験地底都市ｅＵＣ３へ赴いた兄や、その子であるルキのことをどうしても思い出してしまうのだろう、涙ぐむことが多い。そんなときでも、唯が光希の話題を持ち出せば、幸福そうに目尻を下げ、うんうんと頷きながら聞き入るのだった。母にとっては、たった一人の孫だ。やはり光希の成長が、なによりの生き甲斐なのだろう。

しかしこの日の母は、少しばかり様子が違った。

いつものように他愛のないおしゃべりに興じ、光希の近況に話が及んだとき、

「それでね」

と困ったような顔で切り出したのだ。

「唯ちゃんに、ちょっと見てほしいものがあるんだけど」

5

母が空中動画の再生を一時停止にした。

鼻息を吐いて光希をぎろりと睨み、

「どういうつもり」

光希は笑みを強ばらせ、

「え、なんのことかさっぱり」

「あんただよね、これ」

停止した動画には、光希が例の演説をする姿が映っていた。ちょうどクライマックスに差し掛かったあたりで、両手を奇妙な形に広げた格好で固まっている。カマキリの阿波《あわ》おどりみたいだ。

「いや、いやいや、違うよ。いや、ちょっとは似てるところがあるかもだけど、僕じゃない。別人だ

って。本人がいうんだから」

言葉が見事に滑っていく。

「たしかに仮面を被ってるし、声も変えてある。でもね」

母がぐいと顔を近づけて、

「口元の表情、顎のライン、呼吸の仕方、抑揚、骨格、手の形、そして体幹のぶれ具合、どれ一つとっても完全にあんたでしょうが。親、舐めてんの？」

ぐうの音も出ない。

「まあ、最初に見つけたのは、おばあちゃんだけどね」

いずれ気づかれるだろうとは思っていた。もっと早く見つかってもおかしくなかったくらいだ。これだけ大きな騒ぎになっているのだから。

「これ、あんた一人でやったことじゃないよね」

「どうして」

「わかるよ、そのくらい」

すべてお見通しというわけか。

「まずは事情を説明して。順を追って、正確に」

観念するしかなさそうだ。

「話すけど、いっしょにやった友達の名前はいえない。少なくとも、本人の了解を得るまでは」

母の目元が柔らかくゆるむ。

すぐに引き締め直し、

「いいでしょう。では、その友達をAくんとしようか」

光希は、ここまでの経緯を自分なりに整理しながら、母に話した。多村一星を〈Aくん〉と言い換えて。

発端は、ルキとの繋がりを多村一星に漏らしたことだ。思わぬ事実に興奮した彼は、ルキがケシンとなって言い残したとされるメッセージ、〈ルキの黙示録〉に興味を示す。この時点では、まだ事態を面白がる余裕があった。しかし、カドゥケウスの地球に衝突する確率が一六・二パーセントへと大幅に上昇すると、そんな余裕など吹き飛んでしまう。多村一星は、確率が上がり続けているのはライディーチオ運動のせいかもしれないと言い出し、ならば同じ方法でカドゥケウスを押し返すことも可能で、それこそが〈ルキの黙示録〉で語られるはずだった人類救済策ではないかと主張する。しかしその彼にしても、心の底からそう信じていたわけではなく、なにもしないでいることに耐えられなくなったのだった。

「それであんたも、この動画に協力したのね。ルキと同じ血が流れる者として」

空中動画に映し出された光希は、まだ阿波おどりカマキリのまま止まっている。

「ええと、それ、消してもらっていいかな。なんか、胸が痛い」

「あら」

母が動画を消してくれた。

光希はほっと息を吐いて、

「僕たちがやったのは、これだけだよ。最初はほとんど反響がなかったけど、しばらくしたら、とんでもないことになって」

「〈クルナ運動〉とか〈ルキⅡ〉とか、世間では盛り上がってるみたいね」

「いろんなものが勝手に生まれて、勝手に大きくなって、僕らもどうしていいのかわからなくて」

そこに駄目押しするような、一〇・四パーセントへの予想外の低下だ。

「どう思った」

光希はすぐに返事ができなかった。

あのときの気持ちを的確に表す言葉が見つからない。

＊＊

その日の光希は、朝いちばんに一〇・四という数字を目にしてから動悸が収まらず、ふわふわと身体の浮くような感覚が夜になっても続いていた。

「間宮くん、まずは落ち着こうか」

そういう多村ホームズも、視線を忙しなくあちこちへ飛ばし、手を置いた肘掛けを指で小刻みに叩いている。

「もちろん偶然だ。地球に衝突する確率が下がったのは」

「それは僕にもわかってる。わかってるけど、どうしても引っ張られてしまうんだよ。クルナ運動がカドゥケウスを押し返したんじゃないかという考えに。実際、確率が下がっちゃったんだからさ、過去二年間で初めて。クルナ運動が生まれた、このタイミングで」

多村ホームズが、怯えたような目で光希を見つめる。

「もし、ほんとうに、ぼくたちがやったんだとしたら……」

＊＊

うつむいて光希の話に耳を傾けていた母が、息を吸い込みながら顔を上げる。

「事情は把握した。その上で、保護者の権限を行使させてもらうね」

「は？」

「動画を削除して、今後いっさいの活動から手を引くこと。いい？」

「え、でも……」

「Aくんにもそう伝えて」

「ちょっと待ってよ！」

母が、文句あるの、とでも言いたげに目元を曇らせる。

「あの動画を削除したせいでカドゥケウスが落ちてきたらどうするのさ」

「そんなことあるわけ――」

「絶対にないといえる？」

「あのね、光希」

「人類が滅亡するかどうかの瀬戸際なんでしょ。少しでも可能性があるなら、どんなことでも今は続けるべきだよ。もしここで止めたら、せっかく下がった確率がまた上がってしまうかもしれない。そうなったら取り返しがつかない。だって人類の命運が懸かってるんだよ」

「あんたたちがいなくてもクルナ運動は勝手に続いていく。それで問題ないじゃない」

「実際になにが効いたか、わからないよ。自分でいうのもなんだけど、ルキの血を引く僕が重要な役割を果たしてる可能性だって――」

「選ばれし少年が人類の命運を左右するのはSFアニメの中だけ。現実は違うの」

「僕も以前はそう考えてた。クルナ運動なんて無駄だって。あんなことでカドゥケウスを動かせるわけがないって。でも、実際に動いちゃったんだよ。たしかに、そう見えてるだけで、効果なんてやっぱりないのかもしれないけど、万が一ほんとうに――」

「光希」

思わず背筋を伸ばす。

「あなた、いま自分がどれほど危険な場所に立ってるか、気づいてないの？」

6

臣島レンは、強力なヘッドライトに照らされた前方を、無言で見つめていた。暗い車内に響くのは、微かな風切り音だけで、路面からの振動はほとんど感じない。

高速道路を滑るように進むこの灰色のワンボックスカーは、最近ミクラが調達してきたものだ。公道システムと切り離しても走行できるよう手を加えてあるらしい。いざというときも強制停止させられないために。むろん違法改造だ。どこで手に入れたのかと尋ねても、古い知り合いから譲ってもらったとしかいわない。本来なら、こんなものを使わせるべきではなかったが、結果的に黙認する形になっている。

レンは、あらゆることに疲れつつあった。

きょうの集会で感じた異変も深刻だ。この二年間が順風満帆だっただけに、今回の更新で示された一〇・四という予想外の数字が、思った以上の挫折感となって、みなの心にのしかかっている。それが焦りや怒りに変容して暴走すれば、内部から崩壊しかねない。

逆に、波に乗ったクルナ運動は、いまやライディーチオ運動を凌ぐ勢いだ。

「もっと早く手を打つべきだったんですよ」

運転席のミクラが、目を前に向けたまま、感情の抜けた声でいった。彼は、自動走行モードのときでも、必ず両手をハンドルに添えている。

「おそらく本物です。あの〈ルキⅡ〉と呼ばれる少年は。でなければ、こんなことできるわけがない」

ミクラも愚痴が多くなった。

「でも、それならそれで、好都合ってものですよ。ルキの血縁者なら、特定のしようもありますから」

レンは肝を冷やし、ミクラの横顔を凝視する。

「特定してどうする」

ミクラは、口元に微笑を浮かべるだけで、答えない。

「だめだ」

レンは強くいった。

「それだけは許さない、絶対に」

「レン、あなたはどちらの味方なんです。ライディーチオか、クルナか」

「ミクラがやろうとしているのは、ライディーチオ運動じゃない。テロだ」

「テロで結構ですよ」

「ライディーチオ運動を潰す気か」

「同じことじゃないですか。カドゥケウスを落とせないのなら」

レンは、反論の言葉を返そうとしたが、重いため息しか出なかった。

「この世界は、完全に破壊されなければならないんです。そのためのライディーチオ運動です。カドウケウスだけが希望なんですよ。だれにも邪魔はさせない」

暗がりの中、白い光を点した瞳を、レンに向ける。

「たとえ、レン、あなたでも」

第三章　廃墟

1

　間宮光希は、深い森の中を、黙々と歩いていた。地面に厚く層を成すのは、露に濡れた落ち葉だ。一歩踏みしめるたびに、音もなく沈み込み、腐葉土の噎《む》せ返るような匂いが巻き上がる。自分の荒い息づかいのほかに、冷たく湿った空気を震わせるものはない。

　やがて森を抜け、空を覆う枝葉がなくなると、前方に天を衝く建造物が現れた。暗い霧の中に聳え立つそれは、巨大なドーム型で、ピラミッドを象《かたど》ったフレームに収まっている。

　光希は足を早めた。ひたひたという自分の足音が、影のように追ってくる。ドームの中へ通じる扉は、開け放たれていた。覗き込むと、手すりもない狭い石階段が、内壁に沿って大きく螺旋《らせん》を描きながら、地底へと向かっている。躊躇いが光希の足を止めたが、それも一瞬のことだった。光希は手を壁に添え、螺旋階段を下りはじめた。

　たちまち濃厚な闇に呑み込まれ、自分の手も見えなくなる。それでも、掌に返ってくる壁の冷たさと、足下を支える石段の固さだけを頼りに、一段ずつ下りていく。

　ここはどこだろう。

なぜこんなところにいるのだろう。

僕はどこへ行こうとしているのだろう。

ふと意識に上ってきた問いを頭から振り払い、さらに下を目指す。粘りを増した闇に圧し潰されそうになりながらも、光希は地底へと向かう足を止めない。止められない。螺旋階段を一段下りるごとに、自分の中のなにかが闇に溶け出していく。このまま下り続ければ、いずれ自分という存在そのものが消えてしまいそうだ。それでも、いい。それで、いい。そのために、自分は、ここに……。

下ろそうとした足がなにかにぶつかって止まり、あやうく身体のバランスを崩しかけた。壁に手を触れたまま、慎重に足先を滑らせ、すでに自分が平らな場所に立っていることを確認する。

「ああ、来ちゃったんだ」

とつぜん聞こえた声に振り向く。

淡い光の中に、見覚えのある少年が立っていた。

母が見せてくれた画像にあった、あの笑顔と同じ。

「ルキ……さん？」

「ルキでいいよ、光希くん」

「僕のこと、知ってるんですか」

笑みを湛えたままうなずく。

「咲と唯は元気にしてる？」

「……はい。祖母も、母も、すごく元気です」

「それはよかった。でもね」

表情を曇らせる。

「だったら、よけいに、君はここに来ちゃいけないな」

「ここは、どこなんですか」

「君が知る必要はない。まだ今のところはね。それより、すぐに帰ったほうがいい」

「帰るといっても、どうやって」

「大丈夫」

ルキがいうと同時に、頭上から強烈な光が射し込んだ。


声が聞こえる。

みつき

だれかが呼んでいる。

「光希」

身体が浮かび上がっていく。

「光希？」

深く暗いところから、明るく開けた場所へ。


「光希！」

ぼんやりと見えてきたのは、お説教モードに入った母の顔だ。

ああ、そうか。いま僕は母に叱られているのか。叱られている途中で居眠りしてしまったらしい。

「光希、お母さんのこと、わかる？」

母の目が真っ赤に潤んでいる。でも、あんな動画を作ったくらいで、泣かなくてもいいのに。もう削除したんだし。

……削除？

小さな違和感が、光希の思考を立ち止まらせた。

そうだ。あの動画はもう削除したはずだ。多村くんに相談した上で。

だったら、母はなにを怒ってるんだろう。なぜ泣いてるんだろう。

「……母さん？」

母の表情が明るく弾けた。

泣き笑いの顔をくしゃくしゃにして、

「よかった」

「なんで……泣いてるの」

「自分になにがあったか、覚えてないの？」

光希は首を横に振る。

そのとき初めて、自分がベッドに横たわっていることに気づいた。

いつも寝ているベッドではない。

「あなた、二カ月も意識がなかったんだよ」

ここは病院なのか。でも、なぜ二カ月も……。

二カ月。

その意味を理解した瞬間、神経が縮み上がった。

「きょうは何日？」

母が返答をためらう。

「ねえ」

「七月の、二十一日」

あと六日。いや、そんなことより……。

「カドゥケウスの確率はどうなってる。更新された？」

「あのね、光希……」

２０２９ＪＡ１、小惑星カドゥケウスが地球に衝突する確率は、一週間ほど前から毎日更新されるようになっていた。

そして、今朝確認したばかりの最新値として、母が光希に告げた数字は、五七・九だった。

2

その日、パーゴで下校途中の光希がふと顔を上げたとき、対向車線を走ってくる灰色のワンボックスカーが視界に入った。いつもならすぐ手元のデバイスに目をもどすのに、そのときに限って固まってしまったのは、その灰色の車が明らかに規定速度を超えていたからだ。公道で規定速度を超えて走行可能なのは、救急車や消防車など緊急車両だけのはず。しかし、灰色のワンボックスカーはサイレンを鳴らさず、赤色ライトも点滅させていない。しかも加速している。光希が息を詰めた次の瞬間、ワンボックスカーがいきなりセンターラインを越えた。目前に迫ったフロントガラスの向こうに、運転席でハンドルを握る男の、大きく口を開けて笑う顔が見えた。光希が思い出せたのは、ここまでだ。

パーゴに搭載された最新鋭セーフティ装置を以てしても、この衝突を回避することはできず、乗員の即死を防ぐのが精一杯だった。光希は瀕死の重傷を負ったが、ナノマシンを駆使した体組織再生治療により、命を取り留めた。現在までに筋組織もほぼ回復しており、三日ほどリハビリをするだけで退院できるという。

母が警察から聞いた話によると、ワンボックスカーは違法改造車だった。運転していた男も負傷し、足を引きずりながら現場から逃走したが、逃げきれずに近くの陸橋から飛び降り、全身強打により死亡したとのことだ。公表はされていないが、この男はライディーチオ運動に深く関わっていたらしい。つまり、光希をクルナ運動の〈ルキⅡ〉と知って狙った可能性がある。どうやって突き止めたのかはわからないが、たとえば実験地底都市ヘルメスに残った住人の名簿を入手できれば、その遺族からたどり着くことは不可能ではない。以前ならそのような情報漏洩は考えられなかったかもしれないが、ジオX社がヘルメス関連の管理責任を子会社に移して以降、人員と予算が削減されたために万全の態勢が取れなくなっているのは事実らしい。いずれにせよ、母の不安が的中してしまったのだった。

光希が意識を取りもどすまで、母は生きた心地がしなかったろう。申し訳ないことをしたと光希は心から思う。できるだけの償いはしたいという気持ちに偽りはない。あと数日で世界が終わるかもしれないのだ。自分がすべきなのは、ずっと母のそばにいてあげること。それは光希にもわかっている。

だが、光希が殺されかける直前、カドゥケウスが地球に衝突する確率は四・三パーセントまで低下した。それが、光希が意識不明に陥ったとたん再上昇に転じ、目覚めたときには五七・九パーセントに達していた。この一連の事実を看過することも、いまの光希にはできないのだった。

「今朝も五七・九。やっと上げ止まったとはいえ、この数字は洒落にならないね。でも、落ちてこない確率も四十パーセント以上あるわけだから、絶望するのは早いよ」

光希が意識を取りもどした翌日、多村一星が病室に顔を見せた。それまでも週に一回は見舞いに来てくれていたと母から聞いている。光希がこうなったことに責任を感じているらしく、事故が起こった直後は泣き崩れんばかりだったという。

「僕のせいかな」

光希がぼそりと漏らすと、多村一星が強く首を振った。

「違う。それは違う。絶対ない」

「僕が意識を失ってから確率が上がりはじめたのは事実だよ」

「偶然だ」

アバターではなく、こうして直に顔を合わせると、やはり相手の感情を掴みやすい。

「多村くんも感じてるんだね、無関係じゃないと」

「そんなことは」

「わかるよ」

光希が明るくいうと、両手を膝についてうなだれた。

「ぼくがあんな動画を作ろうとしなければ、間宮くんがこんな目に遭うこともなかった」

「やろうと決めたのは僕だよ。やるからには本気でやると」

「どうかしてたんだ、ぼくは」

「過ぎたことは忘れて、これからのことを考えよう。泣いても笑っても、あと五日しかないんだから」

いまやクルナ運動は見る影もなく、対照的にライディーチオ運動は手が付けられない勢いだ。限られた時間でなにができるのか。

「そういえばね」

光希は、ふと脳裏に浮かんだものを口にした。

「意識を失っているとき、ルキに会ったよ」

多村一星が顔を上げた。

「夢で？」

「うん、やっぱり夢だったんだろうね。森の奥にある、でっかい廃墟みたいな場所で」

「廃墟……」

「中に入って、階段で真っ暗な地下に下りていったら、後ろから声が聞こえて、振り向いたらそこに」

　妙に静かだなと目を向けると、多村一星が怖いくらい真剣な顔で考え込んでいた。

「どうかした」

「もしかして、その廃墟ってドーム型じゃなかった？」

　心臓が跳ねた。

「ピラミッドみたいなフレームで囲まれてて」

「……なんでわかったの」

　多村一星がデバイスを取り出し、素早く操作して光希に向ける。

　光希は、その画面を一瞥するなり、あっと声を漏らした。

「外側のモニュメントは慰霊碑だよ。内側のドームはシャトルのステーションが入ってた建物。その直下に、かつての実験地底都市ヘルメスがある」

「そっか、ルキが生まれた場所だから。でも、なぜ僕の夢に出てきたんだろう。ヘルメスの慰霊碑なんて見たことないのに。覚えてないだけで、どこかで目にしたのかな」

「だろうね。でなきゃ、説明がつかないから」

　しかし、その口振りからは、言葉とは別の印象が伝わってくる。

「気になることでも？」

　多村一星が、躊躇いながら、うなずく。

「少し前からネットで噂が流れててね。実験地底都市ヘルメスがシェルターとして開放されると」

「シェルター？」

「もちろんデマだよ。閉鎖されて二十年以上経つし、使えるわけがない。たぶんシャトルすら動かせないよ。でも、そのデマを信じた人が、続々とヘルメスに向かってる」

それだけなら、とくに気にするようなことではない。

「ほかにもあるんだね、気になることが」

苦い顔で、黙りこくる。

「話してよ。もう時間がない」

「馬鹿げた話だよ、シェルターのデマと同じくらい」

「いまさら、そんなこと……」

光希はもどかしかった。

「僕は、やれることはぜんぶやっておきたい。どんなに馬鹿馬鹿しいことでも、無意味な慰めに過ぎないとしても。二十七日を迎えるときになって後悔したくないんだよ。多村くんもいったよね。抗いもせず運命を受け入れるだけなんて耐えられないって」

それでも口を開こうとしない。

「頼むよ……一星くん」

光希がさらに押すと、息を一つ吐いて、

「さっき見せた慰霊碑のピラミッド型のモニュメント、あれで念動力を極限まで増幅させることができるという話があってさ」

光希の反応を窺うように間を置く。

「クルナ運動の人たちが、その噂に最後の望みをかけて、ヘルメスを目指してる。それを知ったライディーチオ側も、すでに動いてるらしい。モニュメントが念動力の増幅装置になってるなんて、デマにしても突飛すぎるし、リアリティもない。ぼくもそう思ってた。でも、このタイミングで、間宮くんの夢の中にも出てきて、そこにルキまでいたとなると……これを偶然と考えることは、ぼくにはもう、できそうにないよ」

光希は目の前が開けた気がした。

残された時間でやるべきことが、明確になったのだ。

「僕らも行くしかないね、ヘルメスに」

「ダメだ、それだけは！」

多村一星が血相を変える。

「だからいいたくなかったんだよ。またぼくのせいで、間宮くんを危ない目に遭わせてしまうかもしれない。間宮くんのお母さんになんていえばいい？」

光希は笑みを浮かべていった。

「それは僕の問題だよ」

3

光希が退院したのは、多村一星と再会した二日後だ。二カ月も寝たきりではあったが、最先端のナノマシン医療のおかげで筋肉の萎縮などはなく、四肢を動かす感覚さえもどれば日常生活を送るのに支障はない。ただし、心肺機能はそういうわけにはいかず、持久力は以前の三割程度まで落ちているので徐々に慣らしていくように、と医師からいわれた。もちろん光希は、そんな悠長に構えるつもりはない。

ささやかな退院祝いを兼ねて、久々に親子三人そろって夕食のテーブルを囲んでいるとき、光希は自分たちの計画を両親に話した。二人は、黙って聞いていた。光希は、話し終えても、母の顔を見ることができなかった。

「勘違いしないで、光希」

しかし、母の反応は、光希が恐れていたものとは違った。

「わたしたちは、光希にそばにいてほしいわけじゃない。あなたが元気で、自分の人生を楽しんでくれたら、それでいい。わたしたちのことは考えなくていいから、自分の気の済むようになさい」

「だがな光希、おまえ、わかってるのか？」

むしろ、厳しい言葉を返してきたのは、父だ。

「光希のやろうとしていることは無意味だぞ」

「わかってるよ。念じたところでカドゥケウスを動かすのは無理だって。でも――」

「そうじゃなくてさ」

力の抜けた声で父が付け加える。

「おまえがヘルメスに行こうが行くまいが、どっちにしろ2029JA1は落ちてこない。行くだけ無駄骨だ」

光希は父の顔を見つめる。

父が、その視線をはぐらかすように、

「言い忘れてたけど、おまえが病院で寝ている間に、おまえの口座に投資信託の積立商品を買っておいた。二十年もすれば、けっこうな額になるだろう。楽しみにしておけ」

「どうして、そんなものを」

「おまえが死ぬわけないからな」

そういって、今度は光希の視線を正面から受け止める。

「おれの業界では、こんな格言がある。資産を増やせるのは、未来を信じられる者だけだ」

「父さん、それ、いま考えたでしょ」

「……なんでわかった」

「いちおう、息子なんで」

父が、この日初めて声を上げて笑った。

「心配するな。世界は終わらない。光希は、ちょっと山奥までピクニックに行くだけだ。おれたちはそう思ってる」

母も静かにうなずく。

「だから、帰ってきたとき、自分が人類を救ったなんて思い上がるなよ」

「わかった」

「行ってこい」

「行ってきます」

「あ、その前に」

母が明るくいった。

「おばあちゃんにも顔を見せてあげてね」

第四章　ナラティブの結節点

1

西暦二〇九九年七月二十七日の朝が来た。

間宮光希は、いつもより早く起きて朝食を取った。母が昨夜のうちに作ってくれたサンドイッチだ。両親はまだ寝ている。いや起きているかもしれないが、見送りはしないことになっていた。

持っていくものは、すでにリュックサックに入れてある。日除け用の折りたたみ帽子、モバイルバッテリー、携帯食料、飲料水、ハンドライト、タオル、雨具、防虫スプレーなど。通気性のよい長袖シャツに着替えてリュックを背負う。

「気をつけてね」

竜咲ライの声も、いつになく重い。

「そんな顔するなよ。明日にはまた会えるんだから」

「わたしたちに明日なんてあるのかな」

「あるさ」

光希はいった。

「明日も朝は来る、きょうと同じように」

竜崎ライが、ようやく笑顔を見せた。

「うん、そうだね」

自分の部屋から玄関まで音をたてないように歩き、履き慣れたスニーカーに足を入れ、暗く静まり返った家の中を振り返る。

「行ってきます」

小さくささやいてから、ドアを開けて外に出た。

マンションのエントランスを出たところに、予約したタクシーが待機していた。ＩＤ認証して乗り込み、行き先に多村一星の自宅を入力すると、滑るように動きだす。

東の空がようやく白みはじめていた。きょうはどんな一日になるのだろう。今朝、国際小惑星監視機構（ＩＡＳＯ）が発表した数値は、きのうと同じく七九・九パーセントだった。ただし、ＩＡＳＯの方針上、たとえ実際の確率が一〇〇パーセントであっても対外的には七九・九を超える数字は出さない、という噂もある。人々が自暴自棄になるのを抑えるためだ。たしかに、生き延びる可能性がほんとうに二割も残っているのなら、その二割に賭けてみようという気になるかもしれない。ほんとうに残っているのなら。

多村一星の家は古い一戸建て住宅で、彼は外に出て待っていた。隣に母親らしき女性が立っている。多村一星が彼女になにか告げると、女性が彼を抱きしめた。その口が、いってらっしゃい、と動くのが見えた。

「お母さん？」

タクシーが動きはじめてから尋ねると、

「伯母さん」

と返ってきた。

「ぼくは伯母さんに育ててもらったんだ」

頭上は雲一つない快晴。あの澄み切った空の向こうから、いまも巨大小惑星２０２９ＪＡ１、別名カドゥケウスが近づいている。地球に最接近するのは、日本時間の七月二十七日午後四時四十五分。ＩＡＳＯが提供するライブ位置情報サイトによると、２０２９ＪＡ１は最初から地球と正面衝突する軌道を描いているのではなく、近づくにつれて地球の重力に引き寄せられ、そのまま加速しながら落ちてくる公算が高いという。ただし、２０２９ＪＡ１の質量と速度によっては、地球の重力を振り切って宇宙の彼方へ飛び去る可能性も残されており、それが約二〇パーセントというのがＩＡＳＯの公式見解だった。

月曜日の朝なのに、駅に人は少なかった。会社や店舗も臨時休業のところが多いらしい。世界が終わるかもしれないのだ。仕事どころではないのだろう。それでも電車がちゃんと動いているのは凄いね、などと多村一星と話しながら、特急電車に乗り込んだ。

ヘルメス（正確には、ヘルメスの直上に建立された慰霊碑だが）へたどり着くには、さらに三回電車を乗り換え、最後は十キロ以上歩かねばならない。現地に到着するのは、おそらく午後になる。

2

実験地底都市ヘルメスとその関連施設は、十二年ほど前から、ジオＸ社の子会社にあたる日本ジオネクスが管理している。といっても実態は放置に近く、職員がティルトローター機で現地を訪れるのは年に一回、形ばかりの慰霊行事を執り行うときだけだった。

広大な敷地からは太く立派な道路が一本、山間を縫うように延びているが、これは日本政府がジオX社の実験地底都市計画を誘致する際、建築資材や重機の輸送路としてわざわざ新設したもので、施設が閉鎖同然となってからはまったく使われていない。さらに、社会を効率よく運営するための居住区限定政策が導入されると、ヘルメスを含めた一帯も居住不可区に指定され、公道システムから外れてしまった。以来、この道路も補修されることなく、荒れるに任されている。

いま、その草木に侵食されてひび割れた舗装の上を、疲労の色の濃い人々がまばらに行き交っていた。ヘルメスへ向かう者の足が重いのは、最寄りの無人駅から延々と歩いてきたためで、帰っていく者が悄然《しょうぜん》としているのは、シェルターとして開放されるという噂がでたらめであるという現実を、たったいま突きつけられたからだった。

「無駄だ。シャトルが動かない。ヘルメスには下りられない。行ってもなにもないぞ。馬鹿どもが喚き散らしてるだけだ」

帰路に就いたばかりと思われる一人の男が、ヘルメスへ向かう者とすれ違うたびに忠告するが、だれも耳を貸さない。ネットではデマ情報やフェイク画像が氾濫し、人は自分の信じたいものだけを選んで真実として受け入れる。ヘルメスがシェルターになると信じてここまで来た以上、みな自分の目で確かめなくては気が済まないのだ。それは、ほんの一時間前までの、彼自身の姿でもあった。

せっかくの親切を無視された男は、忌々しいほど澄んだ青空を見上げる。高地のためか比較的涼しいとはいえ、七月の日射しはやはり強い。間近に迫った山々から、有機物の噎せ返るような匂いが、大量の蟬の声とともに押し寄せてくる。

男の名は佐藤《さとう》カズキという。四十一歳になる現在まで家庭を持ったことはない。親から受け継いだ不動産のおかげで、お金の心配をすることなく好き勝手に生きてこられた。まだまだ好き勝手に生きていくはずだった。それが今回の小惑星のせいで台無しだ。彼にとっては、とにかく生き延びることが最優先事項だった。命さえあれば、なんとでもなる。

ヘルメスがシェルターとして開放されるという話を目にしたとき、佐藤は飛びついた。ヘルメスは元々、実験用シェルターとして造られたもので、現在も使用可能だという。だが、シェルターに入れる人数には限界がある。そこで物をいうのはなにか。カネだ。カネに決まってる。十分なカネを積めば、優先的に入れるに違いない。そう期待して、資産の一部を金塊に換え、ショルダーバッグに入れて運んできたのに……。

「……クソが」

目をもどすと、また一人、向こうから路上をやってくる者がいた。ひどく痩せた男で、乱れた髪が青白い顔にかかり、足下もふらついている。幽鬼のような姿はうす気味悪く、声をかける気にもなれない。

目を合わせないようにやり過ごした直後、ふと足が止まった。

振り向いて、離れていく痩せた背中を見つめる。

そうか。どこかで見た顔だと思ったら……。

＊

母はヘルメスの慰霊碑を実際に見たことがあるという。いまの光希と同じ十七歳のころ、祖母といっしょに追悼式典に参列したのだ。そのときジオX社の用意した専用バスを使ったのだが、バスの発着地となったのは都心部に近い複合ターミナルで、いま光希たちが三回の乗り換えを経て向かっている僻地の無人駅ではない。

「次の駅だね」

「やっと到着か」

線路を低く鳴らしながら往く鈍行列車は、ふだんは乗る人も少ないのだろうが、きょうは満員だった。側壁に沿ったロングシートはすべて埋まり、ドア付近に立っている乗客も何人かいる。おそらく、みな目的地はヘルメスだ。光希の真向かいに座る、小さな男の子を連れた家族らしき三人。その隣で顔を強ばらせている中年男性。眼光の鋭い黒ずくめの女性。彼らはヘルメスになにを求めているのか。シェルターか、念動力の増幅装置か、あるいは、それ以外のなにかか。外から推し量れる部分は知れている。

だが、容易に見当の付くグループもいた。

さっきからドア付近で声高にしゃべり、粗野な笑い声をまき散らしている二十代らしき五人組だ。ときおり「ライディーチオ！」と叫んでは、周りの反応を楽しんでいる。

中心にいる男は、五人の中ではいちばん小柄だが、つり上がった大きな目を熱っぽくぎらつかせ、笑うときは口を左右に広げて歯を剝く。脱色された髪は正面から強風に煽られているような形で固めてあり、滑らかな額が剝き出しになっていた。怒らせると手が付けられない。そんな雰囲気を漂わせている。

「おい、おまえら。いま、どんな気分だ」

その小柄な男が、とつぜん高圧的な声を車内に響かせた。乗客たちが、ぎょっとして顔を上げる。取り巻きの四人は、にやにやと眺めている。

男が通路をゆっくりと歩きはじめた。まるで自分が、この列車の支配者であるかのように、辺りを睥睨《へいげい》しながら。乗客たちは目を合わせぬよう、息を詰めてうつむく。

「あと何時間かしたらカドゥケウスがすべてをぶっ潰す。ここにいるあんたらもみんな死ぬ。積み上げてきたものがぜんぶ無駄になる。どんな気分だ。あぁ？」

子供連れの前で足を止めた。

「あんたら、シェルター組か」

三人がどう反応したのか、光希の位置からは男の背中の陰になって見えない。

「ヘルメスがシェルターになるなんて話を真に受けてんのか。あんなのデマに決まってんだろ。バッカじゃねえのか」

追従するような笑いが取り巻き連中から起こった。

「おい、少年。残念だったな。いいお家に生まれてきたのに、もうすぐおまえは――」

「や――」

「やめてあげなよっ！」

光希を遮って声を上げたのは多村一星だ。

男が振り向く。

「かわいそうだよ」

多村一星の頰にはうっすらと汗が滲んでいる。

男が、取り巻きの四人に愉快げな笑みを投げる。すぐ真顔にもどって男の子を指さし、

「こいつのどこがかわいそうだ。両親に守られて、ありもしないシェルターに連れていってもらえる。肌にも艶があって、ふだんからいいもの食ってんだろ。もうじゅうぶんいい思いできたじゃねえか」

隣の光希にも目を留める。

「へえ、おまえも贅沢なもん使ってるな。いいとこの出か」

膝の上に乗せているリュックを見ていった。

「悔しいか。せっかく恵まれた人生を当てたのに、じっくり味わう前に終わっちまって」

光希は震えそうな声を抑え、

「まだ終わると決まったわけじゃ」

男が目を眇《すが》める。

「おまえら、クルナか？」

喉が固まった。自分が〈ルキⅡ〉だと知られたら、また命を狙われるかもしれない。光希が返答を躊躇っているうちに、

「そうです」

多村一星が答えた。

とたんに男が人懐っこく笑い、

「今朝の最終更新、見たろ。あれ、実質一〇〇パーセントみたいなもんだ。もう勝負は付いたんだよ。残念だったな。あきらめて帰れ」

「だったら、どうしてあなたたちは、ヘルメスへ行こうとしてるんですか」

「多村くん」

光希は声を押し殺した。これ以上挑発しないほうがいい。こいつ、ヤバいよ。

「まだ逆転されるかもしれないと思ってるからでしょ」

しかし多村一星は、不思議なほど落ち着いて見えた。頬の汗もすでに乾いている。

男は、笑みを消した顔を多村一星に近づけ、

「させるかよ」

低く告げて身体を起こし、

「カドゥケウス、ライディーチオ！」

当てつけるように叫んだ。すぐに取り巻きの四人も続く。男が音頭を取るかたちでライディーチオのシュプレヒコールを執拗に叩きつける。ここにいる人々の希望を一つ残らず潰そうとするかのように。

「ライディーチオ！」

「ライディーチオ！」

「ライディーチオ！」

「クルナッ！」

多村一星が立ち上がった。

「おい、おまえ……」

「クルナ、クルナ、クルナッ！」

振り返った男が、多村一星に向かって一歩踏み出す。

「クルナッ！」

光希も考える前に立ち上がっていた。

「クルナッ！」

「クルナッ！」

二人で叫び続ける。

「おまえら……いい加減、黙らねえと」

そのとき。

「クルナ！」

向かいのシートに座っていた、眼光の鋭い黒ずくめの女性が、甲高い声を張り上げる。

「クルナ！」

子供連れの男性が続く。

そして次の瞬間。

「クルナァッ！」

その輪が車内に広がった。

「クルナ、クルナ、クルナ」

響きを重ねるごとに勢いが加速していく。クルナの声に合わせて、みな一斉に足を踏み鳴らしはじめる。床を揺らすクルナの鼓動が、ライディーチオの男たちを圧倒する。

「ライディーチオ！」

それでも彼らは引かない。多勢に無勢は明らかなのに、抵抗を止めない。あの小柄な男も、大きく剝いた目に鬼気を漲らせ、右拳を突き上げる。なんども、なんども、突き上げる。

「ライディーチオ！」「クルナ、クルナ！」

「ライディーチオ！」「クルナ、クルナ！」

閉ざされた空間でぶつかり、跳ね返り、そして重なり合った相反する祈りは、やがて奇跡的な拮抗に達し、ハーモニーのようなものさえ奏ではじめた。

だが、それも短命に終わる。

数で圧倒していたはずのクルナの声が、とつぜん潮が引くように消えたのだ。

残ったのは、ライディーチオの声だけ。

それも、たった一人の。

あの小柄な男が、凶暴な敵意で身を固めたようなあの男が、涙で顔をぐしゃぐしゃにしながら、ひび割れた叫びを吐き出し続けていた。無防備で弱々しい様は、まるで幼子の慟哭《どうこく》だった。取り巻きの四人も、無言でそれを見ている。

「ライ……ディーチオ」

男の叫びが、力尽きるように止んだ。

荒い息の下から、唾を飛ばして声を絞り出す。

「……こんな、クソみてえな世界は、なくなっちまえばいいんだ。おれたちがこんなふうになったのは、おれたちの責任なのか。ぜんぶ、おれたちが悪いのか。おまえらはそんなに偉いのか。立派なのか。おれたちとそんなに違うのか。この世界がおかしいんだろ。間違ってるんだろ。滅亡を望んでなにが悪い。拒絶したのはそっちだろうがっ！」

男に答える者はなく、ただ彼の噎び泣きと、居たたまれない沈黙が続く。

電車が停まった。

ドアが開く。

「おまえらみんな、カドゥケウスに潰されて死んじまえ！」

男が捨てぜりふを残し、

「どけっ！」

ホームで電車を待っていた人を押しのけて歩き去った。

取り巻きの四人も後を追った。

＊

間違いない。
あの幽鬼のような男。
ライディーチオ運動の〈レン〉だ。
この、クソ野郎が……。
佐藤カズキの中に小さく点った炎は、絶望を糧にしてたちまち燃え上がる。
彼の足は、躊躇うことなく、いま来た道をもどりはじめる。
その憑かれたような目は、レンの痩せた背中を捉えて離さない。

＊

無人駅の改札口を抜け、古びた駅舎から太陽の下へ出ると、そこは半円形の小さな広場になっていた。まだ公道システム圏内のはずだが、タクシーなどの車両は一台も見当たらない。代わりに広場を埋めていたのは、無人駅にはおよそ似つかわしくない数の老若男女だ。

いま電車から降りてきた者だけではない。すでにヘルメスまで行って帰ってきたと思われる姿も目に付く。みな一様に疲れ切った顔で路上に座り込み、うなだれて膝を抱えたり、靴を脱いで裸足になったりしている。その様子に動揺しているのは、ヘルメスがシェルターとして開放されるという噂を信じてこれから向かおうとしていた人たちだろう。そんな噂などデマに過ぎなかったことを、目の前の光景がこれ以上ないほどはっきりと告げているのだから。それでも、引き返す人はほとんどいない。電車の中でいっしょだった子供連れの家族も「ここまで来たんだから、行くだけ行ってみよう」と歩きだす。

「さっきのライディーチオ五人組は、もう出発したようだね」

多村一星のいうとおり、彼らの姿は広場のどこにもなかった。

とりあえず、光希はほっとする。

緊張がゆるんだ勢いで、

「僕があの男に絡まれたときさ」

気になっていたことが口からこぼれた。

「多村くん、あの男の注意を自分に引きつけようとしてくれたの？　僕がルキⅡだとばれないように」

しかし多村一星は、光希の問いには直接答えず、

「ぼくには、あの人の気持ちも、少しはわかるんだ」

といった。

「この世界は、まだまだ歪で野蛮だ。公平でも公正でもない。だからといって、滅んでもいいとは思わないけど」

「多村くんは――」

「ねえ、君たちもヘルメスに行くんだよね」

いきなり背後から打ち下ろされた明るい声に、思わずむっとして振り返ると、大学生らしき三人が立っていた。みな品があるというか、頭の良さそうな顔をしている。

「さっきは凄かったね。ああ、おれたちもクルナなんだ。仲間だよ」

どうやら同じ車両に乗り合わせていたらしい。

「まだ高校生でしょ。おれたち、怖くて顔を上げられなかったのに、君たちは勇気あるなあ」

「ほんと、大したもんだと思う。あんなおっかない野郎を泣かせてしまうんだから。胸がスッとしたよ」

三人それぞれ一方的にしゃべってから、

「で、思ったんだけど、ひょっとして君さ」

と熱のこもった瞳を光希に向け、

「ルキⅡじゃない？」

光希は返答に詰まる。

「雰囲気が似てたんだよね。電車の中で見たとき」

「違います」

多村一星が答えた。

「ルキⅡのことはもちろん知ってますけど、彼は違います」

「ルキⅡの動画が削除されたのは、ライディーチオの連中の仕業に決まってる。そのせいでカドゥケウスが地球に近づいてしまった。でも、ここにルキⅡが来てくれてるなら、こんなに心強いことはない。大逆転の見込みもじゅうぶんある。そう思ったんだけど」

しがみつくような視線に耐えられず、光希は目を伏せる。

「申し訳ないんですけど、ほんとに彼はルキⅡじゃないんです」

それでも諦めきれない空気が三人の間に流れる。

「ま、いいや」

断ち切るように一人がいった。

「違うというのなら仕方ない。おれたちの勘違いだ」

ほかの二人に目配せをしてから、あらためて光希たちに向き直った。

「で、どうかな。せっかくだし、ヘルメスまでおれたちといっしょに――」

「すみません。じつは彼、病み上がりで、あまり速く歩けないので」

多村一星がいうと、失望を露わにして、

「……そうか。それは、大変だね」

三人がうなずき合ってから、

「そういうことなら……」

最後に未練の一瞥を光希に投げ、広場を出ていった。

彼らの姿が見えなくなってから、多村一星がやれやれという感じで息を吐く。

「ぼくらも出発しようか」

3

なあ、ミクラ。

おまえはこれで満足なのか。ほんとうに悔いはないのか。

臣島レンは、いまも脳裏に棲む彼の面影に、繰り返し問いかける。

「ルキⅡですよ。彼を排除しないかぎり、この状況は打開できない」

ミクラが〈排除〉という言葉を使ったのは、例によって念動集会の帰り、灰色のワンボックスカーを高速道路のサービスエリアに停めたときだった。クルナ運動が生まれてからカドゥケウスの衝突確率が減る一方となり、ついに一〇パーセントを割り込んだことで、ミクラはそれまでになく激しい焦燥を見せていた。

「駄目だ」

むろんレンは強く反対した。

「ルキⅡに手を出すことだけは許さない。絶対にだ」

「時間がないんです。レン、あなたは、ライディーチオのリーダーじゃないんですか。カドゥケウスを地球に落として人類社会をリセットするんじゃなかったんですか」

「だからといって、一人の少年の命を奪うなど、認められるわけがない」

「カドゥケウスが落ちればどうせ死にます」

「それとこれとは話が違う」

「順番が違うだけで結果は同じでしょう」

「ミクラがやろうとしているのは殺人だぞ。しかも相手は未成年だ」

「我々は全人類を滅ぼそうとしているんですよ。先に一人くらいなんだというんですか。子供だろうが関係ありません。レン、あなたは矛盾してます」

ミクラの指摘はもっともだった。レンにもそのくらいわかっていた。だが、これだけは折れるわけにはいかなかったのだ。

二人の言葉はどこまでも平行線を辿った。互いに言葉が尽き、虚脱感の漂う中、ミクラが怪訝な顔でいった。

「なぜ、あなたは、そこまでルキⅡを守ろうとするのです」

「守る……?」

その言葉は、レンの不意を打った。

「まるで、彼のことを個人的に知ってるみたいじゃないですか」

狼狽《うろた》えた。いってはいけない。いうべきではない。頭では理解していたが、口が勝手に動く。

「直接は知らない。もちろん会ったこともない。だが、ルキの血縁であるというのが本当なら……」

「本当なら、なんです?」

レンは最後の躊躇いを払うように息を吐いた。

「ぼくの知り合い、いや……恩人の、孫かもしれない」

ミクラは、重い沈黙のあと、乾いた笑いを短く漏らし、

「見損ないましたよ」

レンに軽蔑の眼差しを向けた。

「あなたには、本気で人類社会をリセットする覚悟など、最初からなかったんだ」

その日を境に、ミクラはレンの前から姿を消した。連絡も途絶えた。

そして、あの事件が起きた。

レンのところにも警察が来た。ライディーチオ運動の中にテロを志向する動きがあることは警察も摑んでいたらしい。そして、レンがそれを抑えようとしていたことも。警察がその気になればレンを逮捕することもできたはずだが、あえてそうしなかったのは、ライディーチオ運動の過激化を防ぐにはそのほうがいいと判断したからだろう。

結局は、どちらでも同じだった。直後から衝突確率が大きく上昇に転じ、テロに訴える必要がなくなったのだから。最終的な数値は七九・九パーセント。実際はそれ以上だといわれている。

数字だけを見れば、ミクラが命を懸けて状況を反転させたと捉えることもできるだろう。だが、ミクラがなにもしなくても、同じように反転していたかもしれない。冷静に考えれば、その可能性のほうがはるかに高い。おそらく、ミクラが死ぬ必要は、どこにもなかった。自分の命と引き替えに、罪のない少年を苦しめる必要など、どこにもなかったのだ。

なあ、ミクラ。

ぼくたちは、根本的なところで、大きな過ちを犯していたのではないだろうか。そのせいで、おまえは無駄に若い命を散らすことに……。

……いや、ミクラは悪くない。ぼくが小さな間違いを重ね過ぎたのだ。自棄になってライディーチオ運動にのめり込んだことも、引き留める瀬良咲の手を振り払って〈ラムダの園〉を辞めたことも、ミクラをアシスタントとして迎え入れたことも、なにもかもが間違いだった。

その結果がこれだ！

もう取り返しはつかない。多くの人をライディーチオ運動に巻き込んだことや、おまえを死なせたこと、あの人の大切な孫に重傷を負わせたことの責任も取れない。そんな責任など、取りようがない。ただ、せめて、自分が引き起こしてしまったものの結末を、この目で見届け、この身に引き受けよう。

だから、行かねばならないのだ。

世界が終わるかもしれない今日、ライディーチオとクルナが交錯する、その場所へ。

*

さっきからぶつぶつと気味の悪い野郎だな、と佐藤カズキは思った。独り言の内容は聞き取れないが、その響きは譫言《うわごと》のようだ。

佐藤は、ライディーチオ運動にもクルナ運動にも関心はない。あんなオカルトを信じる奴らは馬鹿だと思っていた。ならば、なぜいま自分は、こいつの後を付けるような真似をしているのか。

ライディーチオ運動のレン。ネットで流れてきた画像でなんども目にした顔だ。小惑星2029JA1をカドゥケウスと呼び、人類を滅ぼすために地球へ落とそうと躍起になる姿を見るたびに、虫酸《むしず》が走って唾を吐きかけたくなった。だが、その程度の嫌悪では、いま自分の中に湧き上がる、禍々《まがまが》しい衝動の理由にはなりそうにない。

ああ、そうか。

自分はいま、ほんとうにこいつのせいかもしれない、と感じているのだ。こいつのせいで小惑星が地球に落ちてきて、世界が終わるのだと。まだ生きていたいのに、死にたくないのに、こいつのせいで……。

それがわかると、まるで麻薬でも使ったかのように、心の枷が外れた。

そうだよ。

こいつだ。

こいつのせいだ。

こいつのせいにしてしまえ。

こいつさえ、いなければ……。

こいつさえ……。

こいつさえ……。

こいつさえ……。

右手がショルダーバッグの中を探り、硬く冷たい板状の金属に触れる。一キログラムの金塊。きょうはこれを三つ持ってきた。そのうちの一つを握り、そっとバッグから取り出す。

足を速め、距離を詰める。

奴はまだ気づかない。

金塊を握る手に力が入る。

心臓の鼓動が肋骨を軋ませ、大動脈が波打つ。

残り数メートル。

金塊を振り上げながら飛びかかろうとした一瞬、虫の低い羽音が警告するように耳元をかすめた。


そうだった。


小惑星が落ちてこない可能性も二〇パーセント以上あるのだ。その場合、こいつを殺してしまえば、一生を棒に振ることになるかもしれない。それに……。

腕をゆっくりと降ろし、前後の路上へ視線を飛ばす。

ヘルメスへ向かう者。ヘルメスから帰る者。ここには、まばらながらも、人の目がある。

佐藤は大きく息を吐き出す。どうかしていた。こんな場所で人殺しなんて。動悸が収まらない。

ライディーチオ運動の連中は、この世界に希望がなにもないから、世界を道連れに死のうとしているのだ。そんな奴らにとって死は救いでしかないとも聞く。そもそも、たった一キロの塊で人を殺せるのか。気絶させることすら難しいのではないか。金塊で殴りつけるなど、どう考えても悪手でしかない。

だが、このままでは腹の虫が収まらなかった。どうにかして、この男を痛めつけてやりたい。いまの自分と同じくらいの苦しみを味わわせてやりたい。どうすれば……。

ふと、右手に握りしめたままの金塊に目が行く。

前を往く痩せた背中に視線を移す。

佐藤の顔に笑みが広がった。

「おまえ、ライディーチオ運動のレンだよな」

幽鬼のような男が足を止め、振り向いた。その動作が思ったより速かったので、佐藤は後ずさりそうになる。

「これをおまえにやるよ」

大股で近づき、男の手を取って、金塊を持たせた。

「本物のゴールドだ。一キロある。思いっきり贅沢できるぞ。世界が終わらなければな」

簡単なことだ。

希望がないなら与えればいい。いったん手にしてしまえば、それを失う不安や恐怖が生まれる。悲しみ、苦しむことになる。いまのおれのように。ざまあみろだ。

「必要ない」

男が金塊を突き返してきた。

予想もしなかった反応に、佐藤は男の顔から金塊へ視線を往復させ、

「おいおい、本物の純金だぞ。一年や二年は遊んで暮らせる。落ち着いて考えてみろ。小惑星が絶対に落ちてくると決まったわけじゃない。落ちてこない可能性だって残ってる。そのときはおれも譲ったことを後悔するかもしれんが、そんな後悔なら喜んでしてやる。だが、どう転んでもおまえに損はない。落ちてきたらどちらにせよそれまでだし、落ちてこなかったら丸儲けだ。な、悪い話じゃないだろ。心配するな。後になって返せとはいわん。約束する。おれは、せめてもの慰めに、ちょっとした賭けをしたいだけなんだ。だから遠慮はいらん。取っておいてくれ。な」

男が関心なげに、金塊の置かれた手を傾ける。掌を滑って落ちる金塊を、佐藤はあわてて受け止めた。

「なんでだ」

男の顔を凝視した。

男は背を向けて歩きだす。

「ちょっと待て」

佐藤は走って前に立ちはだかった。

「よし……これをぜんぶやる」

金塊をショルダーバッグにもどし、バッグごと差し出した。

「さっきの金塊が三つ入ってる。三キロだ」

佐藤は、自分の所行に震えながら、笑った。

「これだけあったら、人生、変わるぞ。どうだ」

しかし男は、佐藤の姿など目に入らないかのように、ふたたび歩きはじめる。

佐藤は、見えない力に押され、道を空けた。

男は、ただ歩いていく。さっきまでと変わらない、弱々しい足取りで。

なんなんだ、こいつは……。

その姿を目で追う佐藤の胸に生じたのは、混乱ではなく、怒りや憎悪でもなく、これまで彼がほとんど抱いたことのない類のものだった。

「おい、おまえ！」

たまらず呼びかけた。

「いまさらヘルメスに行って、なにする気だ！」

「見届ける」

振り返りもせずに男がいった。

「……なにを？」

男はもう答えない。

佐藤は、遠ざかる後ろ姿を、呆然と見つめる。

気がついたときには、足が前に出ていた。

今度こそ、自分がわからない。

なぜおれは、あの男に付いていこうとしているのだ。

＊

駅前広場を出発してしばらくは細い車道を進んだ。沿道に建ち並ぶ民家は一様に古いが、ガレージには車があった。まだ人が住んでいるようだ。

しかし二十分も歩くと光景は一変する。あちこちに民家は残っているが、どれも一目で廃屋とわかるほど荒れていた。この辺りはもう居住不可区なのだ。公道システム圏からも外れているので、違法改造車か、特別な認可を受けた車両でもないかぎり使えない。

「日本にも、こんな場所があったんだ」

光希が漏らすと、多村一星も、

「話には聞いてたけど、こうして目の当たりにすると、怖くなってくるね」

無人の集落跡を抜けてさらに三十分ほど歩くと、ようやく実験地底都市道路、俗にいうヘルメス道路に出た。かつて実験地底都市建造のための重機および資材運搬用として造られたもので、片側一車線ながら幅が広い。

「あとはこの道を進めばいいのか」

いまのペースなら二時間もあれば敷地の入り口に到達できそうだ。

「少し休憩しようか。カロリーも補給しておいたほうがいい」

光希の体調を気遣ってくれたのだろう。

多村一星の言葉に甘えて、リュックから取り出した断熱シートを広げ、そこに並んで腰を下ろした。水筒に口をつけ、携帯食をかじる。太陽はほぼ真上から照りつけてくる。道路の周囲に広がるのは、放棄された耕作地や山林ばかりだ。

「ライディーチオの人たちは、ずいぶん先に行ったみたいだね」

山間を縫うように走るヘルメス道路には、まばらに人影が散らばっているが、あの五人組の姿も、駅前で声をかけてきた大学生たちらしき姿も、見当たらない。

「気になる？」

光希は、うん、とうなずく。

「また絡まれるとか、そういうことではないんだけど」

水を一口飲んで、

「あんなふうに大人が泣くのを、初めて見たから」

感情が高ぶったというより、心が壊れたような泣き方だった。

「あの人は、心の底から悲しくなったたんじゃないかな」

光希は多村一星の横顔を見る。

「だって、自分の生まれた世界の破滅を願わなくちゃならないなんて、こんなに悲しいことはないよ」

「あの人は、どうして世界の破滅を願ったんだと思う？」

「本人の言葉を借りれば、拒絶されたから、ということになるんだろうけど」

「……拒絶か」

「この世界のあらゆるものが自分を排除しようとしてくる。そう思えて仕方がないときってない？」

「なんとなく、わかる気はする」

「それが、ずっと続くんだよ。気のせいじゃなくて、現実レベルで」

多村一星の声には、実感がこもっていた。

「ぼくも、奨学金に落ちてたら、いまの学校には通えなかったし、将来の選択肢もなくなってた。そのときは、あの人みたいにこの世界を憎んで、いまごろライディーチオと叫んでたかもね」

ふっと鼻を鳴らす。

「世界に不満があるなら世界を変える努力をすればいい、なんて簡単にいう人もいるけど、個人レベルでできるわけがないんだよ。ほんとうに世界を変えるには、大勢の力を一つにまとめるリーダーが必要になる。世界を変えられると思わせてくれる、そういう夢をみんなに見させてくれるリーダーがさ。でも、いまの社会を見渡しても、そんなリーダーなんてどこにもいないじゃない」

彼らしからぬ、嘲りの響きがあった。

「そこに天から現れたのがカドゥケウスだよ。といっても、カドゥケウスは世界を変えるどころか、消滅させてしまうわけだけど、もうどっちだっていい。少なくともカドゥケウスは、夢を見させてくれるんだから」

ふと我に返ったように息を吸う。

「絶望しかないなら、いっそ世界が滅んでしまえばいい。人がそういう気持ちを抱くのは止められない。ほんとうは、そういう気持ちを人に抱かせない社会をつくらなきゃいけなかったのに、ぼくらの社会はそれに失敗した。ライディーチオ運動は、その結果なんだと思う」

目を上げて、

「あの人が世界の破滅を願ったのは本心からだった。でも、ほんとうに世界が終わりそうになると、自分がそれを願ってきたことが悲しくて、やりきれなくて、あの瞬間、そんな思いが一気にこみ上げてきたんじゃないかな。あくまで、ぼくの想像だけど」

光希に微笑んでから、意識を内に向けるようにうつむく。

「たとえばさ、小さな子供には、親から愛されたいという気持ちがあるものでしょ。それがどんなに酷い親だったとしても」

伯母に育てられた、という彼の言葉が、光希の脳裏を過ぎる。

風が吹いた。

暑さを忘れさせてくれる気流が、蟬の声を彼方へ運んでいく。

空はどこまでも青く澄んでいる。

「あのね、間宮くん。笑わないで聞いてほしいんだけど」

多村一星が、気持ちを切り替えるように声を弾ませた。

「ぼくはきょう、本気でカドゥケウスを押し返すつもりでいるんだよ」

強い意志を宿した瞳を、光希に向ける。

「ぼくは未来を生きたいんだ。こんなところで死にたくない」

4

実験地底都市ヘルメスおよび地上コントロールセンターと呼ばれた施設は、十二年ほど前から株式会社日本ジオネクスの管理下にあるものの、その実態が放置に近いことはすでに触れたとおりである。それでも近年までは、警備会社と契約して導入した防犯システムが機能し、ゲートを乗り越えて侵入しようとする者に警告を発したり、当該警備会社に通報したりするなど、管理会社としての最低限の体面は保たれていた。状況が一変したのは、一帯が公道システム圏を外れてからだ。

車両でアクセスすることが困難になったため、いざというとき警備会社が駆けつけるには空路を使うしかなくなったが、それでは契約料が跳ね上がる。しかしアクセスしにくいのは侵入者にしても同様のはずで、防犯システム自体がもはや不要ではないか、といった希望的観測により、日本ジオネクスは警備会社との契約を打ち切ったのだ。

この決断が誤りであることはただちに明らかになる。いつの世にも物好きはいるもので、十キロメートル以上の道のりを踏破して敷地に侵入する者が跡を絶たなかった。しかし日本ジオネクスは、警備会社との再契約には動かず、現状を黙殺することにした。事実上、管理会社としての責務を放棄したのである。

文字どおりの廃墟となったヘルメスは、やがて知る人ぞ知る心霊スポットになる。そもそもこの場所は、二百四十名の死者を出した惨事の現場でもあるのだ。簡素な白い衣服を纏った集団が慰霊碑の下に立っていたとか、ドーム型のステーションの中から苦しげな呻き声が聞こえたなどといった噂が流れ、怖いもの見たさの人々を惹きつけた。小惑星カドゥケウスの衝突確率が五〇パーセントを超えたとき、慰霊碑のピラミッド型モニュメントが念動力を増幅させるという話が生まれたのは、この場に超自然的なエネルギーが溜まっているというイメージが浸透していたせいもあるのだろう。

いま、ヘルメスの慰霊碑の下には、その超自然的な力を求める人々が集結し、各々の祈りと願望を渾身の叫びにのせて、天空の彼方に浮かぶ巨大な塊へぶつけていた。

「カドゥケウス、ライディーチオ！」

「クルナ！」

「ライディーチオ！」

彼らの声は、レンの後に付いて結局ゲートまでもどってきてしまった佐藤カズキの耳にも届いた。ゲートといっても名ばかりで、侵入者の行く手を塞いでいたスチール製の門扉は壊され、すでに用をなしていない。

ときおりゲートを出てくるのは、佐藤と同じく、シェルターに入れると信じてここに来た者たちだろう。疲労と失望に打ちのめされ、生気のない顔で足を重そうに引きずる様は、地底都市から這い上がってきた霊魂だといわれても信じてしまいそうだ。レンとすれ違っても、それがライディーチオ運動の代表的人物だと気づく者もない。もっとも、いまのレンの姿は、演説動画から受ける力強い印象とはかけ離れており、気づけた佐藤のほうが珍しいのかもしれないが。

ゲートを入っても、慰霊碑まではかなりの距離を歩く。途中にある円形の広場は、かつてヘリポートとして使われた場所らしいが、いまは色とりどりの簡易テントがいくつも散らばっていた。数日前からここに寝泊まりしている猛者《もさ》もいるのだ。とはいえ、建物内のトイレは使えず、水も自由にならない中での生活である。衛生状態が良好とはとてもいえないであろうことは、彼らの風下に立つだけで察しがついた。

当然ながら佐藤は、泊まり込むような連中はクルナかライディーチオの狂信的な運動家だろうと決めつけていたので、少なからずシェルター組もいると知ったときは驚いた。小耳に挟んだところでは、実験地底都市ヘルメスが廃墟になったというのは世間を欺くための偽情報で、実際はいまも正常に稼働しているという噂があるらしい。そして今まさに避難者を受け入れる準備がヘルメスにおいて進められており、もうすぐ地底から迎えがやってくるというのだ。ヘルメスがシェルターとして開放されると信じてここまで来た佐藤ではあったが、さすがにこの話には呆れた。

「だってよう、ステーションのあの有様を見たら、まだヘルメスが生きてるなんて思えねえよ。よくもあんな話を信じられるもんだ」

佐藤が背後から話しかけても、相変わらずレンは一言も返さず、ただひたすら前へと進む。

「ま、おれも人のことはいえんがな。つまらん噂を本気にして、こんなところまで来ちまったんだからよ。どうかしてたんだよな」

それでも佐藤は、ため込んだものを吐き出すように話し続けた。このレンと思《おぼ》しき男は、一方的に話しかけても怒らないし、変に混ぜっ返すこともない。

「おれだけじゃない。ここにいる奴らは、みんなどうかしてる」

ヘルメスの敷地のいたるところで、疲れ切った顔の者たちが、ライディーチオとクルナの響きを遠くに聞きながら、ぼんやりと突っ立ったり、座り込んだりしていた。かと思えば、ドラッグやアルコールを持ち込んで騒ぐグループや、切なげな様子で抱擁し合う男女もいる。

「まともな奴なんか一人もいねえよ。まともなら、世界が終わるかもって日にこんなところに来ないからな。もちろん、あんたもだぜ」

佐藤は短く笑った。そして、この場で自分が笑えたことが、妙にうれしかった。

「ところでさ、あんた、ここでなにを見届けるつもりなんだ」

気持ちが落ち着いてきたら、あらためてこの男に対する好奇心が頭をもたげる。

「やっぱり、ライディーチオ運動の成果か？」

「そんなものはない」

男が忌々しげに答えた。

佐藤は、小躍りしたくなる気持ちを抑え、男の横に並ぶ。

「やっと返事をしたな。おれは佐藤カズキ。あんた、ほんとにレンなんだよな、ライディーチオ運動の」

男が前を向いたまま、小さくうなずく。

「もうライディーチオとは縁を切ったのか」

レンが佐藤を見た。そこにだれかがいることに初めて気づいたような目で。

「そういう顔してるからよ」

視線を揺らしながら前を向き、

「ぼくは……間違えた」

「間違えることなんて、だれにでもある。おれだって、さっき、ほんとはあんたを殺そうとしたんだぜ。あの金塊で殴りつけて」

「殺せばよかった」

佐藤はため息を吐く。

「後悔してるのか」

「なぜぼくに関わる。腹が立つからか。ライディーチオなんて余計なことをして」

「さっきまではな。いまは話し相手が欲しいだけだ。その点、あんたはちょうどいい。愚痴聞き地蔵って知ってるか」

レンが口を閉ざす。

「いまのあんたこそ必要じゃないのか。話し相手」

しかし言葉は届いているはずだ。

「話してみろよ。聞いてやるぜ。おれがこんなに気前よくなるのは滅多にないんだぞ。ちったあ、ありがたく思ってくれ」

「……考えておく」

佐藤は、ははっと声を上げる。

「そんな時間、残ってるのかよ」

大きな建物を回り込むと、風圧をともなう熱気に乗って聞こえてきた。

「ライディーチオ！」

「クルナ！」

「ライディーチオ！」

「クルナ！」

レンが足を止めて、それを見上げる。

「あんたも初めてか」

ドーム型のシャトルステーションは、手前にある五階建てビルよりも高く聳えていた。画像で見たことがあっても、実際に眼前にすると、球面の威容に圧倒される。そのドームを守るように被せられた巨大なピラミッド状のフレームが、二百四十名の魂を慰める碑だ。どちらも土埃や風雨に晒されつづけたために寂しく薄汚れ、かつて銀色に輝いていたであろう慰霊碑もいまはくすんだ灰色にしか見えない。ステーションからは窓のある渡り廊下が延びているが、その窓ガラスにも破損が目立つ。地表に接する側面にドアらしきものがあり、おそらくあの向こうにシャトルの乗降口があるのだろうが、ずっと閉め切られたままだ。佐藤が間近まで行って確認したときには、だれかが強引にこじ開けようとした痕跡もあった。

「ライディーチオ！」

「クルナ！」

「ライディーチオ！」

「クルナ！」

シャトルステーション周辺には、佐藤が最初に来たときよりも人が増えていた。おそらく四、五百は下らない。それも漫然とドームを取り囲むのではなく、みな慰霊碑の下に収まるように立ち、ピラミッドの頂点を見上げて、各々の呪文を連呼している。拳を突き上げる者もいれば、両手を掲げている者もいた。

「ピラミッドの中に入ってる必要があるんだとさ。そうすると、あの天辺から念力が小惑星に向かってビームみたいに飛んでいくんだと。ったく、だれが考えたのか知らねえが」

「ライディーチオ！」

「クルナ！」

「ライディーチオ！」

「クルナ！」

いまのところ両者の勢いはほぼ拮抗しているようだが、クルナ側が必死なのはわかるとして、ライディーチオの連中までが大きく目を剝き、こめかみに青筋を立てるような形相をしている。どいつもこいつも、まともじゃない。

それでも両者入り乱れての乱闘には至らず、きれいに左右に分かれて一定の秩序が保たれているのは、不思議な光景だった。理由を考えても、これといったものが思いつかない。そのことを何気なく漏らすと、

「共犯だからな」

とレンがいった。

「共犯？」

「ライディーチオも、クルナも、念力で小惑星を動かせると信じてる。そしてあのピラミッドが念力を増幅してくれるという理由でここに集っている。望むものは正反対だが、拠って立つ土台は同じだ」

「ふうん。まあ、おれにはよくわからんが」

佐藤は鼻息を吐く。

「で、あんたは、これからどうするんだ。こんどはクルナの応援に回るのか」

「どけっ！」

いきなり後ろから荒々しい声が迫ってきた。

佐藤は間一髪でかわしたが、

「邪魔だ！」

反応の遅れたレンが突き飛ばされて転んだ。

「おい大丈夫か、レン！」

佐藤は思わず膝を折ってレンの背中を支える。

「問題ない」

レンが両手を地面に突いて上体を起こす。

「……レン？」

さっきレンを突き飛ばした小柄な男が、足を止めて振り向いていた。

「あんた、ライディーチオのレンなのか」

小柄な男のほかに仲間が四人いる。みな驚いた顔でこちらを見ている。

「だったらどうした」

佐藤は怒りにまかせて睨みつけた。

男があわてた様子で駆け寄ってきて、レンの前に腰を落とす。

「悪かった。あんたとは思わなかった」

憧れの人に向けるような眼差しでレンを見つめる。涙さえ滲ませて。

「レン、ほんとうにレンだ。あんたに会えてうれしいよ！」

口を大きく割って歯を剝く。

「やっぱり来てくれたんだな。表舞台から消えたなんていう奴もいたけど、おれはあんたを信じてたよ。さあ、最後の仕上げにかかろうぜ。いっしょに、この世界をぶっ壊してやろうぜ」

レンの腕を取って立ち上がらせようとするが、レンは男の手を静かに払った。

「申し訳ないが、ライディーチオはやめたんだ」

一人立ち上がった男が、拒絶された自分の手に呆然とする。

腰を突いたままのレンを見下ろし、

「なにいってんだよ。あんた、レンだろ？　ライディーチオのレンなんだろ……？」

「怖じ気づいたんだ。笑うなら笑ってくれ」

つり上がった大きな目が、怒りで膨れ上がる。

「……だったら、なんでここにいる」

「見届けるためだ。自分のしたことの結末を」

「なにを他人事みたいに……」

ふたたび腰を落としてレンの両肩を摑む。

「いまさら逃げんじゃねえよっ！」

激しく揺すった。

「おれは、あんたの演説を聞いて救われたんだぞ。生まれて初めて生き甲斐を感じたんだよ。このライディーチオに。あんたには、おれたちを駆り立ててここまで導いてきた責任がある。おれたちを置き去りにして勝手に降りてんじゃねえよっ！」

叫んだ男の顔が歪む。激しい苦痛を堪えるかのように。

「くそったれがぁっ！」

レンの肩を突き放し、立ち上がった。

目元を拭いながら背を向け、仲間たちのもとへもどっていく。

レンがゆっくりと腰を上げ、離れていく男たちの背中に目を細める。

穏やかともいえる沈黙を挟んでから、自分の心の中に語りかけるように、

「そうだな……たしかに、虫がいい話だったな」

「おい、あんな奴のいうこと気にするな」

佐藤にちらと悲しげな笑みで応えて、

「そういうわけにはいかんよ」

ふたたび男たちの背中へ目を向け、息を深く吸い込む。

「カドゥケウス、ライディーチオォ！」

全身を震わせて叫んだ。

男たちが振り返った。

「カドゥケウス、ライディーチオォ！」

レンが叫びながら彼らに歩み寄っていく。

たちまち五人の顔に笑みが広がる。

「カドゥケウス、ライディーチオォ！」

拳を突き上げてレンに応える。

「カドゥケウス、ライディーチオォ！」

レンを迎え入れて六人になった一団が、慰霊碑の下へ向かっていく。

「カドゥケウス、ライディーチオォ！」

レンの登場に気づいたライディーチオ陣営から、地鳴りのような歓声が上がった。レンが右腕をまっすぐ伸ばしてピラミッドの頂点を指さし、

「カドゥケウス、ライディーチオォ！」

と叫ぶと、彼らもそれに倣う。

「カドゥケウス、ライディーチオォ！」

対照的に、クルナ側は意気消沈したのか、徐々に声が小さくなった。離脱する者も出てきた。

「カドゥケウス、ライディーチオォ！」

「カドゥケウス、ライディーチオォ！」

佐藤は顔をしかめた。

「あぁあ、見ちゃいられねえな」

同志に囲まれたレンは、懸命に〈ライディーチオのレン〉を演じているが、無理しているのが遠目にもわかる。

「おれは帰るぜ。じゃあな、レン」

佐藤は居たたまれなくなって背を向けた。小惑星の最接近まであと二時間あまり。地球に落ちてきた場合、半径数百キロメートル以内では即死を免れないが、落下地点がじゅうぶんに離れていればしばらくの間は生きていられるという。小惑星がどこに落ちるのか、家まで生きて帰れるだけの時間が残されているのかどうかはわからないが、こんなところで死ぬよりはマシだ。

建物の陰に回ると、忌々しいライディーチオの声が、少しだけ和らいだ。

日射しは相変わらず強い。ショルダーバッグから水筒を取って水を飲む。

「ったく、どいつもこいつも」

馬鹿ばかりだ。

ただ、と目を声の聞こえてくる方へ向ける。

佐藤は、念力で小惑星をどうにかできるなどという与太話は信じない。だが、彼らは違う。自分たちの力で動かせると本気で思っている。その力を使って、ライディーチオは小惑星を地球に落とそうとし、クルナは押し返そうとしている。ライディーチオは世界を滅ぼすために、クルナは自分たちが生き延びるために。佐藤からすれば、どちらも、ありもしない幻に縋っているだけだ。

しかし、醒めた目で見ている自分より、彼らのほうが〈生きている〉と感じられるのは、どういうことだろう。

とくにクルナだ。たとえ残り時間が少なくとも、ああして最後の瞬間まで、生きるために足掻き続けるほうが、人間らしい姿であるように思えてくる。命とは、本来そういうものではないのか。こんなときに金塊を抱えていても、なんの意味もない。慰めにもならない。

ああ、そうか、と佐藤はようやく悟る。

おれは羨ましいのだ。

まだ生きる希望を失っていない彼らが。

こんなときに、たとえ幻であっても、命を燃やせるものがあることが。

かといって、いまさら……。

空気が妙にざわついていることに気づく。

振り返ると、こちらに駆けてくる者がいた。

「——が来るぞぉ！」

喜色あふれる顔で、周囲に触れ回っている。

「ほんとに来るんだぞぉ！」

佐藤は訝《いぶか》しむ。あいつもライディーチオ野郎なのか。しかし、それにしては妙なタイミングで妙なことをいう。小惑星が来るのは前からわかっていたことだし、衝突までも間がある。

「おい」

慰霊碑のほうへ駆け抜けていこうとするその男の腕を掴んだ。

「なにが来るんだ」

男が嚙みつかんばかりに顔を近づけ、

「ルキⅡだ。電車の中で目撃したという人が、たったいま到着して教えてくれた。もうすぐここに来るんだよ、あのルキⅡがっ！」

「なんだ、ルキⅡって」

男が大げさに驚いて、

「知らないのか。クルナ運動の創始者だ。とつぜんネットから消えて死亡説まで流れた。でも生きてたんだ。ルキⅡが復活した。これでカドゥケウスをもう一度押し返せるぞ！」

笑いながら佐藤の腕をぽんと叩き、建物を回って慰霊碑へ駆けていく。

「ルキⅡだぁっ、ルキⅡが来るぞぉ！」

佐藤も男の跡を追って道をもどる。

「ルキⅡ！」

「ルキⅡ！」

「ルキⅡ！」

まるで魔法の呪文だった。クルナ陣営が完全に勢いを取りもどしていた。

そしてなぜか、クルナなど信じていないはずの佐藤まで気持ちが高ぶり、心臓が激しく鼓動しはじめている。

＊

国際小惑星監視機構（ＩＡＳＯ）は、２０２９ＪＡ１が地球に落ちてくる確率として七九・九パーセントという数値を公表しているが、落下地点についてはまったく触れていない。不確定要素が多く予測が難しいというのがその理由だが、やはりパニックを防ぐためにあえて言及を避けているのだろう。具体的な落下地点がわからなければ、なんとなく自分のところには来ないと思えるものだ。

それ以外の情報ならば、ＩＡＳＯのライブ位置情報サイトで最新のものを一通り得られる。なかでも、全世界の人々がこの瞬間も固唾を呑んで見守っているのは、地球と２０２９ＪＡ１の位置関係を示す画像だろう。一分ごとに更新されるこの画像を見れば、小さな球として表される２０２９ＪＡ１が、徐々に地球へ引き寄せられてきた軌跡もわかる。そして軌跡のどこかをタップすれば、その時点における２０２９ＪＡ１の高度、つまり地球からの距離も表示される。

「高度がどんどん下がってきたね」

デバイスで最新値をチェックしていた多村一星が、低い声でいった。

「地球の重力に捕まって、加速しながら近づいてる」

「かなりヤバい状況？」

「そうとも限らないかな」

画面から目を上げる。

「加速したほうが、落ちてくる確率が低くなる可能性もある」

いま光希たちは、二回目の休憩で足を休めているところだった。同じ電車で来た人たちは、とっくに先へ行ってしまった。

「この小惑星は、最初から地球とぶつかるコースを飛んできたんじゃなくて、本来は少しずれてたのに、地球の重力に引っ張られてこっちに曲がってきてる。つまり、いまカドゥケウスは、地球に向かって弧を描きはじめてる。弧を描く物体には、外へ向かう遠心力が働く。そして遠心力は、物体の移動速度が大きいほど強くなる。もし、地球へ向けて曲がり切る前に十分な速度に達し、遠心力が重力を上回るようなことになれば、カドゥケウスは重力を振り切って地球から離れていくはずだ」

「てことは、カドゥケウスを下手に押し返そうとすると、速度が落ちて逆効果になるんじゃ……」

「理屈としてはそうかもしれないけど、結果的に地球に来ないようにするのがクルナ運動だから、〈押し返す〉という意識のままでいいと思う。そのほうが感覚的にわかりやすいし、いまから変えても、みんな混乱するだけだよ」

それもそうか、と光希は納得する。

「いずれにせよ、まだ希望はあるわけだね」

多村一星がうなずく。

「さ、そろそろ出発しよう。あと一息だ」

「うん」

光希は水筒をリュックにもどして腰を上げた。

臣島レンは激しく動揺した。

ルキⅡが来る？

あの人の孫にあたる少年が……自分のせいで瀕死の重傷を負わせてしまった少年が……ここに来るというのか。

＊

考えてみれば、光希がこれほど長く多村一星と行動をともにしたのは初めてだ。とくに無人駅前の広場を出てからは、周りにほとんど人がおらず、ほぼ二人きりの状態だった。小惑星カドゥケウスの最新情報のほかにも、これまで二人が話題にしてきた本や映画などについて、思いつくまま語り合いながら歩く。そんな貴重な時間に、光希は生きる喜びとはなにかを教えられた気さえするのだった。

アバターを介して会うときとは違い、互いの声や息遣いを近くに感じながらの語らいとなれば、くつろいだ親密さに誘われ、胸の奥にしまっておいたものが口からこぼれ出ることもある。

「ぼくは政治家になりたいんだ」

多村一星がそう告白したのは、目的地まで残り一キロメートルほどになったころだった。

これまでの人生で政治家になりたいなどと一瞬たりとも思ったことがない光希は、

「なんで！」

と叫んでしまった。

多村一星は気を悪くした様子もなく、

「もっといい社会に変えたいんだよ。だれもライディーチオなんて叫ばずに済む社会に」

といった。

「ライディーチオの人たちは、社会を変えるなんて無理だと諦めてる。だから、カドゥケウスが落ちてなにもかも無くなってしまえばいいと思ってる。でも、ぼくは諦めたくない」

前を向いたまま、淡々と続ける。

「社会を変えようとするとき、ぼくたちがまず克服しなきゃいけないのは、暴力への誘惑だ。ライディーチオが希望を託してるカドゥケウスは、あの人たちにとって暴力の象徴なのだと思う。たしかにこれまでの歴史では、暴力が社会を大きく変えてきた。良くも悪くもね。でも、二十二世紀にもなろうってときにそれじゃあ、ホモ・サピエンスの名が泣くよ。暴力なんかに頼らなくても、忍耐と想像力があれば、代替手段は常に存在するはずだ」

思いを込めた視線を、真っ直ぐ放つ。

「世の中を動かすのは暴力じゃない。絶対に暴力であってはならないんだ。もちろん独裁的な権力でもない。政治なんだよ。政治を馬鹿にしちゃいけない。社会という複雑きわまる怪物を変えるには、高度で繊細な技術が必要になる。それが政治だ。単純なものじゃない。一朝一夕に身に付くものでもない。だからこそ、ぼくは……」

「すごいな。そんなこと考えてたんだ」

「と思うでしょ」

光希に顔を向けて、照れ隠しの笑みを浮かべた。

「じつはこれ、前に読んだ小説の受け売り。政治家になって社会をもっと良くしたいというのは本当だけどね」

清々しい表情で天を仰ぐ。

「稚拙な夢かもしれない。でも、いま夢を見なくて、いつ見るんだよ」

＊

間宮唯は、デバイスに表示された画像を、祈るような気持ちで見守っていた。ＩＡＳＯのライブ位置情報サイトによれば、地球の重力に捕まった小惑星２０２９ＪＡ１は、こちらへ向けて舵を切りはじめている。曲がり切って落下コースに入る前に脱出速度に到達すれば、地球にぶつかることなく離れていくはずだが、まだ加速が足りていないようだ。このまま脱出速度に達することなく落下コースに入ってしまえば万事休す。重力に乗って凄まじい勢いで地表に激突し、世界は終わる。２０２９ＪＡ１が脱出速度に到達するのが先か、落下コースに入るのが先か。いまや人類の命運は、この一点に懸かっていた。

「そんなに張りつめてると神経が参っちゃうよ」

リビングのソファに寝そべった丈通が、手にしたデバイスから顔を上げていった。

「なるようにしかならないんだから」

「あなただって、さっきからずっと光希の位置を確認してるじゃない。心配で仕方ないんでしょ」

バレてたの、と目を丸くする。

相変わらず、わかりやすい人だ。

唯は、ふっと息を抜いて、

「いま、どのあたり？」

丈通がデバイスに目をもどす。

「もうすぐ入り口に着く」

「……そっか」

ヘルメスの慰霊碑には、２０２９ＪＡ1を地球に落とそうとするライディーチオと、押し返そうとするクルナ、それぞれの思いを抱いた人々が大勢集まっているという。

かつて自分も一度だけ、母に連れられて訪れたことのある場所。

幼いころに可愛がってくれた伯父の魂が眠る場所。

そして伯父の子、ルキが初めて地上の空気に触れた場所。

いま、その地に、光希が立とうとしている。

＊

「あれだね」

多村一星の声に、光希もうなずく。

大きな道路が緩やかなカーブを描いた先、山林に挟まれた広い平地に、角張った建築物が群を成している。その光景はどこか非現実的で、一瞬、夢の中の世界に迷い込んだのかと思った。

「真ん中の建物の上に、尖ったものが少しだけ突き出てるの、わかる？」

「あ、ほんとだ。もしかして、あれが……」

「慰霊碑のモニュメントだと思う」

実在したんだ。そんな感慨が光希の胸を掠める。

「ということは、あの下にヘルメスが」

「ちょっと想像つかないね。こんな僻地の地下に巨大な地底都市が造られて、何百人も暮らしていたなんて」

　夏の濃密な匂いと蟬の声の中、光希たちは歩みを止めずに近づいていく。モニュメントの先端は手前の建物に隠れてしまったが、施設の様相が徐々にはっきりと見えてきた。周りをフェンスで囲い、部外者を頑なに拒む佇まいは、さながら軍事施設だ。ヘルメスがまだeUC3と呼ばれていたころには、二十四時間態勢で数百名の職員が働き、ティルトローター機が日に何度も飛び立っていたという。いまや建物の外観には老朽化が目立ち、当時の活気は名残すら感じられない。

「あれ」

　と光希は声を漏らした。

「ゲートのところに人がたくさん集まってる気がするんだけど」

「みんな、こっちを見てるね」

　多村一星が戸惑いぎみに応えると同時に、ゲート付近にいた数人がこちらに向かって駆けだした。

「え、なに」

　光希は思わず足を止めた。

「ライディーチオ……？」

　先に行った五人組が脳裏を過ぎる。とくにあの小柄で凶暴そうな男の顔が。

「多村くん、これ、逃げたほうが……」

「いや」

　多村一星の声は落ち着いていた。

「違うみたいだ」

　駆けてくるのは四人。彼らの表情に溢れているのは、怒りや憎悪ではなく、歓喜だった。息を切らせて前に立つと、期待というより祈りを込めた眼差しを光希に向け、叫ぶようにいった。

「君、ルキⅡだよねっ！」

「いいえ、彼は――」

いいかけた多村一星を、

「待って」

光希は、止めた。

＊

ひときわ大きな歓声が聞こえてきたのは、慰霊碑のピラミッドからではなく、ゲートの方角からだった。さっきまで路傍でぼんやりと佇んだり座り込んだりしていた人たちも、跳ねるようにゲートへと集まっていく。佐藤カズキも、気がついたときには同じ流れに乗っていた。

「ルキⅡ！」

「ルキⅡ！」

「ルキⅡ！」

耳にするのはきょうが初めてのはずなのに、いつの間にかその名に心を奪われている。まるで周囲の興奮を体内に取り込んでしまったかのように。

ふいに静寂がもどった次の瞬間、目の前を埋め尽くしていた人の壁が左右に割れた。とつぜん出現した道の奥に、高校生くらいの少年の姿が二つ。佐藤も脇に退いて道を作った。

みなが視線を注いでいるのは、二人のうちの痩せたほうの子で、どことなく不健康そうではあるが、迷いのない目をしていた。その彼が、もう一人となにか言葉を交わしてから、前に足を踏み出した。

歩きながら右手をゆっくりと掲げ、天空を指さすと、集まった人々の口から、

「クルナッ！」

と祈りの叫びが迸《ほとばし》った。

「クルナッ！」

「クルナッ！」

佐藤も同じように天に指を伸ばして叫んでいた。胸に熱いものが弾け、目から涙があふれた。これでカドゥケウスを押し返せる。生き延びることができる。素直にそう思えた。そして、自分がそう思っていることに、一片の違和感も抱かなかった。

＊

光希は腹を括《くく》ったのだった。

やれることをすべてやるために、本気でカドゥケウスを押し返すために、未来を生きるために、ここまで来たのだ。自分がルキⅡとして振る舞うことで、クルナの人たちが奮い立ち、その可能性が少しでも高くなるのなら、やらない手はない。これが最後でもある。悔いだけは残したくない。

それに、出迎えてくれた人から聞いた、

「向こうにはレンが来てる」

という一言が、光希の決意を後押しした。

本当に〈ライディーチオのレン〉がここにいるのなら、彼に会わなくてはならない。会って、伝えることがある。

＊

レンは、今ほど自分自身に絶望したことはなかった。断罪される覚悟はできているつもりだったのに、あの少年が来たことを知るや、目をつむり耳を塞いで逃げ出したくなっている。かろうじて自分をこの場に踏みとどまらせているのは、〈ライディーチオのレン〉としての責任を全うしなくてはならないという、細い糸のような義務感だけだった。

「ライディーチオォ！」

叫びながらレンはひたすら願う。

カドゥケウスよ、いますぐ我の上に落ちよ。

そして、この身を少年の前から消し去ってくれと。

＊

ルキⅡが陣営に加わると、クルナの勢いがさらに増し、レンを迎えたライディーチオと互角になった。絡み合った二つの祈りは、一帯のあらゆる分子を震わせ、猛烈な渦を巻いて上昇していく。その振動と熱に身を任せるうちに、意識が無限に広がる感覚に包まれ、ついには古《いにしえ》の儀式のごとく、神とともにあるような陶酔に達する。

そのとき佐藤は、確かに見た気がしたのだ。

天空の彼方にうっすらと浮かぶ、巨大で禍々しい塊を。

＊

「そろそろ最接近だ」

丈通の硬い声が、ベランダに立つ唯の耳に届いた。

太陽は傾きはじめているが、日射しは衰えない。青空に浮かぶ雲も、まだ真っ白だ。いつもと同じ空が、そこにある。２０２９ＪＡ１らしき不吉な影は、どこにもない。

唯は、ベランダから部屋にもどりながら、

「ここからは見えないみたい」

「そのほうがいい」

丈通の隣に腰を下ろし、デバイスを覗き込む。

光希は、さっきからずっと、ヘルメスの慰霊碑の下にいるようだ。

「ほんとに落ちないと思う？」

「落ちないね」

そう答える丈通の手は、微かに震えている。

唯は、そこに自分の手を重ねた。

「そうね。大丈夫だよね」

きっと、いまごろ、数海マサトがリトル・ガーディアンズを率いて、２０２９ＪＡ１を押し返している。

第五章　家路

西の空に輝く太陽は、徐々に赤みを帯びながら、地平線へ近づきつつある。乾いた風にのって、蜩《ひぐらし》のもの悲しげな鳴き声が聞こえてくる。ヘルメスの慰霊碑周辺は、熱気の余韻を引きずりながら、重い静けさに沈んでいた。さっきまで声を張り上げていた人々は、手元のデバイスに目を落とし、息を詰めたまま動かない。

小惑星2029JA1が地球に最接近するとされていた日本時間午後四時四十五分から、すでに二十分が経過していた。そして、IASOのライブ位置情報サイトのデータは、午後四時四十四分を最後に、更新が止まっている。

これがなにを意味するのか。やはりカドゥケウスは地球のどこかに落ちたのか。世界の一部はすでに消滅し、まもなくここにも高熱の衝撃波が襲いかかるのか。なにが起きたかわからないうちに、みな死んでしまうのか。

クルナやシェルター組だけでなく、ライディーチオと叫んでいた人々も、厳粛な沈黙の中で、ただじっと審判の時を待っている。

＊

「だめだ。ぜんぜん情報が取れない」

丈通がデバイスをソファに投げ出した。

「これじゃ落ちたのかどうかすらわからない」

唯も手元の検索画面を眺めながら、

「デマっぽいのはたくさん飛び交ってるけど、そもそも小惑星の落下を確認できるほど近くにいたら、ネットに書き込む余裕なんかないはずだもんね」

「やっぱりIASOの更新が止まってるのが気になる。もし全機能が消失したとすれば……」

「あら、ずいぶん弱気じゃない。落ちないんじゃなかったの？」

「いじめるなよ」

丈通がソファから腰を上げ、窓辺に寄る。

唯も、デバイスをテーブルに置いて　丈通の隣に並んだ。

窓の遮光度を下げているので、外の様子がよくわかる。見える範囲で異常はない、いまのところは。

唯がふたたび窓を開けてベランダに出ようとすると、

「おい、あぶないぞ」

丈通があわてて引き留めたが、唯は笑みを返して、

「中にいても同じでしょ」

ほんとうに2029JA1がどこかに落下したのなら、遅かれ早かれ、ここも巻き込まれる。次の瞬間には、衝撃波にマンションごと持っていかれているかもしれないのだ。その場合は、異変に気づく前に絶命するだろう。部屋の中にいようが関係ない。

「……それもそうか」

丈通もベランダに立つ。

こうして二人そろってベランダに出るのは久しぶりだった。眼下の街は息を潜めたように静まり返っているが、空には見事に赤く染まった雲が浮かび、気持ちのよい風が頬を撫でていく。

「最後の夕焼けかもな」

丈通がぼそりといった。もう唯も茶化さなかった。人はいずれ死ぬのだ。どのくらいの時間が残っているかの違いでしかない。

「いい人生だったよ」

「わたしも」

こんなときにも微笑み合える。それで十分ではないか。そう自分に言い聞かせ、深く息を吸い込んだときだった。

どこかで人の声がした。

ざわりと直感が走った。

丈通も同様らしく、一瞬だけ唯と目を合わせてから部屋にもどり、ソファに投げ出してあったデバイスに飛びついた。

石像のように固まった数秒の後、口元を震わせながら唯を振り返る。

「ＩＡＳＯの更新、きた」

＊

「たしかに、高度を示す数値が大きくなってる」

多村一星がデバイスから目を上げる。

「このＩＡＳＯのデータが正しいのなら、カドゥケウスは地球から遠ざかりつつある」

「つまり……」

多村一星がうなずく。

「落ちなかったんだ」

周囲からはすでに歓声が上がりはじめていた。ほんの三十分前まで声を嗄《か》らしてカドゥケウスを押し返そうとしていた人たちが、飛び跳ねたり抱き合ったりして喜びを爆発させている。彼らの様子を見ているうちに、光希にも少しずつ現実感がもどってきた。

そうか。人類は滅亡しないのか。

張りつめていた神経が緩み、口から気の抜けた笑いが漏れた。

「……よかった」

「喜ぶのは早いよ」

多村一星が、抑えた声でいった。

光希に向ける眼差しは、これまで見たことがないほど強ばっている。

＊

本当なのか。間違いじゃないのか。佐藤カズキは、周りの人間を手当たり次第に捕まえては聞いて回った。聞かれた人々は一人残らず、カドゥケウスは落ちなかった、自分たちが押し返したのだと、笑いながら答えた。それでも佐藤は信じ切れなかった。信じてぬか喜びに終わるのが怖かった。もう失望して打ちのめされたくない。シェルターの噂がデマだとわかったときの、地の底に沈むような絶望は、二度と味わいたくない。

「よく見てよ、おじさん！」

佐藤の懐疑的な態度に業を煮やしたのか、学生らしき男が自分のデバイスでＩＡＳＯのデータを見せた。

「ここがカドゥケウスの高度、つまり地球とカドゥケウスの距離を表す数字ね。これが一分ごとに更新されてる。ちょっと前までこの数字はどんどん小さくなってた。つまり、地球との距離が縮まっていたのに、その後ほとんど変化がなくなって、いまでは逆に一分ごとに大きくなってる。わかる？」

佐藤は、勢いに呑まれて、うなずく。

「高度が大きくなるということは、地球から離れていってるってこと。だから、カドゥケウスは、もう地球には落ちてこないの！」

「この数字は、ほんとうに信じていいのか。絶対に間違いじゃねえって言い切れるのか」

「ＩＡＳＯの出すデータがいちばん信頼性が高いのは常識だって。今回に限って更新が遅れたのは、データが正しいことを念入りに確認してたからだよ。もう、いい加減に信じてよ。おれたち、やったんだよ！」

「……助かったのか」

「そう、助かったんだよ！　だからみんなこんなに喜んでる！」

どこかで「クルナ！」と掛け声が上がった。すかさずだれかが「クルナ！」と呼応する。その数が一秒ごとに増えていく。至るところで沸き上がった歓喜の雄叫びは、やがて一つとなって世界を包み込む。さっきまでのような悲壮さはない。すべてを祝福するような、明るい希望に満ちた歌だった。

「さあ、おじさんもいっしょに、クルナ！」

「クルナ！」

「クルナ！」

そして、ついに佐藤も、

「クルナァ！」

恐怖から解放された喜びを受け入れた。助かったのだ。ほんとに助かったのだ。まだ生きられるのだ。訳が分からないほど強烈な感謝の気持ちが、胸一杯に広がっていく。

「クルナ！」

「クルナ！」

「クルナ！」

止《とど》まるところを知らぬ熱気に心身を委ね、忘我の境地へ入りかけたとき、佐藤はふと正気に返った。

「そういや……レンは？」

＊

夕暮れの迫る空に、クルナ、クルナの大合唱が響きわたる中、レンは魂が地面に吸われていくような虚脱感に襲われ、その場に座り込んだ。

終わったのだ。

ライディーチオ運動は、目的を遂げられなかった。カドゥケウスは地球に落ちることなく去ってしまった。ライディーチオ運動に捧げた自分の二十六年間も、ライディーチオと叫びつづけた多くの同志たちの願いも、そしてミクラの死も、すべてが無駄で、無意味だった。

でもなあ、ミクラ……。

レンは虚空に語りかける。

おまえは不満だろうが、やっぱり、これでよかったんだよ。

……納得できないか。まあ、いい。もうすぐ、ぼくもそちらに行くから、互いに気が済むまで話をしよう。じつのところ、おまえにいいたいことは山ほどある。おまえは、自分がなにをしたのか、ほんとうに……。

……いや、いまはこのくらいにしておこうか。

ぼくにも、自分がしてきたことの落とし前をつけるときが来たようだ。ぼくがライディーチオ運動に引き込んでしまった同志たちは、いま、絶望に打ちひしがれている。その絶望は、やがて怒りに変わるだろう。ぼくは〈ライディーチオのレン〉として、彼らの怒りを、この身に引き受けなければ——。

「あいつさえ来なけりゃ……」

そのとき耳を掠めた怨嗟の声に、レンは嫌な違和感を覚えた。虚空からもどした視線を周囲へ走らせる。たしかに同志たちの目は、絶望から転じた怒りでぎらついている。しかしその矛先は、レンではなく、明らかにクルナ陣営の、たった一人の少年へ向けられていた。

＊

まずい、と佐藤は思った。ライディーチオの連中の目つきが普通ではない。完全に頭のネジが飛んでいる。こっちではしゃいでいた奴らも気づきはじめたようだ。クルナの大合唱が砂に染み込む水のように消えた。

迷っている暇はなかった。

佐藤は、ショルダーバッグをしっかり腹に密着させて姿勢を低くし、思い切り駆けた。三十六計逃げるに如《し》かず。せっかく生き延びたのだ。こんなところで無駄死にしてたまるか。

たちまち背後から大勢の足音が追ってくる。佐藤も必死に地を蹴るが、けっして若くない鈍った身体に三キロもの金塊を抱えた状態では、転倒しないように走るだけで精一杯だ。あっという間に追いつかれ、そして置き去りにされた。

佐藤を追い抜いていったのは、クルナの人々だった。みな佐藤には目もくれず、ひたすらゲートを目指していく。佐藤は、図らずも自分が殿《しんがり》を務める羽目になったことに気づく。このままでは自分だけが逃げ遅れ、ライディーチオの奴らに捕まってしまう。そうだ。こんな金塊を抱えているから走れないのだ。こんなもの、連中にくれてやれ。

ショルダーバッグを肩から外しながら足を止め、振り返りざまに投げつけようとしたとき、思ってもみなかった光景が目に飛び込んできて手が止まった。

佐藤は、肺をぜいぜいと鳴らしながら、ショルダーバッグをだらりと提げた。中で金塊が小さな音を立てる。

ライディーチオ陣営は、慰霊碑の下から、一歩も動いていなかった。

＊

自分がルキの血縁者だと知ってから、光希はネットでルキの情報を漁ったことがあるが、引っかかるのは根拠の怪しい噂ばかりで、確かだと思えるものは見つけられなかった。しかしその中で一つだけ、光希に強い印象を残したものがある。それは、ルキの母がルキを妊娠したとき、ルキの父に当たる男性が彼女に適切な医療を受けさせるために地上へ連れ出そうとしたが失敗し、怒り狂ったヘルメ

スの住人の手で惨殺された、というものだ。もちろん、これもジオX社によって否定されており、母に真偽を尋ねたときも、

「そんな話は聞いたことがない」

と一蹴されたが。

なぜこんなことを唐突に思い出したのかというと、いま自分が立つ場所の真下で何十年も前に起きたかもしれないそれと似た事態が、この身にも降りかかろうとしているからだ。

「僕たち……ここで死ぬのかな」

「だめだよ、間宮くん。諦めちゃいけない。せっかくカドゥケウスを押し返したんだ」

いまや光希のそばに残っているのは、多村一星だけだった。さっきまでクルナの大合唱に酔いしれていた人々は、ライディーチオ陣営に漂う異様な気配に気づくや、我先に慰霊碑周辺から逃げ去ったのだ。光希もそうしたかったが、病み上がりの身にむち打って三時間以上歩いた上に、全身全霊でルキⅡを演じ切ったばかりだ。走って逃げる余力はなかった。

それに、ライディーチオから注がれる視線は、どうやら自分に集中している。彼らにとってルキⅡとは、そこまで憎むべき存在だったのか。自分は、そこまで憎まれていたのか。灰色のワンボックスカーを運転していた男の、大きく口を開けて笑う顔が脳裏に浮かぶ。

「多村くんだけでも逃げてよ」

「間宮くんを置いていけるわけないだろ」

ライディーチオ陣営との間は、十メートルも離れていない。みな、じっと動かず、ただ睨んでいる。おびただしい視線の刃が、光希の心臓を貫いていく。その一つ一つに込められた感情は、ルキⅡという一個人への憎しみなどではなく、もっと大きなものに対する、もっと深い怒りであり、とうてい光

希一人で受け切れるものではなかった。

＊

ライディーチオと叫んで人類社会の壊滅をただ願うことと、生身の人間に対して実際に手を下すことの間には、当然ながら、高い心理的障壁が存在する。ミクラはその壁を乗り越えてしまったが、いまここにいる同志たちは、まだこちら側に止まっているようだった。だから、突き上げてくる激しい怒りを持て余しつつも、行動に移せないでいる。しかしこの状態は、いまにも水が溢れそうなグラスみたいなもので、わずかな刺激で一気に崩れかねない。そのときは際限のない暴力が解き放たれ、あの二人の少年に襲いかかるだろう。かといって、このまま放っておいても、いずれ同じ結果になるのは目に見えている。

いまの自分にまだ影響力が残っているのか、彼らに自分の言葉が届くのか、わからない。だが、

「たのむ。道をあけてくれないか」

やるしかないのだ。

たとえこの身がどうなろうとも。

＊

「間宮くん、あの人……」

多村一星の声に、光希はうなずく。

ライディーチオ陣営が真ん中から二つに割れ、奥から歩み出てきた痩せた男は、動画で見た姿よりもやつれてはいるが、間違いなく〈ライディーチオのレン〉だった。視線を前へ据えたまま、ゆっくく

りと進み、ちょうど中間あたりで足を止める。

やっと会えた。

無言で見つめ合う数秒間、光希に向けられたレンの瞳の奥を、後悔と罪悪感と安堵の入り交じったようなものが流れていった。こんな目をする人を、光希は初めて見た。

レンは、硬い表情のまま小さくうなずくと、光希たちに背を向け、ライディーチオの人々と対峙した。

＊

ぼくは、まず、みんなに謝らなければならない。カドゥケウスを地球に落とせなかったことじゃない。みんなを騙していたことだ。

ぼくは、みんなで念を送れば、ライディーチオと叫べば、カドゥケウスを動かせる、地球へ引き寄せられるといってきたが、あれは嘘だ。そんなことで小惑星をどうにかできるわけがない。当たり前だ。それをわかっていながら、ぼくはライディーチオと叫んできた。みんなを煽ってきた。

誤解のないよう断っておくが、この世界の破滅を願う気持ちに偽りはなかった。この世界はクソだ。滅んでしまえばいい。いまでもそう思ってる。だが、ライディーチオが嘘だということもわかっていた。なぜ嘘だとわかっていたのに、ライディーチオに関わったのか。ライディーチオと叫んでいるときだけは、嫌なことを忘れられたからだ。要するに、ぼくにとってライディーチオとは、たんなる現実逃避だった。それなのに、みんなを巻き込んでしまった。ほんとうに申し訳ない。

繰り返すが、ライディーチオは嘘だ。だから、カドゥケウスが落ちなかったのは、みんなの力が足りなかったせいじゃない。クルナに邪魔されたからでもない。カドゥケウスは、そんなものには一ミリも左右されてない。

地球に落ちることなく飛び去ったのは、宇宙の法則に従った結果として、たまたまそうなっただけ。ほんとうに、それだけの話だ。ライディーチオも、クルナも、まったく関係ない。

いま、みんなは、ここにいる二人の男の子に、怒りをぶつけようとしている。カドゥケウスが落ちなかったのは、彼らのせいだといわんばかりに。気持ちはわかる。でも、それは間違っている。彼らはなにもしていない。できるわけがない。見てみろ。彼らは、ここから走って逃げることすらできないでいる。それなのに、直径十キロを超える小惑星をどうやって動かせる。十キロといえば、みんなが歩いてきたあの駅までの距離だ。そんな途方もなく大きな岩の塊を、地上から叫ぶだけでどうにかできると、本気で思うか。

この子たちには、なんの罪もない。

みんなが怒りを向ける理由など、なに一つない。

小惑星どころか、地面に転がる小石一つ動かせない、ただの子供だ。

みんなにお願いする。

いまさら、こんなことをいえる立場でないのは承知の上で、みんなにお願いする。

どうか、このまま、家に帰ってほしい。

この世界は相変わらずクソだ。明日からもクソであり続けるだろう。帰りたい家など、どこにもない。そういう人もいるかもしれない。

それでも、それでもだ。

こんなところで殺し合いをするよりは、百万倍もマシだ。

だが、どうしても気が収まらないというのなら、仕方がない。

ぼくを殺せ。

ぼくだって痛いのは嫌だ。こんなところで死にたくもない。でも、こうするほかに、責任の取り方を知らない。

いいか。くれぐれも間違えるな。この中で、本当に罪があるのは、裁かれなきゃいけないのは、ぼく一人だ。

だから、殺すなら、ぼくだけにしてくれ。

それで、きょうのところは、家に帰ってくれ。

たのむ。

*

レンが、深く腰を折り、頭を下げる。

ライディーチオの人々は動かない。レンの言動に混乱しているのか、怒りのやり場を塞がれて戸惑っているのか、あるいは感情が暴発する寸前にあるのか、光希にはわからない。

張りつめた沈黙の中、一人の男が前に進み出た。迷いのない足取りで近づいてくる。電車の中にいた、あの凶暴そうで小柄な男だった。心が壊れたように慟哭する姿は、光希の目に焼き付いている。

「待ってくれ」

気づいたレンが腕を伸ばして制止しようとするが、

「なにもしねえよ」

その腕を気怠げに払いのけ、光希たちの前に立つ。

おまえがルキⅡだったのか。

そんな目で光希を見つめてから、

「よかったな、落ちなくて」

投げ捨てるようにいうと、あらゆるものへの関心を失った顔になり、ゲートへと足を向ける。

「あの……」

光希は、彼の後ろ姿に声をかけた。かけずにはいられなかった。

男が振り向いた。

しかし、そのときになって初めて、光希は気づく。この男にかけるべき言葉が、まだ自分の中にないことに。いまの自分は、なにも知らない、なにも学んでいない、空っぽな人間だ。そんな自分がふがいなくて、悔しくて、涙が出てくる。

男は、言葉を継ごうとしない光希を不思議そうに見ていたが、すぐ興味をなくしたのか、また歩き出す。しかし二、三歩進んだところで、思い出したように足を止め、振り返った。

「おまえら、名前は？」

「……間宮、光希」

「多村一星」

「おれはイクマ」

それだけ言い置くと、ライディーチオ陣営のほうへ頭を回し、

「なにやってんだ。帰るぞ！」

怒鳴ってから、光希たちに背を向け、大股で歩き出した。男の取り巻きらしき四人が、走って後を追う。彼らに引っ張られるように、ライディーチオ陣営から一人、二人と抜けていき、やがて大きな流れになった。

＊

ライディーチオの最後の一人が立ち去るのを見届けても、心臓はまだ激しく拍動し、足の震えも止まらない。それでもレンは、崩れそうになる身体を気力で支え、二人の少年と向き合った。

痩せたほうがルキⅡだろう。もう一人は友人か。二人とも青ざめ、表情が硬い。ルキⅡと思しき少

年に至っては涙ぐんでいる。無理もない。あれほど大勢の人間から憎悪を向けられては、大人でも耐えられない。しかも彼は、実際に命を狙われて死にかけたばかりだ。

「怪我の具合は、もういいのかい」

「……はい」

「君を襲った男は、ぼくのアシスタントだった。すべての責任は、彼を止められなかったぼくにある。ほんとうに、すまない」

頭を下げた。

「臣島レンさん、ですよね」

レンは驚いて頭を上げる。

「瀬良咲を覚えてますか。ぼくの祖母です」

「……あの人は、健在なのか」

「元気です。病気一つしてません」

よかった。ほんとによかった。あの人が、いまもこの世界にいる。それだけで泣きそうになる。

「祖母から伝言を預かってきてます。あなたに会うことがあったら、必ず伝えるようにと」

レンは目を瞑る。

「祖母の伝言は、こうです。あなたのことは、絶対に許さない」

当然だ。自分は、それだけのことをしてしまったのだから。彼女の大切な存在を傷つけてしまったのだから。あやうく彼女から奪うところだったのだから。許されようとも思わない。思ってはならない。

「だから、うちまで謝りに来いと」

目を開けた。

「来てくれますよね」

少年の瞳がじっとレンを見ている。

「それは――」

「連絡係と日程の調整は僕がやります。当日、僕もいっしょに行くことになると思うので。それから、準備の都合上、一つだけ、あなたに聞いてくるようにいわれたことが」

「準備……?」

「苦手な食材とか、ありますか」

＊

佐藤は、西の空を見上げながら、鮮やかな残照にため息を漏らした。この自分に、空の美しさに感動するような日が来るとは、人生はわからないものだ。

ヘルメスの敷地からは人の姿が消え、静寂が辺りを覆っていた。目の前の広場にはいくつもテントが残っているが、いずれも置き去りにされたもので、持ち主はとっくに帰った。小惑星が落ちてこない以上、ヘルメスに用はない。一分たりとも、こんなところにいる必要もない。荷物になるテントは、このまま捨てていくつもりなのだろう。

「あんたか」

声に振り向くと、ようやくレンが姿を現していた。

顔つきが変わったな、と思った。疲れの色は濃いが、幽鬼のような暗さはもうない。

「ぼくを待ってたのか」

「話、聞いてやろうと思ってな」

レンが、眼差しを柔らかくした。

「長くなるぞ」

佐藤も、にやりと笑って応えた。

「時間なら、たっぷりある」

＊

夜は濃さを増し、天上に小さな光が灯りだす。その光は、瞬く間に空いっぱいに散らばり、煌々と輝く大河となって、地平線の向こうへ流れていく。

「凄いな」

光希は感嘆の声を漏らした。

「こんなに明るい星空、初めて見た」

「怖いくらいだね」

地表では、先を行く人たちの光の列が、はるか前方で揺れている。光希もハンドライトを持ってきてはいるが、もう少しこの星灯りの下を歩きたかった。そしてそれは、多村一星も同様らしかった。

取り留めのない話をしながら、駅までの道程を半分ほど進んだころ、

「ねえ、間宮くん」

多村一星が、口調を改めた。

「カドゥケウスを押し返せると、本気で思ってた？」

光希は、しばらく考えてから答える。

「正直、駄目かもしれないと諦めかけたときもあった」

「じつは、ぼくも」

ふっと笑みを交わす。

「でも押し返すことができた」

多村一星が、噛みしめるようにいった。

「〈ルキの黙示録〉は本物だったってことかな」

「偶然だろうね。あの人がいってたように、ライディーチオもクルナも、結果にはなに一つ影響しなかった」

「だよね」

光希も、晴れやかな気分で、星空を仰ぐ。

「でも、落ちなくて、ほんとうによかった。もう心配しなくていいんだ」

「これで当分の間、地球には近づいてこないはずだよ。IASOのサイトにも、そう……」

デバイスを操作しはじめた多村一星が、急に足を止めた。

画面の光に照らされた白い顔が、闇の中で固まっている。

「どうしたの」

「IASOのデータが更新されてるんだけど……カドゥケウスの動きが、おかしい」

血の気が引いた。

「地球から離れていったんじゃないの？」

「いまも、カドゥケウスの高度は上がってる。地球から遠ざかってる。それは間違いない。でも、遠ざかるスピードが、急速に落ちてる」

「……どういうこと」

多村一星が、呆然と顔を上げる。

「カドゥケウスは、地球の重力を振り切れていない」

エピローグ

ＩＡＳＯが公式に『小惑星２０２９ＪＡ１は地球の周回軌道に入ったと思われる』とのコメントを発表したのは、多村一星が異変に気づいた直後だった。

２０２９ＪＡ１は、地球の周りを回る衛星、つまり〈第二の月〉になったのだ。とはいえ、その軌道は不安定で、おそらく数年のうちに周回軌道を外れ、こんどこそ宇宙の彼方へ飛び去ると予測されている。地球に落下する恐れはほとんどない。

しかし、頭上にあるというだけで、落ちてくる可能性を考えずにいられないのが人間である。しかも小惑星カドゥケウスだ。消滅寸前だったライディーチオ運動が息を吹き返し、その反作用としてクルナ運動が存続する流れが生まれたのも、当然の帰結だろう。ただし、そこにレンとルキⅡの姿を見ることは、二度となかった。

この〈第二の月〉誕生をめぐる話題が一段落したころ、ネットに流れた一つのニュースが、世界中の関心を集める。２０２９ＪＡ１の最接近を前に、アメリカで建造された地底都市〈ウィルⅠ〉に一万人を超える人々が避難していたが、その大半がいまも地上にもどっていないというのだ。周回軌道上の２０２９ＪＡ１が地球に落ちてくるのを恐れ、地底から動こうとしないらしい。この一万人の中に、百歳を迎えたウィル・ヤングマン本人が含まれているとジオＸ社が認めたことで、騒ぎはさらに大きくなった。

　その後も、軌道を外れた２０２９ＪＡ１が地球に落ちる確率はきわめて低いことを伝えた上で、地上へもどるよう懸命の説得が続けられたが、ウィルＩに応じる気配はなく、やがて一切の通信が途絶えた。

　ウィルＩに残った一万人の安否は、現在も不明である。

参考文献

『亜紀書房翻訳ノンフィクション・シリーズ Ⅲ-12 地下世界をめぐる冒険 闇に隠された人類史』 ウィル・ハント（著） 棚橋志行（訳） 亜紀書房
『地熱工学入門』 江原幸雄・野田徹郎（著） 東京大学出版会
『菌類の生物学 分類・系統・生態・環境・利用』 日本菌学会（企画） 柿嶌眞・徳増征二（責任編集） 共立出版
『アマゾンの倉庫で絶望し、ウーバーの車で発狂した 潜入・最低賃金労働の現場』 ジェームズ・ブラッドワース（著） 濱野大道（訳） 光文社
『ナショナル ジオグラフィック日本版 太陽系の謎に挑む小天体探査』二〇二一年九月号 日経ナショナルジオグラフィック社

本作品は書き下ろしです。

山田宗樹

1965年、愛知県生まれ。98年、『直線の死角』で第18回横溝正史ミステリ大賞を受賞しデビュー。2003年に発表した『嫌われ松子の一生』が大ベストセラーになった。13年、『百年法』で第66回日本推理作家協会賞（長編および連作短編集部門）を受賞。他の著書に『代体』『SIGNAL シグナル』『存在しない時間の中で』などがある。

ヘルメス

2023年8月25日　初版発行

著　者　山《やま》田《だ》 宗《むね》樹《き》
発行者　安部 順一
発行所　中央公論新社
〒100-8152　東京都千代田区大手町1-7-1
電話　販売 03-5299-1730　編集 03-5299-1740
URL https://www.chuko.co.jp/

DTP　ハンズ・ミケ
印　刷　大日本印刷
製　本　小泉製本

Published by CHUOKORON-SHINSHA, INC.
Printed in Japan　ISBN978-4-12-005687-1 C0093